淘金殺手

THE SISTERS BROTHERS

派崔克·德威特 Patrick deWitt
宋瑛堂 譯

致母親

目錄

推薦序

極盡kuso能事，徒然令人噴飯

專欄作家馮光遠

希斯特兄弟受雇於「准將」，前往加州的淘金場處理一個叫渥爾姆的傢伙，時間在十九世紀中。聽起來好像是一部典型的拓荒時期小說，可是如果你這麼想，就大錯特錯。

因爲除了場景爲讀者熟悉之外，所有拓荒文學應有的元素，在派崔克．德威特這本小說裡全被顚覆了。個性迥異的兩兄弟，在接近目標的過程中，展現出來的殺手形象叫人傻眼，交往的各個角色也有點讓人摸不著頭腦，雙槍客在作者虛構出的美國西部底層社會討生活，過的哪是殺手「應該」過的日子，是啦，暴力層出不窮，可是盡是些無從說起、漫畫般地於情節中竄出的暴力，毫無血腥，徒然令人噴飯。

從來沒有見過西部小說是這麼處理的，在行文中，作者似乎根本不在乎殺手將如何達成任務，他寧願讓讀者與希斯特兄弟一同經歷他們每天的日子，尋常到不行的日子，兩個人對牙膏口味的爭論可以寫一大篇，可是誰說殺手不會在乎牙膏的口味。

弟弟伊萊是故事的主述者，講著講著就會逸出主題，跳進其他無關的場景，或者出現一些完全多餘的解釋，把讀者帶到一個超現實的西部拓荒故事裡。這讓我想到在諸多正統００７號情報員的電影裡頭，就是有那麼一部由大衛．尼文主演的《皇家夜總會》（Casino Royale），跳tone的程度，有如《淘金殺手》之於傳統西部開拓小說。

這是一本極盡kuso能事的小說，不論情節，光是形式的設計，就讓我這個也算搞笑的人甘拜下風。

奧勒岡城，一八五一年

第1部

馬之難題

我坐在准將公館外，我哥查理在裡面商談任務的細節，我等著他出來。白雪呼之欲降，我好冷，沒事找事做，開始端詳查理的新馬敏步。我的新馬名叫蹚步。我們沒有替座騎取名的習慣。這兩匹是上回任務酬勞的一部分，牽過來時已經取名了，我們只能接受。我們以前的兩匹無名馬浴火而死，這兩匹馬來得正是時候，然而我認爲准將應該支付現金酬勞，好讓我們自行去物色個人中意的馬匹，自行挑選無羈絆、無惡習的良駒，無須喊牠們聽慣了的名字。我非常喜歡以前的那一匹，最近常夢見他慘死火舌中的景象，見到著火的馬腿頻頻猛踹，眼珠子被燒得蹦出眼窩。他一天能跑六十哩，迅捷如狂風。我從不動手打他，對他動手的時候只有輕撫他或替他洗澡。我盡量不去回想他命喪穀倉火場的模樣，奈何當時的情景經常不請自來，我是防不勝防。蹚步尚屬健壯，但他比較適合野心較小的馬主騎乘。他的身形偏肥、凹背，一天的腳程不超過五十哩，常逼得我對他抽鞭子。有些人把打馬當成家常便飯，有些人甚至不打不開心，但我不喜歡打馬。何況，鞭子一抽下去，蹚步會認定我生性殘酷，會暗暗惆悵著：此生可嘆，此生可嘆。

有人盯著我看，被我察覺到了。原本看著敏步的我抬頭，瞧見查理正從樓上的窗戶向下凝視，對我豎起五根手指。見我沒反應，他歪一歪臉皮，想逗我笑。見我不笑，他垮下鬼臉，向後退出我的視線。他剛看見我在打量他的馬，我知道。昨天上午，我提議賣掉躂步，各出資一半另覓新馬。他原本認爲很公平，但午餐席間他卻反悔，推說換馬的事該等新任務完成後再議。這不合道理，因爲我擔心的是躂步無法勝任新任務，最好還是在出任務之前換馬吧？查理的八字鬍沾了一點午餐的油漬，開口說：「伊萊，最好等任務結束再說。」他對敏步毫無怨言。敏步和他先前那匹無名馬大致差不多，甚至更好。先挑馬的人是他，因爲那天我身負任務期間受的腿傷，無法下床。我不喜歡躂步，但我哥對敏步感到滿意。這是隨馬而來的難題。

查理登上敏步，我們一同前往豬玀王酒館。才兩個月沒光臨奧勒岡城，大街上多了五家店面，而且新商家的生意看起來很興隆。「人類確實是腦力充沛的物種，」我對查理說，他沒有回應。來到豬玀王，我們在靠後牆的地方找張桌子坐下來，侍者端來一瓶我們常喝的酒和兩只酒杯。平常我們各倒各的，今天查理卻替我斟酒，因此在他開口時我已有接受壞消息的心理準備。查理說：「這次任務由我擔任頭子，伊萊。」

「誰規定的？」

「准將說了就算數。」

我淺酌一口白蘭地。「這話什麼意思？」

「意思是，任務由我來指揮。」

「錢呢？」

「我的份比較多。」

「我問的是我拿的錢。和以前一樣嗎？」

「你的份比較少。」

「沒道理吧。」

「准將說，上次任務假如事先規定誰當頭子，就不會出差池。」

「沒道理。」

「有啊，怎麼沒道理？」

他再幫我斟一杯，我端起來喝。我以自言自語的口吻對查理說：「他想給頭子多一點錢，那也無所謂，只不過，虧待部屬是不厚道的行爲。爲了效勞他，我的腿破了一個大洞，馬也被活活燒死。」

「我的馬也被燒死了。他給了我們兩匹馬。」

「不厚道就是不厚道。甭幫我添酒了。把我當成殘障人士不成？」我搶走酒瓶，詢問新任務的細節。准將吩咐我們南下加州，去找一個名叫赫曼·科密特·渥爾姆的淘金客，然後要他的命。查理從夾克口袋摸出一封信，執筆人是准將的偵察兵亨利·墨里斯。墨里斯是個講究衣著品味的人，常在我們出動之前先去蒐集情報。信上寫著：「已觀察渥爾姆多日，得知其習性與個性如下。他慣於獨來獨往，但經常流連舊金山的酒館，在酒館裡閱讀他帶在身上的科學與數學書籍，常在空白部分畫圖。他把這些書綁起來提著，模樣酷似學童，常因而遭人譏嘲。他的身材矮小，因此加倍滑稽，但請留意，他不喜歡被人嘲笑身高。我見過他多次與人打鬥，儘管他幾乎是每打必輸，我認為他的對手可不希望再和他對打，原因之一是他不惜咬人。他的頭頂童山濯濯，紅毛鬍雜亂無章，手臂瘦長，肚腩凸出如孕婦。他不常洗澡，以大地為床，舉凡穀倉、門口都可以睡，必要時更可以睡在路邊。與人交談時，他的態度粗鄙而冷峻。他隨身攜帶一把龍騎兵小左輪，插在纏腰帶上。他不常飲酒，但酒瓶一舉起來必定是爛醉方休。他以未加工的金屑付帳。金屑放在一只小皮袋裡，藏進一層又一層的衣物中，以繩圈揹著。自從我抵達此地，他不曾離城過一次。我不知道他是否有意返回他的地盤。他的地盤位於沙加緬度以東大約十哩（隨信附地圖）。昨天在酒館裡，他向我討火柴，口氣禮貌，直呼我的名字。他似乎始終沒有注意到被我跟蹤，我不知他為何認識我。我問他如何得知我的身分，他變得口不擇言，我只好離開。我不欣賞他，但有些人卻認為，他的心智異常堅強。他和平常人不太一樣，這一點我能認同，但我能褒他的言辭或許僅止於此。」

在渥爾姆的地盤地圖旁邊，墨里斯附上素描一幅，奈何他的畫工太差勁，而且塗改得至為模糊，即使渥爾姆站在我身旁，我也認不出人。我對查理說這件事，他說：「墨里斯正在舊金山的一間旅店等我們。他會幫我們指認渥爾姆，方便我們辦事。聽說舊金山是個殺人的好地方。舊金山人不是忙著放火燒光整座城，就是忙著重建，忙個沒完。」

「墨里斯為什麼不直接殺他？」

「你老是問這問題，我老是這樣回答：這任務是我們的，不是他的。」

「這太沒頭腦了。准將扣我酬勞，卻幫這條糊塗蟲支付開銷，給他薪水，結果打草驚蛇，讓渥爾姆發現自己被人盯上了。」

「老弟，你不能罵墨里斯是糊塗蟲。這是他頭一次失誤，而且他慨然認錯。我認爲墨里斯之所以穿幫，與其怪他糊塗，倒不如怪渥爾姆太精了。」

「可是，他不是說，渥爾姆露宿街頭嗎？何不乾脆趁渥爾姆睡覺時槍斃他？」

「墨里斯不是殺手的話，怎麼狠得下心？」

「那何必派他去？一個月前，准將何不派我們直接動手？」

「一個月前，我們在忙另一項任務。你別忘了，准將的利害關係很多，一次只能關照一件事。他常說，生意欲速則不達。只要看看他的成就，就能瞭解這話的眞諦。」

聽他以仰慕之情來引述准將之語，我覺得反胃。我說：「加州離這裡挺遠的，趕路幾個禮拜才能到。沒必要去的話，我們何必去呢？」

「誰說沒必要去？我們的任務就是去加州。」

「如果渥爾姆不在加州呢？」

「他會在。」

「假如人不在加州呢？」

「可惡，他一定會在。」

結帳時，我指向查理。「頭子請客。」由於我們通常五五分帳，他聽了這話不高興。我哥得自老爸的眞傳，吝嗇成性。

「只請這一頓，」他說。

「領頭子薪水的頭子。」

「你從來就不欣賞准將，而他也從來就不欣賞你。」

「我是愈來愈不欣賞他了，」我說。

「如果到了難以忍受的地步，你想當面告訴他，我也不攔你。」

「如果到了難以忍受的地步，查理，你會知道的。你會知道，准將也會。」

我不願繼續拌嘴下去，所以丟下他，自行回酒館對面的旅店歇息。我不喜歡吵架，尤其不喜歡和查理爭辯，因爲他一吵起架來，唇舌異常刻薄。當晚夜半時分，我聽見他在街頭和一群人交談。我拉長耳朵傾聽，以確定他有無危險。他很安全——那群人只是問他叫什麼名字，聽他回答之後就走開。但只要他有危險，我勢必捨身救人。其實，我靴子還沒穿好，那群人就已經解散。我聽見查理上樓的聲響，趕緊跳上床，假裝熟睡。他探頭進我房間，喊我的名字，我不吭聲。他把我的房門關好，走向他自己的房間，我則靜躺暗室裡，想著親人難爲，想著有些至親世系的事跡多麼癲狂，多麼歪曲。

翌晨，綿綿冷雨滴答落地，路面被熬成爛泥湯。查理因白蘭地而胃腸不適，我去藥店幫他買治療噁心的藥。我買的是一帖無味的藥粉，顏色近似知更鳥蛋藍。我攙進他的咖啡攪拌。我不知道這帖酊劑的成分，只知他服用後得以下床上馬，精神抖擻得近乎歡愉。出城二十哩後，我們在森林的空地停下來歇腳。今夏此地遭雷擊而起火，枝幹被燃燒殆盡。我們吃完午餐，正準備繼續趕路，這時瞧見南方一百碼外有一男子牽馬走著。倘使他騎著馬，我們或許不會多加留意，但他牽馬走路的動作實在怪異。「你去看看他在做什麼吧，」查理說。

「頭子直接下令喔，」我說。見他沒有反應，我心想，這玩笑冷掉了。我決定就此打住。我騎著躂步去見牽馬人。走近他時，我注意到他在哭。我下馬去面對他。我的身材高壯，面貌粗蠻。他一見我，表情警覺起來，我一看便知。爲了化解他的疑慮，我說：「我無意傷害你。我們兄弟倆正在用午餐。我煮了太多，所以想過來問你餓不餓。」

男子以手掌拭淚，深深吸氣，禁不住顫抖著。他想回話——至少張了嘴巴——卻講不出話，連個聲音也發不出來。他是哀痛到了無法言語的程度。

我說：「看得出你苦在心頭，或許只想繼續獨行。打擾你了，容我向你致歉，盼你一路好走。」我蹬上蹬步，走回午餐地點，中途見查理站起來，朝我的方向舉起手槍。我轉頭看到哀泣男已經上馬，正快步奔向我。他對我似乎沒有惡意，我示意要查理收槍。隨即，哀泣男騎馬來到我身邊，大聲說：「我接受你的好意。」來到午餐地時，查理牽住哀泣男的馬，對他說：「你不應該朝著別人追過來。我以爲你想對付我弟弟，差點開槍打你。」哀泣男雙手一揮，表示此言無關緊要，令查理一驚——查理望著我問：「這人是誰？」

「不曉得他在難過什麼。我想請他吃一盤東西。」

「吃光了，只剩下烤餅。」

「那我再煮一點。」

「不准。」查理上上下下打量著哀泣男。「他哭得眞慘哪，對不對？」

哀泣男清一清嗓子，然後說：「明明人在眼前，卻當作人不在場，對他品頭論足，這是無知之舉。」

查理不知道是該大笑，或是把他揍下馬。查理對我說：「他是不是瘋了？」

「請你措辭謹愼一點，」我對陌生人說，「我哥今天身子不太舒服。」

「我好得很，」查理說。

「他的惻隱之心有限，」我說。

「他面有病容，」哀泣男說。

「我說我好得很，可惡。」

「他確實是病了，只是小病一場，」我說。我看得出查理的耐性已經到了極限。我拿起幾個烤餅，塞進哀泣男的手裡。他凝視著烤餅良久，然後又開始啜泣，咳著、吸著氣、抖著身體，可憐兮兮。我對查理說：「我剛去找他時，他就是這個樣子。」

「他怎麼了？」

「他不肯說。」我轉頭問哀泣男：「仁兄，你怎麼了？」

「他們走了！」他哭喊。「他們全走了！」

「誰走了？」查理問。

「丟下我，走了！我但願自己也走了！我想跟他們一起走啊！」他放下烤餅，牽著馬走開，每走十來步，仰頭哀嚎一次。重複看了三遍之後，我們兄弟倆轉身去收拾營地。

「不曉得他出了什麼事，」查理說。

「大概是哀傷過度，精神失常。」

我們上馬時，哀泣男已經走離視線，他傷心的原因永遠是一團謎。

我們默默騎著馬，各自想著私事。查理和我有一份不明言的約定，不願在飽餐一頓後急著趕路。我們這一行的苦處很多，所以懂得盡量把握這些小小的福分；積少成多，心情夠舒坦，這一行才得以繼續做下去。

「這個名叫赫曼．渥爾姆的人，做了什麼壞事？」我問。

「拿了准將的什麼東西。」

「他拿了什麼？」

「不久會眞相大白。殺他才是正事。」他騎在我前面。我一直想談渥爾姆非死不可的原因，甚至在上一次任務之前就想。

「你不覺得奇怪嗎，查理？天下怎麼有這麼多笨蛋，傻到去偷准將的東西？准將的大名讓人聞風喪膽啊。」

「因爲准將是財主。不然哪會招引盜賊？」

「他們是怎麼從准將那裡弄到錢的？准將生性謹慎，你我都知道。他錢藏哪裡，怎麼會被那麼多人發現？」

「他在全國各個角落都有事業。一個人不可能同時出現在兩個地方，更不可能冒出一百個分身，所以容易受害。」

「受害！」我說。

「一個人被逼得找我們這種人來保護財產，你還能用什麼字眼來形容？」

「受害！」我是眞心覺得滑稽。爲了向可憐的准將表達敬意，我唱起一首強說愁的小調：「他花遮淚眼潸然，消息自城內捎來。」

「唉，得了吧。」

「童女鄉間褪羅衫，委身金鵝毛胸懷。」

「你只是在氣我搶了頭子的頭銜。」

「郎心誤笑顏為真情，如今悔不當初。」

「不跟你談這件事了。」

「心上人落英，無盡愛意至此飄忽。」

查理忍不住微笑。「是什麼歌啊？」

「不知道在哪裡學到的。」

「調子挺悲傷的。」

「最好聽的歌全是悲歌。」

「老媽以前也常這麼說。」

我愣了一下。「悲歌其實不一定讓我悲傷。」

「你和老媽是一個模子出來的，很多方面都像。」

「你不像她。你也不像老爸。」

「我是誰都不像。」

他這話說得隨意，但此類言論往往讓我們無言以對，再也聊不下去。他拉開與我的距離，我望著他的背影，他也知道我望著他的背影。他以鞋跟蹬敏步的肋骨，疾馳而去，我跟在後面。我們以平常的方式趕路，以我們平常的速度前進，但我仍然自覺追著他跑。

冬末日照時間縮短，我們在一處乾河谷停下來，紮營過夜。連載的冒險小說常見的一幕是：兩位粗獷的騎士對坐營火，閒聊淫穢的經歷，吟唱幾曲，歌頌生死與美嬌娘。但本人敢向各位保證，騎了一整天，我只求躺下來呼呼大睡，別不多想。而我這天果眞如此，甚至連正餐也省略掉。我早上醒來，穿上皮靴，左腳的食趾被刺了一下，本以爲禍首是蕁麻，於是把靴子倒過來，拍一拍鞋跟，掉出來的卻是一隻毛茸茸的大蜘蛛。這隻蜘蛛落地，八腳朝天，對著冷空氣亂扒。我的脈搏加速，頭腦一時暈眩起來，因爲我十分害怕蜘蛛和蛇之類的爬蟲。查理知道，衝過來救我，以刀挑起蜘蛛，彈進營火。我看著蜘蛛被燒得蜷縮，如紙團般冒煙。我看得幸災樂禍。

隨後，一陣忽強忽弱的寒意從脛骨往上爬升，冷若冰霜。我說：「那隻小動物可眞帶勁呵，老哥。」未久，一股高燒襲捲而來，我不得不躺下。查理見我面色蒼白，不禁擔憂；我發現自己講不出話時，他把火生得旺一些，騎馬去最近的城鎭找大夫。醫生來的時候，我已墜入一團迷霧，茫茫之中聽見他趁查理走開時咒罵一通，想必他是來得半依半就，或者是被查理強押過來看診。大夫給我一帖藥或抗毒素，其中有一種成分讓我飄飄欲仙，宛如酒醉，使我淨想著原諒所有人，不計較過往，也想抽菸抽個不停。不久後，我睡著了，昏睡得不省人事，整天整夜始終意識不明。直至隔天早晨，我醒來時看見查理仍守在營火旁。他朝我望過來，展露笑容。

「你剛才夢到什麼，還記不記得？」他問。

「只記得我動彈不得，」我說。

「你一直說，『我在帳篷裡！我在帳篷裡！』」

「我不記得了。」

「『我在帳篷裡！』」

「扶我站起來。」

他過來攙扶我。頃刻後，我踩著麻木的雙腳，繞著營地兜圈子。我微微想吐，卻照樣大啖培根、咖啡、烤餅，沒有嘔出來。我自認恢復得差不多了，可以上路，所以兄弟倆跳上馬，信步前進四、五個鐘頭，然後再歇腳。查理反覆關心我的身體狀況，我屢次含糊以對，其實自己是壓根兒不清楚。我總覺得魂不附體似的，作祟的不知是蜘蛛毒液，或是神色慌張的大夫給的抗毒素。這晚，我徹夜發燒，時睡時醒。隔天，我聽見查理對我喊早安，轉頭想回話，他看我一眼，駭然驚叫。我問他，怎麼了？他找來一個錫盤，叫我照鏡子。

「什麼鬼東西？」我問。

「那是你的頭啊，老弟。」他原地向後傾身，吹一聲口哨。

我的左臉浮腫得面目猙獰，從頭頂一路腫到頸子，下至肩膀才逐漸輕微，左眼只剩一道細縫。查理恢復揶揄他人的本性，說我腫成了半人半狗，還拋擲一根樹枝看我會不會去撿。我查出臉腫的根源是牙齒和牙齦，伸一指進嘴裡，按一按左下排的牙齒，一陣劇痛從頭竄至腳丫，然後回竄，嗡嗡痛徹全身。

「一定漏了一加侖的血水，在腦殼裡面涮來涮去，」查理說。

「昨天那個大夫是你哪裡找來的？我們應該回頭去找他，請他幫我戳一戳。」

查理搖搖頭。「最好別主動去找他。費用的事情和他鬧得不太愉快。他如果看見我，一定會很高興，不過他大概不肯進一步協助我們。他提過，從這裡往南走幾哩另外有個部落，可能是我倆最明智的辦法，如果你自認走得動的話。」

「由不得我吧。」

「是啊，人生確實有很多由不得人的事情。」

我們慢慢走，幸好地形尚屬平坦，緩坡而下，沿途是森林，路面的土質扎實。我騎著馬，內心正升起一陣異樣的欣喜，彷彿遇到一小樁喜事，不料這時踺步踏空了一步，震得我嘴巴劈啪咬合，疼得我驚叫失聲，卻也同時覺得荒唐而大笑。我塞進一團菸草咬著，以緩衝馬震。菸草刺激唾液暴增，我含了滿嘴褐色的口水，想吐掉卻怕痛，只好向前彎腰，任菸草水從嘴巴流至馬脖子。一場細雪來去匆匆，雪花飄落我的臉，沁涼得我心。我的頭昏沉沉的，查理繞著我，眼睛一直盯我。「甚至從後面都看得到咧，」他說，「腫到頭皮了。連你的頭髮都腫。」途經被賴帳大夫的城鎮，我們繞遠路而過，繼續走幾哩，來到一座無名的村莊，長四分之一哩，人口不過百。命運之神眷顧，我們在村裡找到一位齒科大夫。他姓瓦茨，正在店外抽菸斗。我走向他，他微笑說：「從事這一行是我三生有幸，見到病人腫歪歪居然開心得起來。」他帶我入內，請我在軟墊皮椅坐下。他幹活兒的地方雖小卻井然有序。我坐下時，椅子吱呀洩氣，新意盎然。他拉來一盤亮晃晃的器具，問我一些齒科病歷的問題，我找不到滿意的回覆。即使答得出來，我猜他也不覺得重要，只顧自己問得開心。

我提出自己的一套理論，認爲牙疼若非源自蜘蛛螫傷，就是抗毒素在搞鬼，但瓦茨說沒有醫學證據能佐證我的猜測。他告訴我：「人體是不折不扣的奇蹟啊。誰能解剖驗證奇蹟呢？病因有可能是蜘蛛，沒錯，也有可能是那位大夫所謂的抗毒素產生的反應，但也有可能兩者皆非。話說回來，病都生了，原因何在有啥差別呢？我沒說錯吧？」

我說大概吧。查理說：「大夫，我剛對伊萊說，我敢打賭，他的腦袋裡一定有一加侖的血水蕩來蕩去。」

瓦茨抽出一把擦拭得雪亮的銀色柳葉刀，臀部向後挪，審視著我的頭，視之爲一尊惡獸塑像。「戳下去就知道，」他說。

大夫的全名是瑞吉諾．瓦茨，自稱天生是霉運罩頂，各種敗績、災難都碰過，只不過他談起往事無怨無悔，而且居然能一面敘述無數失算的事跡，一面幽自己一默：「做正經的生意，我失敗過；做見不得人的勾當，我也失敗過。我在情場敗北，友誼方面也失敗。不管哪一方面，我都吃過敗仗。你隨便舉一個來問我。問吧。」

「農業，」我說。

「我經營過一座甜菜農場，在這裡的東北方一百哩遠，一分錢也沒有賺到，連半個甜菜也沒看見過。賠得慘兮兮。再舉一個。」

「船運業。」

「我投資過一艘槳輪汽船。那艘貨船專走密西西比河，運費高得不像話，日進斗金啊。我一投資下去，情況就不同了。她載著我的錢出航，第二趟就沉進河底。我沒有替她投保，這也是我的餿主意，基本開銷是能省則省嘛。另外，我慫恿汽船改名，從『長春花號』改成『女王蜂號』，因為我嫌長春花太輕浮。徹徹底底的敗筆。如果我沒料錯的話，事發後，其他股東準備來凌遲我。我在前門釘了一封自盡遺言，趕緊蒙羞遠走高飛。也撇下一個好女人。事隔這麼多年了，到現在還想念她。」大夫沉默片刻，甩甩頭。「再舉一個吧。呃，不要了。我已經講煩了。」

「我也聽厭了，」查理說。他坐在角落閱報。

我說：「看樣子，現在的你時運亨通，大夫。」

「哪來的話？」他說，「三個星期以來，你是我的第三位顧客。這一帶的居民好像不把口腔衛生當成一回事。唉，我有心理準備，在牙醫這一行，我也會失敗。再混兩個月，銀行會來關我的店門。」他舉起一支水水的長針，伸到我的臉邊。「會有一點點痛喔，小子。」

「哎喲！」我說。

「你去哪裡學牙醫的？」查理問。

「聲譽卓著的機構，」他回答。他嘴邊有一抹冷笑，我見了心不安。

「據我所知，牙醫課程需要好幾年吧，」我說。

「好幾年？」瓦茨反問，然後笑出來。

「不然多久？」

「以我個人來說嗎？神經分布圖一背熟，我就算結業了。我賒帳買這些器具，等那些傻瓜把器具運過來，我就開業。」我望向查理，見他聳聳肩，繼續埋頭看報紙。我伸手去摸臉腫的部位，卻赫然發現臉皮已變成死肉。

瓦茨說：「妙吧？即使你滿嘴牙被我拔光，你一點也不痛。」

查理的視線從報紙上緣瞟過來。「你真的完全沒感覺？」我搖頭。他問大夫：「那東西，你是從哪裡弄來的？」

「除非你從事這一行，不然買不到。」

「以我們這一行來說，這東西可能挺實用的。賣我們一些，如何？」

「這東西可不是論桶隨便賣的，」瓦茨說。

「我們的價碼不會虧待你。」

「抱歉，不賣。」

查理面無表情看著我，臉又埋進報紙後面。

瓦茨在我臉上三處各戳一下，鮮血直流。我的腦殼裡仍殘留一些血水，但他說，過一段時間會自行消失，最嚴重的病情已經結束。他拔掉作怪的兩顆牙齒，動作粗暴，我卻不覺得疼，還樂得呵呵笑。查理坐不住了，出門過馬路，進入對面的酒館。瓦茨大喊：「懦夫。」他把傷口縫妥，塞一把棉花進嘴巴，然後帶我到一座大理石臉盆前，展示一把小刷子。這把木柄刷製作精緻，刷頭呈長方形，刷毛是灰白色。「這叫做牙刷，」他說，「能清潔牙齒，也能保持口氣清香。來，看我怎麼刷。」大夫示範使用牙刷的正確方式，然後朝我的臉吹一口氣，有薄荷的香味。接著，他遞給我一支新牙刷，和他的那支一模一樣。另外，他也給我一小包能產生薄荷味泡沫的牙粉，叫我留著用。我不肯收，他只好承認廠商送他一大箱。我付他兩元的拔牙費，他端出一瓶威士忌來乾杯。慶祝什麼？他說是互惠互利的這場交易。整體而言，我覺得他爲人風趣可親，因此見到查理舉槍回來時，我的良心默默過意不去。查理的槍口對準良醫。「我想跟你談生意，你卻不肯，」他說。他的臉皮被白蘭地醺紅了。

「不知道我的下一場敗仗是哪一行，」瓦茨黯然說。

「我不曉得，我也管不著。伊萊，去收拾痲藥和針。瓦茨，去找一條繩索給我，動作要快。敢動歪腦筋，我保證讓你的腦袋破一個洞。」

「有時候，我覺得我的腦袋已經有破洞了。」他改對我說，「追逐金錢，追逐舒適的生活，追得我筋疲力竭。小子，好好照顧你的牙齒吧。維護口腔的健康。講起話來會更加甜蜜，對不對？」

查理甩了他一記耳光，爲他的演說畫下句點。

騎馬走過一整個下午。入夜後，我開始頭暈，目眩到差點從馬鞍摔下去的程度。我問查理，今晚可不可以就此歇腳，找個地方過夜，他同意了，但前提是必須找個能避風雨的地方，因爲雨好像快來了。他嗅到柴火的氣息，我們循味來到一間單房的小茅屋，棉絮般的輕煙從煙囪裊裊而上，唯一的窗子透出閃爍的微光。應門的是一位老嫗，裹在碎花布裡顫抖著，灰白的長髮落到下巴，半張的唇裡是滿口發黑的亂牙。查理捏著帽子，以劇場演員的戲劇化口吻敘述我們屢遭橫禍的經過。老婦人的眼珠如牡蠣肉，視線落在我臉上，我瞬間冷了起來。她不發一語，門也不關就走回屋內。我聽見椅子拖地板的聲響。查理轉向我問：「你覺得如何？」

「再找吧。」

「她們沒關，等我們進去。」

「我覺得她不太對勁。」

他踹踹一堆雪。「她懂得生火。不然你還奢求什麼？我們又不想住下來。」

「我認為最好繼續再找，」我重申。

「門！」老婦人高喊。

「在暖呼呼的房間裡過兩三個鐘頭，我比較舒服，」查理說。

「喂，生病的人是我，」我說，「而我願意繼續走。」

「我贊成留下來。」

老婦人的影子在屋內深處的牆壁上爬行，隨後本人再次現身在門口。「門！」她嘶吼，「門！門！」

「看得出她要我們進門吧，」查理說。

是啊，我心想。她要我們從她的嘴唇進去，掉進她的胃裡。但我身體太虛弱，無法再堅持，所以查理拉著我的手臂進門時，我沒有抗拒的意思。

房裡有一桌一椅、一床髒床墊。查理和我在岩石砌成的壁爐前坐下，坐在木質地板上。爐火的熱氣烘得我的臉和手好舒服，一時之間我在新環境裡樂陶陶。桌前的老婦人一聲不吭，臉被身上層層破布蒙住。她眼前的桌上有一堆紅色和黑色的珠子或石頭。她雙手從破布衣裡伸出來串珠，一顆接一顆，串上一條細鐵絲，動作靈巧。她可能想製作長串的項鍊或某種式樣繁複的首飾。桌上有一盞燈，光線昏暗，閃爍著黃橙火光，一縷黑煙從火舌尖徐徐上揚。

「感謝您的相助，女士，」查理說，「舍弟身體不適，無法在戶外打地鋪。」老婦人不搭腔，查理改對我說她大概是聾子。「我才不是聾子，」她反駁。她用嘴巴含住鐵絲，反覆咬著，想把鐵絲咬斷。

「當然不是，」查理說，「我沒有冒犯您的意思。我看得出您多健康、多敏捷。而且，容我多嘴一句，您把房子布置得好精美。」

她把珠子和鐵絲放在桌上，頭轉過來面對我們，但五官依然被忽隱忽現的光影遮蔽。「我難道不曉得你們是什麼樣的人嗎？」她問，同時以看似骨折的手指比向我們的繫槍腰帶。「你們想冒充什麼人？目的何在？」

查理的態度變了，或者應該說，他恢復了眞面目。「好吧，」他說，「妳認爲我們是什麼人？」

「你們不以殺手自居嗎？」

「就憑我們有槍，妳認定我們是殺手？」

「我啥也不認定。你們背後跟來幾個死人，所以我知道。」

我頸背上的毛髮直豎。她的話荒誕無稽，但我不敢轉頭看。查理的語調平和：「妳怕我們會殺妳？」

「我什麼也不怕，最不怕的是你們的槍子和大話。」她看著我問：「怕被我殺嗎？」

「我挺累的，」我胡亂搪塞。

「床給你睡，」她指示。

「妳睡哪兒？」

「我不睡。我必須趕工。明天早上，我大致會走。」

查理的臉色冷峻起來。「這棟小屋不是妳的，對吧？」

聽見這話，她的神態變得僵硬，看來是暫停了呼吸。她撥開破布，讓爐火與燈火照臉，我發現她幾乎光頭，只有稀疏的幾撮白髮，頭顱凹凸不平，有幾處似乎鬆軟，整個頭恍若熟爛的水果。「每個鈴鐺自有獨特的鈴聲，」她對查理說，「人心亦然，各有各的心聲。年輕人，你的心聲令人不忍卒聞，我聽了耳疼。你的眼睛也讓我看了眼痛。」

隨後，許久無人開口，只見查理與老巫婆對視。我從兩人的表情無法理解其心思。最後，老婦人再以破布蒙頭，繼續串珠子，查理則席地躺下。我不上床，而是躺在他身邊，因爲我被老婦人嚇到了，認爲兄弟一同睡比較安全。儘管心頭忐忑不安，衰弱至極的我躺下不久便沉入夢鄉。在夢中，我夢見屋內一如睡前的情景，不同的是我站著旁觀沉睡中的自己。老婦人起身，走向我們；睡地板的我開始碎動流汗，查理則是鎮靜安詳。老婦人在他的正上方彎腰，以雙手撥開他的嘴，破布衣裡緩緩流出一道濃稠的黑色液體，流進他的嘴巴，而我——旁觀的我，而非沉睡的我——驚叫起來，叫老婦人不要對他亂來。夢在這時戛然打住，我回過神。查理躺在我身邊，注視著我，張著眼皮睡覺。這是他詭異的睡眠習慣。老婦人坐在他後方，桌上的那堆珠子數目劇減，想必是我睡了很長一段時間。她繼續坐在桌前，頭卻轉向正後方，凝視著遠遠的一個陰暗角落。什麼東西令她看得目不轉睛？我不知道。但她一直不轉移視線，我懶得繼續想，頭躺回地板上，一股腦兒又沉睡不醒。

翌日早晨，我在地板上醒來，查理已不在身旁。我的身後傳來一腳落地的聲音，轉頭發現查理站在敞開的門口，向外凝望著小屋前的原野。這天出了個大太陽，兩匹馬站在遠處，旁邊有個樹木的殘樁被挖出地表，樹根朝天，馬繩就綁在樹根上。草地蒙上一層霜，敏步嗅著草，想啃草來嚼一嚼；躂步則發著抖，不知盯著什麼東西。「老太婆走了，」查理說。

「走了最好，」我邊回應邊站起來。屋裡混合著灰燼味和煤炭味，我的眼珠乾澀、灼痛。不燒開水不行，於是我走向門口，不料卻被查理攔阻。他的面容憔悴疲憊。「她走是走掉了，」他說，「卻留住我們，把我們當成紀念品。」他比劃著，我朝他手指的方向望去。老婦人徹夜串珠子，成品在門框圍了一圈。我大致會走，我記得她說過——大致上是走掉了，卻沒有走得乾乾淨淨。

「我想聽聽你的想法，」我說。

查理說：「不可能是裝飾品。」

「我們可以拆掉，」我邊說邊伸手去搆。

他抓住我的手。「別碰，伊萊。」

我們向後退一步，衡量對策。馬兒聽見我們講話的聲音，正從野地裡望著我們。「不能從門口走出去，」查理說，「唯一的辦法是破窗而出。」我的腹圍向來寬廣，這時我拍拍肚子說窗口那麼小，我大概鑽不出去。查理說不試試看怎知。然而，如果鑽到一半卻被卡住，滿臉通紅卻縮不回去，那種情景絕不讓我想要一試。所以我說我不想鑽。

「那我自己先出去，」查理說，「幫你找工具回來，把窗口擴大一些。」他把老媼的椅子拉過來，站上搖搖晃晃的椅子，以左輪的槍柄敲掉玻璃，叫我支撐他爬窗戶出去。隨後他掉頭走來前門，和我隔著門口對看。他面帶微笑，但我板著臉。「鑽出來了，」他說著拍掉肚子上的碎玻璃。

我說：「我不喜歡你這套計畫。荒郊野外的，哪裡去找好心人？誰願意出借工具呢？到時候你會騎著馬，漫無目的走來走去，留我一個人在這棟茅屋裡瞎耗。如果老太婆回來了，我怎麼應付？」

「她留下毒咒來對付我們，沒有理由再回來。」

「你說得倒輕鬆。」

「我相信她鐵定不會回來了。不然我能怎麼辦？你如果想得出辦法，趕快提出來討論討論。」

但我想不出法子。糧食袋放在馬兒身邊，我叫他去幫我拿些東西過來，看著他走向繫馬處。

「別忘了拿鍋子（pan），」我呼喚。「什麼男人（man）？」他問。「鍋子！鍋子！」我比劃著以鍋子煮食的動作，他點頭會意。他帶東西回來，從窗外送進屋裡，祝我早餐愉快，然後躍上敏步，騎行而去。他們漸行漸遠，一股悲慘的情緒滋生我心中；我呆望著他們遁入的樹林開口，心生不祥的預兆，擔憂他們將一去不回。

我鼓起蓄積心中備用的興致，決定暫時以小屋爲家。屋內沒有柴薪或火種，所幸煤灰仍有餘燼，於是我抓起老太婆的椅子，對著地板使勁擊打，然後收拾殘破的椅腳、椅座、椅背，在壁爐裡堆積成倒V字形，澆淋燈油。不一會兒，碎椅轟然起火。火光與香味令我心情開朗。椅子的材料是硬質橡木，很容易燃燒。我母親常在這種時候說「小小的勝利」，而我這時也自言自語說出來。

我在門口佇立幾分鐘，向外望著世界。晴空是萬里無雲，藍得發紫的蒼穹顯得比平常更高、更深邃。融雪從屋頂串串流下，我舉起錫杯去窗口接水，手中的杯子變得冰涼，透明的冰雪小島漂浮水面，我舉杯喝時感覺嘴唇刺麻麻。我嘴裡殘餘昨天的死血，有陰森的棺味，冰水一入口，沖散了血腥，舒坦了我的心情。我把冷水含在嘴裡，漱洗傷口，沒想到這麼一沖刷，我赫然發現嘴裡有固體的東西鬆動了，在水中流動。我以爲是漱掉了一塊皮肉，趕緊吐在地上。啪的落地聲，聽起來令我反胃。我彎腰去近看，見到一條圓柱形的黑色物體，心臟砰然加速：難道瓦茨大夫瞞著我，在我嘴裡塞進一條水蛭？我以拇指去戳撥，那東西散開來，我才想起牙醫曾在牙齦邊塞棉花。止血棉被我扔進爐火，順著燃燒的椅腳往下滑，開始冒泡、生煙，流下一道血液與唾液的痕跡。

蒸氣從野地浮升，我凝視著屋外，回想起近日發生一連串的禍害，先是蜘蛛，後是頭腫，現在又被下咒，幸好是一一化解，我不禁雀躍。我吸了滿滿一肺臟的冷空氣，胸腔脹到極限。「蹚步！」我對著野地高呼，「惡毒的吉普賽巫婆對我下咒，把我困在這間小屋了！」蹚步抬頭，嚼著一嘴硬邦邦的青草。「蹚步！主子遭逢急難，快來救人！」

我爲自己煮了一小頓早餐，有培根、粗燕麥粥、咖啡。一塊軟骨卡進拔牙後的傷口，我硬是挑不出來，傷口因此又流血。我想起大夫給我的牙刷，從背心口袋拿出來，連同牙粉，整齊排列在杯旁的桌上。該不該等傷口完全癒合才刷牙呢？大夫並沒有說，但我考慮刷刷看，謹愼一點應該無礙。我弄溼刷毛，搖出一丁點牙粉，嘴裡複誦著大夫吩咐的「上下刷，左右刷。」薄荷味的泡沫在我嘴裡形成，我也把舌頭刷得火紅。我攀著窗沿，引體向上，對著泥土和雪地吐掉血水。我的口氣變得清新涼爽，嘴裡有痲痲癢癢的感覺，深得我心。我決定今後將每日使用牙刷。我以刷柄敲著鼻梁，了無心事，或者同時想著幾件模糊的事物，這時看見一隻熊拖著笨重的身軀走出樹林，走向蹚步。

是一頭灰熊，體形龐大卻四肢修長，可能甫從冬眠甦醒。躂步見到或嗅到熊，開始前蹬後跳，無法掙脫樹根的束縛。我湊近門口，舉起手槍，連發六顆子彈快攻，無奈心神太慌亂，槍槍落空。大灰熊聽見槍響，不以為意，持續挺進。等到我拿起第二把手槍，熊已經來到躂步身邊。我開兩槍，又沒有打中，他撲擊躂步，一爪揮中馬眼，打得躂步倒地。接著，熊站到另一邊，以躂步隔著我。我唯恐開槍誤傷躂步，又不願眼睜睜看牲口遭屠宰，無計可施之下，只好跨出被詛咒的門檻，奔向戰場，扯破嗓門嚷叫。大灰熊發現我逼近，變得不知所措——宰馬宰到一半，是該繼續宰呢，或是改為對付這一頭新來的、吵鬧的兩腿動物？趁他腦筋轉不過來，我把兩顆子彈送進大灰熊的臉，另外兩顆射進他的胸，他倒地斃命。至於躂步是生是死，我無法判定。他似乎已無呼吸。我轉身，面對如黑嘴的小屋門口，雙手開始顫抖，腿肌也是。我渾身鈴鈴作響。

我回到小屋。無論我是否毒咒上身，我認爲最好別告訴查理這件事。我檢查自身的健康狀態，除了渾身鈴鈴作響之外，找不到其他異常的感受。鈴鈴作響應該是神經太緊繃的結果，現在已經漸漸消退。躂步仍無動作，我認定他死了，這時飛來一隻鶺鳥，降落在他的鼻子上，他蹦起來，甩頭喘息。我從門口退回，躺下床。鋪褥的溼氣重，質地不均勻，而且有泥土味。我切開一個洞看個究竟，發現裡面滿是草和土。或許巫婆喜歡睡這種床吧。我改睡地板，躺在壁爐前。一個鐘頭後，我醒過來，聽見查理在喊我的名字。他手持斧頭，正在劈砍窗框。

我從他劈出來的大洞爬出去，走向死熊，在屍體旁邊坐下。查理說：「我剛見到這團東西躺在這裡，喊你的名字，你沒有回應。走到門口，看見你躺在地板上，想直接進門卻不行，那種感覺好難受。」他問我事發的經過，我說：「沒啥好說的。熊從樹林裡走出來，打倒蹉步，我舉槍小心瞄準，把熊打死。」

「你開了幾槍？」

「射光了兩支手槍。一支命中兩發，另一支也命中兩發。」

查理檢視熊的槍傷。「你開槍的地方是窗戶或門口？」

「幹嘛一直問？」

「沒有原因，」他聳聳肩，「只覺得你的槍法神準，老弟。」

「只是運氣好吧。」我希望改變話題，所以問他那把斧頭的來歷。

「有幾個人南下，想去加州探礦，」他說。他的指關節被削掉一層皮，我問傷從哪裡來。「他們借我工具時婆婆媽媽的。唉，活該，他們再也用不著這把斧頭了。」他重回小屋，鑽進他砍出來的洞。起初我不清楚他的用意，不久後屋內竄出火煙，接著我的鞍囊和鍋子飛出窗口，查理旋即衝出來，嘴巴笑得大開。我們上馬後，小屋化爲火海，火焰與熱氣咻咻沖天，被查理淋上燈油的死熊也同樣起火。這場面儘管壯觀，卻令人傷感，我慶幸能離開這地方。我頓時想到，我爲了一匹不想要的馬而跨出門檻，查理卻不肯爲自己的血肉之軀做同樣的事。人生事有起有伏啊，我心想。

躂步的眼睛紅腫，毫無生氣，動作也怪異，拉他向左轉，他卻往右走，而且是想走就走，想停就停，走路時也歪歪斜斜。我對查理說：「躂步的腦袋大概被熊掌打傻了。」

查理說：「可能只是暫時昏頭吧。」躂步一頭撞上樹幹，開始嘩嘩撒尿。「你對他太仁慈了。用鞋跟狠狠蹬他的肋骨，他才會專心聽從你的命令。」

「上一匹馬用不著這樣打罵。」

查理搖頭。「甭提那檔事了，感激不盡。」

「上一匹馬比我認識的很多成年人還聰明。」

查理搖頭，不願再談。我們來到淘金客命喪黃泉的營地。不是淘金客，應該說是有志探礦者，或是有志難伸的探礦人。我數一數，總共五具屍首，全部面朝下趴在地上，各自分開。查理一面掏空他們的口袋，搜刮他們的行囊，一面對我訴說來龍去脈。「這一個胖子，他是條硬漢。我盡量想跟他談道理，他卻在朋友面前逞強，我只好對著他的嘴巴開槍，其他人開始逃命，全被我槍斃，所以才背部中彈，分趴各地。知道了吧？」他在一具瘦小的屍體旁蹲下。「這一個我敢說，今年頂多十六歲。唉，誰叫他不懂事，跟錯了人，被這群莽夫帶著亂逛。」

我默默不語。查理看著我，想見我有何反應，我只聳肩以對。

「這什麼意思？」他說，「你可別忘了，這事你脫不了關係。」

「這話怎講？你記得吧，反對在老太婆家過夜的人是我。」

「生病害我們不得不歇腳的人也是你。」

「是蜘蛛躲進我的靴子，那才是我生病的原因。」

「你的意思是，你想把罪過推給那隻蜘蛛？」

「我不想怪罪任何人。提起這事的人是你。」

查理轉頭對一地的死人說：「各位好漢，你們英年早逝，想怪罪的話，就怪罪一隻蜘蛛，一隻想避寒、毛茸茸的大肚蜘蛛。導致各位喪命的正是一隻蜘蛛。」

我說：「老哥，我只是想說，賠上幾條命太遺憾了，的確令人惋惜。我沒有其他意思。」我以皮靴爲男童翻身。他的嘴巴開著，上排的一對暴牙突出嘴唇。

「好一個英俊小生，」查理故作滑稽，其實他已有悔意，我看得出來。他對地面吐一口痰，抓起一把土，向上對著背後甩。「這些人不該淨想著去加州尋寶，應該待在老家，好好從事農牧業才對。」

「我能理解。他們是想嘗嘗冒險的滋味。」

「這幾個的確是嘗到了。」他繼續搜刮死者的口袋。「這一個有只上等的懷錶和錶鏈。你要不要？好重，來，拈拈看。」

「別亂拿人家的錶，」我說。

「你也拿的話，我心裡會比較舒服。」

「我拿的話，心情會更糟。錶留下來，不然你自個兒留著，我可不要。」

查理也槍斃他們的馬。死馬集中躺在營地外的乾溝底。若在平常，我見牲口死了，也不會難過，但其中兩匹外形頗佳，遠勝過蹉步。我對查理指出此事，他語帶怨氣說：「這些馬身上都有記號，你會笨到騎去加州嗎？他們的人馬在加州等你騎馬去自投羅網。」

「哪有人會等這些人？何況，你和我一樣清楚的是，世上沒有一個地方比加州更容易藏匿。」

「伊萊，我不想再聽你囉唆馬的事了。」

「如果你以爲我不會再囉唆馬的事，你是大錯特錯。」

「行，那我今天不想再談你的馬了。現在，我們來分錢。」

「人是你殺的，錢你自己留著用。」

「我殺這些人，爲的是救你脫離巫婆屋啊，」他喊冤。我不肯接受他分給我的銅板，他說：「可別以爲我會硬塞給你。反正我早該添幾件新衣了。你那匹血肉模糊的無腦馬，還能走路嗎？能載你去下一個城鎮嗎？不會傻傻掉進懸崖吧？咦？你在笑嗎？不會吧？我們在吵架，萬萬不准你笑。」我並沒有笑，但聽他這麼一逗，我開始展露笑顏，淺淺一笑。「不行，」查理說，「吵架時不准微笑。笑，不應該，我敢說你自知不應該。你應該嘔氣，應該生悶氣，應該回憶我從小奚落你的往事。」

我們上馬，離開此地。我踹韃步的肋骨，他腿軟倒下去。

走到下一個城鎮時，夜色已深，貿易商行看似已經打烊，但店門未鎖，煙囪冒著煙，所以我們敲門入內。室內溫暖而安靜，撲鼻而來的是新商品的氣息，整齊陳列在商品架上的是長褲、襯衫、內衣、長襪、帽子。查理以靴跟踏一踏地板，一位身手矯健的老人從厚重的黑絨布幕後面鑽出來，身上的內衣鬆垮垮。他並沒有回應我們的招呼，只默默拿著一根松樹枝，末端的火點載浮載沉，逐一點燃櫃檯上的燈。不久，全室沐浴在金光中，老人把雙手放在櫃檯上，眨眼微笑，以笑容詢問客人。

「我想挑幾件新衣服，」查理說。

「從頭到腳嗎？」老人問。

「我最想買的是一件新襯衫。」

「你的帽子挺邋遢的。」

「你有什麼樣款式的襯衫？」查理問。

老人目視查理的上身，以幹練的眼光丈量尺寸，然後轉身，匆匆登上背後的梯子，從貨架上取出一小疊摺妥的襯衫，下梯子後擺在查理面前。查理一件件挑選之際，老人問我：「你呢，先生？」

「我今晚什麼也不想要。」

「你的帽子也一樣邋遢。」

「我喜歡我的帽子。」

「這頂帽子一定跟了你挺久的吧？從一環環的汗漬看得出來。」

我的臉沉下來，說：「以這種言語來批評他人的服裝，太不禮貌了。」

老人的眼珠烏黑、精靈，令我聯想到鼴鼠或掘土而居的動物，同樣是反應迅速、自信滿懷、心意專一。他說：「並非我有意觸犯你，這是從事這一行的通病。每回我看見衣裝欠佳的男士，同情之心總是油然而生。」他的雙眼瞪圓，態度天眞，但他一面說話，雙手卻像脫離身體而獨立，忙著在櫃檯上陳列三頂新帽子。

「我不是說我不想買嗎？你沒聽見嗎？」我問。

「試戴一戴，無妨吧？」他邊說邊立起一面鏡子。「反正你的朋友正在試穿，你閒著也是閒著。」三頂帽子分別是黑色、深藍色、巧克力色。我把自己的帽子放在一旁，舊帽子果然相形見絀，我不得不承認。我說我試戴一頂看看吧。老人引吭高嚷：「毛巾！」一位奇醜無比的小孕婦從布幕後面鑽出來，拿著一條熱烘烘的毛巾，朝我扔過來，一句話也不說，鑽回布幕。毛巾好燙，我站起來，不停換手拋著，催毛巾降溫，老人則在一旁說明：「如果你不介意的話，麻煩擦擦雙手和額頭，先生。每位上門的客戶都試戴試穿，商品髒了，賣相會變差。」我開始擦拭，他把注意力轉向查理，爲查理扣上珍珠按釦。查理試穿的是黑色棉質襯衫。「這件挺適合你了，」老人說。查理站向一面長形的鏡子，左轉右轉照著，想從不同角度鑑賞新衣。他轉向我，指著襯衫，眉毛微微揚起。

「這衣服俊啊，」我說。

「我買了，」查理說。

「你這位朋友戴這頂，你認爲如何？」老人邊問邊把巧克力色的帽子戴上我的頭。查理從側面看我，然後要求換上黑帽一試。老人爲我換戴黑帽後，查理點頭稱許。「你想找帽子的話，別再找了，再找也不會比這頂好到哪裡。這樣吧，既然帽子全攤出來了，我試試看這頂藍色的。」

「毛巾！」老人喊，小孕婦又鑽出來，把冒蒸氣的毛巾丟上櫃檯，同樣不說話，又退回去。查理擦拭額頭，微笑著。「老頭，那位是你的女人嗎？」

「是，」他語帶驕傲。

「她肚子裡的孩子是你的嗎？」老臉皺成臭臉。

「這話是在質疑我的種不夠優良？」

「我不打算討論你的種。」

「放肆。」

查理舉雙手求和。「我只是佩服你罷了，別無惡意，祝福兩位永浴愛河。」紛爭就此平息，餘恨最後也被我倆的採購沖散：我買下黑帽，另外加一件襯衫，查理則一買不可收拾，從頭到腳添了整套行頭。老人就寢時，口袋多了四十美元，慶幸自己不惜起床來招待顧客。新衣新帽上身，我們跳上馬，我對查理說：「這種生意眞俐落。」

「比殺人俐落得多，」他附和。

「我自信能適應他那種生活。有時候，我考慮慢慢收山。店裡的感覺挺舒服的，不是嗎？點著油燈，到處是全新商品的氣味。」

查理搖頭。「過那種生活，我會悶得精神失常。那個啞巴姑娘鑽進鑽出的，我只要看一百遍，一定拔槍斃了她。不然我會斃了自己。」

「我的印象是，他那一行是很令人心安的行業。我願打賭，老人晚上睡得一定安安穩穩。」

「你晚上睡不踏實？」查理認眞問。

「對，睡不踏實，」我說，「你也一樣。」

「我睡得像塊石頭，」他反駁。

「你又唉又嗚的。」

「哼！」

「不騙你，查理。」

「哼，」他嗤之以鼻說。他停頓下來，審思我的話。他想研究此言是眞是假，我知道，但他不知如何在追問時不顯得過度擔憂。歡樂之情此時已從他心中淡去，他一時無法正視我的眼睛。我心想，大家皆有受傷的可能，無人能免除擔憂與傷心的侵擾。

我們在市區最南端的一處旅店歇腳。這間旅店格局歪斜，屋內冷風颼颼，只剩下一個房間，查理和我只得將就同一間。我們通常是各住各的。我在洗臉盆前坐下，擺出牙刷和牙粉，以前沒見過這些東西的查理問我在做什麼。我解釋並示範使用方式，刷完牙後嘖嘖發聲，深深呼吸。「口腔清爽無比，」我告訴他。

查理想了一想。「我不喜歡，」他說，「我認爲刷牙齒是愚蠢的行爲。」

「隨你吧。瓦茨醫生說，如果勤於刷牙，牙齒一輩子不蛀。」

查理依然存疑。他說，我一嘴泡沫，看起來像獸心大發的野獸。我反駁說我寧可每天像野獸幾分鐘，也不願終生散發獸味。這句話結束了牙刷的討論。提起瓦茨大夫，查理想起麻醉劑，因此從他的鞍囊取出藥瓶與針。他說他想以自身實驗藥效，我看著他對著自己臉頰注射劑量不小的藥液。藥效發作後，他開始扭擰自己的臉。「不得了啊，」他說。他命令我甩他耳光，我給他輕輕一掌。

「我什麼感覺也沒有，」他說。

「你的臉皮下垂得像薄煎餅。」

「再打我一下，這次用力一點，」他下令，而我照做。「了不起啊，」他說，「再打一次，最後一次，想使多大的力氣隨便你。」

我高舉手臂，使勁甩他一巴掌，力道之大，連我自己的手都刺痛。「你這次感覺到了。你的頭髮蹦了一下。我看得出你眼裡的痛意。」

「是衝擊產生的後座力，不過我不覺得痛，」他語帶驚奇，「腦筋動得快的人懂得善用這藥。」

「你可以逐鎮而居，收錢請無處發洩的鎮民打你頭。」

「我不是在開玩笑。這藥瓶裡的東西能化不可能爲可能，有利可圖。」

「等藥效退去，你再談你對神藥的心得也不遲。」

他收不攏嘴，唾液涓流至下巴。「麻得我不停流口水，」他說著猛吸唾液。他聳聳肩，把針劑收起來，說他想去馬路對面的酒館，邀我同行。儘管我不願見他狂飲白蘭地，我更不願獨守旅店房間。我倆的房間壁紙起皺，冷風陣陣來，塵埃遍地，而且殘留先前旅客的異味。輾轉反側的客人壓得彈簧床吱嘎叫，那種聲音是我聽過最寂寞的聲響。

我在破曉時分醒來，頭腦隱隱作痛，揮之不去，不是白蘭地導致的宿醉，而是全身倦怠，只不過白蘭地也讓狀況雪上加霜。我把臉沉進水盆中，然後刷牙，站在敞開的窗戶前，體會微風輕撫頭顱的快感。外頭的氣溫偏低，但涼風挾帶暖意，吹送來第一股春天的氣息，帶給我一份志得意滿、一份正確而有序的感受。我走到房間的另一邊，去查看查理今早的狀況，發現他的情形比我還差。

「我本來也四肢乏力，」我告訴他，「不過現在已經好多了。我相信牙粉具有某種療效。」

「幫我叫人來準備洗澡水，」他沙啞地說，以碎花布棉被和床單裹住身體。「吩咐女侍，水要燒得燙人。」

「一缸洗澡水要兩毛五，」我說。我在大廳見過招牌。我之所以提起價格，是因為在老家一缸洗澡水只要半毛錢。但查理顧不得洗澡水太貴：「哪怕是花二十五元，我也要洗。洗一澡可以救我一命，如果我還有救的話。水要燙到可以煮熟一隻雞的熱度。另外，你幫我去藥店抓一些藥。」

我說：「一個頭子，三天兩頭酒醉鬧病，這話傳到准將耳裡，不知道他有何感想。」

「別囉唆了，」他懇求，「趕快去叫女侍。吩咐她，水要燙。」

「我抓到藥後會直接回來。」

「快一點，拜託。」

我在樓下的大廳找到女侍。她坐在櫃檯裡面，拿著長針，正在縫補枕頭套。下榻這間旅店之初，我只隨眼看她一下，但現在仔細一瞧，發覺她略具姿色、年紀很輕、膚色白皙、體態豐腴而結實。秀髮被汗珠貼在額頭上，縫補的動作迅速，穿針之後手臂向後延展到極限。我敲敲櫃檯，她的目光投射過來，煩躁之情畢露。

「我哥白蘭地喝多了，需要泡一缸燙人的熱水澡。」

「三毛錢，」她以平板調說。我看著她頭上的招牌，上面仍然註明兩毛五，我正要開口，她說：「昨天是兩毛五，現在是三毛。再過幾天會漲到三毛五。」

「做招牌的油漆工最近生意興隆喔，」我說。但她只繼續埋首縫紉。多言無益，因此我說：「我最好趕快付錢，否則再漲上去，我可付不起。」工作過度辛勞的女侍連一笑也沒有，更讓她惱怒的是，我付的是二十元的大硬幣，她見了瞠目半晌，最後將錢撥入骯髒的罩衫口袋，掏出零錢。她毫不掩飾對我的嫌憎，我認爲最好先提醒她：「小姐，我哥的耐性不如我，而且他今天早上的精神狀況不好。他要的是燙人的熱水澡，水最好燒熱一點。他可不是好惹的，我建議妳姑且一信。」

「水會燒得燙人，」她說著把枕頭夾在腋下，轉身去執行任務。伙房與鍋爐間以珠簾隔開大廳，她低頭鑽進珠簾時，我留意到她的衣角夾進芳臀溝，她以輕巧的小手一撩而出。想必是不經她大腦的舉動，是不由自主的動作，但有幸一睹這動作的我如獲至寶，開始吹起口哨，胡亂吹著輕快的曲子。

我走出旅店，尋找著藥店或診所，卻找得心不在焉，因為我泰半的心思放在女人身上，遐想著愛。我和女人相處的時間從不超過一夜，而且只和妓女相處過。儘管每次來去匆匆，我仍盡量以友好的態度相待，但我內心清楚的是，我做的是表面工夫，因此事後總覺得疏離而空虛。過去這一年來，我已不碰妓女，認為與其去揣摩男女的親暱關係，不如完全不近女色；儘管遐思對我這種人而言是不合實際的行為，路過店面時，我臃腫的身影映在櫥窗上，我仍忍不住心想：鏡中人何日方能覓得愛的歸宿？

我找到藥店，購買一小瓶嗎啡。回到旅店，我看見女侍重重踩著樓梯下來，腋下夾著錫盆，腰際被洗澡水沾溼大片。她停住了一會兒；我以為她想打招呼，因此我摘下帽子，對她報以微笑。但我仔細一看，發現她的呼吸沉重，神色透露怨氣或不愉快的心情。我問她怎麼一回事，她高聲痛斥我哥是野蠻人，用地獄最熱的水也洗不乾淨。我問，他做了什麼事，但她不肯回答，只推開我，走進大廳。我聽見珠簾互撞的聲音，接著是水盆摔向牆壁的巨響。我在樓梯上呆立片刻，傾聽旅店的聲響從四周傳來，聽見有音無影的腳步聲、吱嘎聲、開門關門聲、隱約的說笑聲、嬰兒的哭聲。我注意到，眼前的樓梯牆壁上有一支熄滅的蠟燭。我擦亮火柴去點燃，然後吹熄火柴，把火柴棒立在燭身旁。我望向樓梯頂端，見到我和查理的房門開著一道縫。逐步走近時，我赫然聽見他在講話，對象竟然是我，只不過他絕不可能知道我剛回來。坐在澡缸裡自言自語是他從小養成的習慣。我悄悄進門偷聽：

「可是，頭子是我啊。沒錯，就是我。你呢？不幫你，你連馬都牽錯路。而且，你天生多毛病。對，你老是喊病。你淨招病痛和煩惱。要不是你和我有血緣關係，我老早就叫你別跟過來了。其實，准將早叫我把你留在家裡，不肯聽話的人是我。他欣賞我的忠誠。我敢情是跟對人了。准將說得好：『忠誠者必得他人的信心。』他對我有信心。沒錯，老弟，他對我信心十足。你又來了，笑什麼笑？不管我講什麼，你都笑。好，我問你一句話，是眞心的話。你認爲誰對你有信心？」

他停頓下來，把上身沒入水面，刷洗身體。我一面敲門一面開門，可笑地原地踏步，清清嗓子。「查理，」我高聲說，「藥買回來了。」我故作無事，盡量以自然的嗓音來僞裝，無奈語調仍難掩受傷的心情。我走進浴室，見他彎腰探出澡缸，腰部以下的皮膚鮮紅，彷彿穿著紅色長褲。他對著痰盂嘔吐，我看見他的腰腹痙攣，嘔出毒膽汁。他對我豎起一指，喘著氣說：「別走。」他繼續嘔吐，我拉來一張椅子，坐在他旁邊。我氣得膝蓋顫抖，心中但願剛才沒聽見他的數落該多好。最後，我再也無法忍受和他共處一室的滋味。我站起來，把嗎啡放在椅子上，指著門口，假裝門外有急事待我處理。他沒有注意到我離開，應該是沒有，因爲他身體不適，正忙著嘔吐。

我無處可去，也擔心旁人認出我傷心的神態，因此站在走廊，一站就是幾分鐘，不停改變兩腳的重心，不停呼氣吐氣，極力清除腦海裡任何一絲思緒。我注意到，我剛點燃的蠟燭又熄滅了。我猜是被風吹熄的，但近看之餘，才發現我留下的火柴棒也不見了。我重複剛才的動作，點燃燭芯，把燒剩的火柴倚著燭身，立在黑色的金屬燭台上。我想找人聊天，對象是誰，我不清楚，很可能是旅店的女侍。要不要留一封私信給她？但我苦無紙墨，即使有，也不知該寫什麼。親愛的小姐，我建議妳多多洗臉，善待我。我有的是錢。妳要嗎？我有錢卻從不知道該怎麼花。

我坐在樓梯上，再耗二十分鐘，然後回房間。查理坐在他的床上，穿著新襯衫，沒穿長褲。他捧起一隻新靴子，拍一拍，欣賞著手工。他已喝掉三分之一瓶的嗎啡，藥效已發揮作用；他的眼角下垂，模樣是樂上九霄雲外。

「頭不疼了，老哥？」

「還疼，不過喝了藥以後，頭疼變得不礙事。」他翻轉著皮靴，細探靴內風光，以嚴肅的口吻說：「製作這靴子的手工和耐性令我肅然起敬。」

這時查理的一言一行都令我反感。「你這副德性多討人喜愛。」

他的眼瞼起起落落，猶如一對窗簾被反覆拉起又放下。他聳聳肩說：「人嘛，有些時日健壯……有些時日不然。」

「你幾時想動身？」

這時他閉上眼睛：「以我的身體狀況，不宜遠行。在鎮上多待一天無妨。女侍提過，今天早上有一場決鬥，我們看完再走。」

「隨便你。」

他把眼睛睜開一道縫。「你是怎麼了？態度不太一樣。」

「我倒覺得是老樣子。」

「我剛在澡缸裡自言自語，你聽見了，對不對？」我不回答，他的眼皮睜得全開：「我聽見外面有聲音，猜想是你。小人和竊聽賊的下場正是如此。」突然間他彎腰下去，細細一道黃色膽汁流出嘴巴，吐了一地。抬頭時，他臉上滴著汗，溼潤的嘴唇向上勾成一抹邪笑。「我差一點吐進靴子裡！就差那麼一點點，我就吐進靴子！如果真的吐中了，我會多難過，你想像得到嗎？」

「我待會兒再過來，」我告訴他。

「什麼？」他說，「不行，待在我身邊。我身體不舒服。剛才讓你不開心，是我不好。我只是隨口講講一些沒頭腦的東西。」

「我想獨處一陣子。你再喝一點嗎啡，去睡個覺。」

我轉身走向門口，但他不是沒見到我的動作，就是裝瞎子，繼續對我說：「那瓶白蘭地一定有毒，我猜。」他又乾嘔一陣，沒有吐出來。「我喝酒從來沒有醉到這麼慘。」

「我喝的是同一瓶，怎麼沒中毒？」

「你喝的沒我多。」

「應該歸罪於誰？與酒鬼爭論無益。」

「哇，我被罵成酒鬼了。」

「我今天沒空陪你鬥嘴了。我得去拆線療傷。回頭見，老哥。我建議你，暫時別再進那間酒館一步。」

「我哪有力氣再去？已經墮落成酒鬼了。」

他只是想藉爭吵來生我的氣，藉此自滅內心的愧疚，但我不肯推波助瀾。我回到大廳（下樓時注意到，蠟燭仍在燃燒，火柴棒無人動過），看見女侍坐在櫃檯裡閱信，欣喜之情洋溢臉龐。這封信顯然是捎來了喜訊，因爲她心情大好，招呼我的口氣雖稱不上熱絡，至少不如先前的冷淡。我向她借剪刀和鏡子，她不理會，反而主動要幫我理髮，代價是五毛錢。她以爲我借東西是想自己剪頭髮。我謝絕她的好意，說明我嘴裡有縫線待剪。她問我，可否准她進我房間參觀血淋淋的過程。我說，我希望迴避查理一段時間，她則說：「這我不難理解。」然後她問我，我打算在哪裡動這項小手術。我承認我還沒想過，這時她邀我進香閨。

「妳今天早上不是有急事，忙不過來嗎？」我問。

她臉紅了，解釋說：「早上對你失敬了，對不起。上星期，我的幫手不告而別，我一直熬夜趕工。另外，我家有病人，我急著想得知情況。」她拍一拍信，點點頭。

「一切安好吧？」

「不盡然，大致還好。」語畢，她邀我進入神聖的櫃檯，我跟隨她鑽進珠簾，進入她的私密世界。珠簾打在我的臉上，感覺刺癢而愜意，我樂得哆嗦一陣。我心想，沒錯，我正在體驗人生。

閨房與我的想像有所出入。哪來的想像？我哪有時間去想像香閨長什麼樣。她的房間裡沒有花朵，沒有雅緻的陳設，沒有絲巾或香水，沒有玉手巧心布置的淑女掛飾，沒有詩集叢書，沒有美容用品與成套的小刷，也沒有蕾絲邊枕頭，上面更沒有警世諺語。這些文字寫得擲地有聲，具有療效，可在心情低落時提振人心，平常則能帶領人度過寂寥無止境的苦悶日子。她的房間是以上皆無，充其量是煤箱，天花板低矮，無窗戶也無自然採光，隔壁就是伙房與洗衣間，因此油煙、汙水、發霉肥皀粉的臭味充斥。想必她看出我神情失望，因此她的態度轉爲害臊，輕聲說我大概瞧不起她的房間。聽她這麼說，我連忙盛讚香閨，稱讚此處堅如堡壘，別具安全感，也隱密得滴水不漏。她說我的話出自善意，但其實無須讚美。她自知房間差強人意，但她只需再忍受一小段時日，因爲淘金的人潮洶湧，她的生意做得有聲有色。「再熬六個月，我就能住進這間旅店最上等的客房。」由她最後這句話來判斷，這是她的一大志向。

「六個月，時間不算短，」我說。

「我爲更小的心願熬過更長的時間。」

「但願我能替妳盡快達成心願。」

她聽了一頭霧水。「對素昧平生的人說這種話，好奇怪，」她說。

這時她帶我來到一張松木小桌，在我前面立起一面鏡子。我的超大臉映入眼簾，我以我平常的好奇心加同情心端詳著。她拿剪刀過來，我接下，以雙掌包住剪刀尖，爲剪刀增溫。我傾斜鏡面，以便看清自己的動作。我剪掉打結的縫線，開始拖出一條黑絲。我不覺得疼，只有微微的灼燙感，感覺近似繩索摩擦手而過。現在拆線還太早，因此縫線沾有血跡。我把拆下來的線堆在腳邊，然後集中燒毀，氣味令人退避三舍。結束後，我決定向女侍展現新牙刷和牙粉。這些東西全在我的背心口袋裡。她聽了興奮起來，因爲她最近也養成刷牙的習慣，匆匆去取來刷牙工具，想與我同步品嘗潔牙之樂。就這樣，我們肩並肩，站在洗臉盆前，兩嘴冒著泡，面帶微笑動作著。刷完牙後，氣氛僵了一陣，兩人都不知道該說什麼；我在她的床上坐下時，她的視線移向門口，彷彿想離開房間。

「過來坐我身邊，」我說，「我想和妳聊一聊。」

「我該回去忙了。」

「我難道不是顧客？妳應該款待我，否則我一狀告到商會。」

「唉，好吧。」她坐下時握著衣角。她問：「你想聊什麼？」

「天下事，無所不聊。先聊妳那封家書吧？妳讀得微笑的那封信。病倒的家人是哪位？」

「我弟弟彼得。他被騾子踢中胸口，幸好家人告訴我，他的康復情形良好。母親說，蹄子的形狀好明顯，一眼就看得出來。」

「他命大。被踹死，太缺乏尊嚴了。」

「死就死，哪有尊嚴可言。」

「妳錯了。死的種類很多。」我比著手指來數：「猝死、苦熬而死。英年早逝、壽終正寢。英勇捐軀、懦弱而死。」

「還好他只受了傷。我會捎一封信回去，請他過來和我一起工作。」

「你們倆親不親近？」我說。

「我們是雙生子，」她回答，「我們自幼心靈相繫。我有時候想起他，感覺像他就出現在房間裡。在他被踹傷的那天晚上，我醒過來發現乳房上方多了一個紅印。聽起來很怪吧。」

「對，是很怪。」

「我相信是我睡覺時自己打傷的，」她解釋。

「喔。」

「樓上那人眞的是你哥哥？」

「對。」

她說：「你們倆很不一樣，對不對？我認爲他本性不壞。大概只是太懶惰，懶得做好人。」

「我們兩個都不是好人，不過他生性懶惰倒是眞的。小時候，他不肯洗澡，惹得母親哭出來才肯洗。」

「你們母親是什麼樣的人？」

「她非常聰明，非常傷心。」

「她死了多久？」

「她還沒死。」

「那你怎麼用過去式？」

「我的意思是，呃——她不肯見我們。實話說出來，怕妳見笑。她不樂見我倆從事的行業，還說等我倆找到其他工作，母子才能恢復往來。」

「兩位從事什麼工作？」

「我們是希斯特兄弟，伊萊和查理。」

「喔，」她說，「天啊。」

「我父親過世了。他遇害身亡，而且是他自己該死。」

「好，」她說著站起來。

我握住她的一手。「妳叫什麼名字？我猜妳已經芳心有主？有或沒有？」但她碎步挨近門口，連說她有急事，再也無法耽擱一分鐘。我起身，走向她，問她能否一親芳澤，但她再次聲明急著走的心意。我追問她對我的觀感如何，如果她真的對我有意的話。她回說，她對我不夠熟悉，談觀感還說不上來，但她承認她偏好瘦一點的男人，至少是不像我這種分量的男人。她並無傷人的本意，但字字句句卻刺傷我的心靈。在她溜走之後，我站在她的鏡子前，久久凝望自己的容貌，審視自己在男女世界中的情緣。

那天下午和晚上，我一直迴避查理。晚餐後，我回到房間，發現他在睡覺，嗎啡瓶傾倒地板上，裡面已無嗎啡。隔天早晨，我們一同在房間裡用早餐；更貼切的說法是，吃早餐的人是他，我只有嚥口水的份，因爲我已下定決心，再也不要縱容口腹之慾，盼能消滅腹圍，希望身形與體重更合我意。查理茫茫然，但心情不錯，想和我重修舊好。他握著餐刀，指著我的臉問：「你的雀斑怎麼來的，記得嗎？」

我搖頭。我還沒有重修舊好的準備。我說：「這場決鬥的細節，你知道嗎？」

他點頭。「其中一人是律師。根據各方的見解，他根本不是決鬥的料子。他的姓是威廉斯，對手是一個農場工人，叫做史丹姆，背景險惡。大家說，史丹姆鐵定會痛宰威廉斯。威廉斯是必死無疑。」

「雙方爭什麼？」

「本地有個農場主人欠史丹姆工資，史丹姆請威廉斯追討，最後告上法庭，威廉斯敗訴。判決書一發下來，史丹姆就找上威廉斯，擇期動槍一分高下。」

「律師沒有動槍的背景？」

「槍戰時維持紳士風度的人時有所聞，只不過我還沒有碰到過。」

「聽起來，雙方的實力懸殊，不看也知道結果，我認爲盡早上路才好。」

「你想走，請便。」查理從口袋掏出錶來，我認出原主是命喪他手中的淘金客。「才剛過九點。你騎著蹺步先走，我看完決鬥再出發，個把鐘頭就能趕上。」

「好，那我就上路了，」我說。

旅店的女侍敲門進來，收拾餐盤與杯子。我向她道早安，她以親切的態度回應，走過時一手輕放在我的背。查理也向她打招呼，但她充耳不聞。她關心我爲何整盤原封不動，我拍拍肚皮說，基於心中的理由，我希望瘦下來。

「是嗎？」她說。

「講什麼鬼話？」查理問。

女侍已換掉昨天那件髒罩衫，取而代之的是亞麻質的紅色淑女上衣，低胸的剪裁暴露咽喉與肩骨。查理問她是否前去觀賞槍戰，她回答說她會去，同時告訴我們：「兩位最好趕緊去搶位子，因爲人潮很快就會湧現，沒有人願意讓位。」

「我還是留下來吧，」我說。

「喔？」查理問。

三人一同步向決鬥的場地。我擠進人群，欣然發現女侍挽著我的手臂。我的心情是既雀躍又滿腔騎士情懷；查理跟在後面，以口哨吹著歌曲，故作不知情，虛假的用意卻至爲明顯。我們在人群中站定位子，但正如女侍的預測，好位子是人人爭搶。有個男人想推走她，我對他板起臉孔，查理則高呼：「各位忠心元老，這位紳士罹患狂犬病，請多加留意。」決鬥雙方抵達時，我背後被撞了一下，緊接著又被撞一次。我轉身抗議，發現背後站了一個男人，跨坐他肩膀上的是約莫七、八歲的男童。踹我的人是穿著靴子的小孩。「請貴公子不要再踢我的背，感謝你，」我說。

「他有踢你嗎？」男人問，「我認爲沒有。」

「他有。如果他再踢，我會怪罪到你一個人的頭上。」

「是嗎？」他說，表情透露他堅信我是不顧情理或小題大做。我想扣住他的眼光，想警告他，這種態度將招致他不樂見的結果，但他不肯正面看我，只盯著我背後的決鬥場地。我轉身生悶氣，女侍抓著我的前臂疏導我，但我一肚子火氣難消，轉身再對他說：「孩子這麼小，槍戰如此血腥，你爲何帶小孩來觀戰？我不明白。」

「我看過殺人的場面啊，」男童告訴我，「我看過一個印第安人被匕首刺穿，他的腸子像一條胖紅蛇一樣流出來。我也看過城外有人被吊死在樹上，舌頭腫成好粗一條，像這樣。」男童扮起鬼臉。

「我還是認爲不妥，」我告訴男人，但他不回應。男童繼續扮鬼臉，我轉身回去，見到決鬥雙方在馬路上各就各位。這兩人很容易辨別：農場工人史丹姆穿的是破舊的棉衣和皮褲，面容滄桑，滿臉鬍碴，獨自一人赴約，沒有副手，瞪著群眾，眼露凶光，雙手自然下垂在腰間。律師威廉斯穿著訂做的灰色西裝，頭髮中分，八字鬍上過蠟，修剪整齊。他的副手同樣衣著講究，替威廉斯脫掉西裝外套，當眾做起一連串的屈膝運動，隨後模擬平舉手槍的動作，揣摩瞄準史丹姆開槍，還表演出後座力的作用。這些假動作逗得觀眾強忍笑意，但威廉斯的臉是嚴肅而莊重。我認爲史丹姆不是醉了，就是剛喝過酒。

「妳希望誰贏？」我問旅店的女侍。

「史丹姆是個混帳。我不認識威廉斯，不過他看起來也像是混帳一個。」

扛著小孩的男人聽見了，對我們說：「威廉斯先生不是混帳。威廉斯先生是一位紳士。」

我緩緩轉頭。「他是你的朋友？」

「是的，我很榮幸。」

「希望你已經跟他說過再見。再過不到一分鐘，他就沒命了。」

男人搖頭。「他才不怕。」

這話實在太蠢，我聽了哈哈大笑。「不怕，就死不了？」

男人揮手趕我，不想理我，但小孩聽見我的話，以心照不宣的恐懼看我。我告訴他：「你父親要你見識血腥的場面，你今天可以看個夠。」男人在原地再站片刻，然後沉著氣咒罵一句，推擠人群而去，換個地方觀賞決鬥。

這時我聽見威廉斯的副手對史丹姆呼喊：「你的副手呢？」

「我不知道，也不在乎，」史丹姆回答。

威廉斯與副手交頭接耳一陣。副手點點頭，問史丹姆要不要檢查他的手槍。史丹姆又說他不在乎，副手拿起手槍來檢查。副手點頭表示手槍沒問題，問史丹姆要不要檢查威廉斯的手槍，史丹姆說不必。這時威廉斯走過來，與史丹姆面對面站著。儘管表現出勇敢的氣魄，威廉斯的心似乎不在決鬥上。果然，他對副手說悄悄話，由副手對史丹姆說：「如果你願意道歉，威廉斯先生將不再計較。」

「我不願意，」史丹姆說。

「好，」副手說。他請決鬥雙方背對背，各自向前走二十步。兩人邁步時，副手開始數。威廉斯的額頭閃耀著汗水，手槍在顫抖，而史丹姆神態自若，彷彿正要散步去如廁。數到二十，兩人旋身開火。威廉斯打偏了，但史丹姆的子彈正中威廉斯的胸口中間。律師的表情化爲痛苦、驚駭的丑臉，我認爲其中也有備感屈辱成分。他踉蹌起來，再扣扳機，子彈飛向圍觀的群眾，激起一連串驚叫聲，一位妙齡姑娘被打中小腿，抱腿倒地掙扎。我不知道威廉斯是否注意到自己失手誤傷民眾，等到我轉頭再看時，他已經倒地氣絕身亡。史丹姆朝酒館的方向離去，手槍收進槍套，手臂又自然下垂在腰間。決鬥場地只剩副手一人，孤零零站著，左顧右盼，不知如何是好。我掃描群眾，尋找攏子觀戰的男人，希望當面鄙視他，可惜找不到他的人影。

回到旅店，女侍說她有事待處理，在我收拾行李時告辭。我臨走時遍尋不到她，只好以五元硬幣為禮，藏進床單底下，希望她思念我時能聯想到姻緣之床的概念，或者至少會聯想到床笫之事。查理發現我在塞錢，說他欽佩此舉，但他認為我的計畫有瑕疵，因為床單很髒，顯示女侍無意將旅店經營得乾乾淨淨，床單會繼續累積穢物。「你只是把錢送給下一個睡這間的男人。」

「她有可能會發現，」我說。

「她不會發現。而且，五元太慷慨了。去櫃檯留給她一元，可以讓她把那件罩衫洗乾淨，剩下的零頭還夠她去買醉。」

「你只是在嫉妒我有姑娘。」

「那個苦役，是你的姑娘？可喜可賀。只可惜，我們不能帶她回家見母親。母親見了這朵嬌弱的小花會多麼高興。」

「如果交談的對象是傻瓜，一種選擇是繼續談下去，另一種選擇是完全不開口，我會選擇第二。」

「她直接吐痰在地上，用袖子擦鼻涕，的確是一位非常特別的淑女。」

「完全不開口，」我說著扔下收拾行李的他，自己走到旅店外面去見躂步。我向他打招呼，問候他的身體狀況，他顯得比昨天更有精神，只不過一眼的傷勢惡化許多，我由衷同情他。撇開別的不談，他具有堅強的韌性。我伸手想撫摸他，手一落在馬臉，他卻陡然一驚，令我慚愧。我慚愧的是，他不習慣被人輕撫。我決定從此盡量善待他，默默對他承諾。這時查理走出旅店，見到這片溫馨的場面，嘿嘿嘿笑起來。「各位請看這位熱愛普天下生物的人，」他高喊，「他肯在飼料袋留錢犒賞有病的牲口嗎？八成會的，各位。」他走過來，在馬頭的兩側彈指測試聽力。躂步的雙耳抽動，查理滿意了，改去照料敏步。「接下來的行程，我們全在戶外過夜，」他說，「不要在旅店房間裡懶散度日了。」

「我無所謂，」我告訴他。

他愣了一下。「我的意思只是，如果你再喊病痛，我逼不得已，只好丟下你，自己繼續趕路。」

「喊病痛？你大言不慚嘛。我們兩度延遲行程，都怪你貪杯。」

「好吧，我們最近是倒楣了一點，爲自己立下壞榜樣。過去的事已經過去，不要再發生就好。

同意嗎？」

「你別再囉唆我的病痛。」

「行，老弟。」他躍上敏步，望向馬路前方，視線穿越街上的商店，直通原野。我聽見金屬敲擊玻璃的聲響，抬頭看見旅店女侍站在我們在二樓的客房，兩指夾著五元硬幣敲著窗戶，接著以掌心平貼玻璃，親吻硬幣，我則雙手插胸面對查理，見到他的臉色冰冷而不理人。他踹敏步的肋骨一腳，騎馬上路。我對女侍舉手，見到她嘴唇蠕蠕動作，不知她想說什麼，只能猜想大概是表達謝意。我轉頭跟上查理，想像她在空蕩的客房裡忙碌、操煩，這時我慶幸留錢給她，希望她能開開心心，即使只是開心一小陣子也好。我決心減重二十五磅，寫情書讚美她，企盼聊表奉獻她的心意，以此來改善她的一世山水。

冬天最後一場道道地地的暴風雨即將來臨，跟隨我們背後而來，幸好我們的腳程夠快，一整個下午趕路，入夜之後才在一座大山洞裡紮營。山洞的洞頂被旅人的營火燻黑了。查理煮了一頓晚餐，有豆子、豬肉、烤餅，但我只吃豆子，偷偷將剩菜餵給蹺步。我餓著肚子就寢，夜半醒來，發現一匹無人騎乘的馬站在洞口呼吸，來回擺動身體。這匹馬的毛色烏黑，汗水淋漓，站了一會兒開始打哆嗦，於是我走過去，爲他蓋上我的毛毯。

「怎麼了？」查理問。睡在營火邊的他以手肘撐起上身。

「來了一匹馬。」

「主人呢？」

「我沒看見。」

「主人來了，你再叫醒我。」他轉身，倒頭又睡。

這匹黑馬約有十七掌幅高，渾身肌肉，沒有烙印、馬鞍、馬蹄鐵，但馬鬃清潔，見我伸手並不畏縮。我拿烤餅來餵食，但他不餓，只小口啃咬幾下。「你想去哪裡啊？三更半夜亂跑。」我問他。我想把他牽向敏步和躂步，好讓他能與同伴取暖，但他不從，一直想回洞口。「你是打算讓我沒毛毯可蓋，對吧？」我重返山洞裡，讓營火燒旺一些，蜷縮在旁邊取暖，但無毛毯可蓋的我難以成眠，只能整夜想事情，在腦海反思過去辯輸的論點，將歷史上勝利的一方改寫成我自己。等到旭日東昇，我決定將這匹黑馬據爲己有。我把咖啡遞給查理，將這計畫告訴他，他點頭。「到了傑克遜村，你可以替他裝馬蹄鐵。而且，也許我們可以替躂步談出公道的價格，只不過——買主大概只想宰馬取肉。賣馬的錢，你自個兒留著。你跟著躂步吃了那麼多苦，我不否認。這匹馬平白無故走來認你，是皆大歡喜的巧合。你打算怎麼叫他？不如叫做躂步之子？」

我說：「農場主人應該會樂意買下躂步去做工吧。他至少還有幾年的好日子可過。」

「你可別讓他空歡喜喔。」他轉向躂步說：「燉馬肉？或者是享用青翠的草地，揹著農場千金的軟臀散步？」接著他轉頭對我低語：「燉馬肉。」

我替黑馬安置馬鞍，套上銜鐵，過程順利。我在躂步的脖子裝上繩索，躂步只是垂頭，我不敢正視他的眼睛。前進兩哩後，我們發現地上躺了一具印第安人的死屍。「一定是黑馬的原主，」查理說。我們下馬，替屍體翻身，看個究竟。他渾身僵硬而扭曲，脖子向後折，嘴巴大張，表情是純然痛楚。

「奇怪，印第安人的馬怎麼肯接受銜鐵和馬鞍？」我說。

「一定是從白人那裡偷來的，」查理說。

「可是，白人養的馬怎麼會沒有馬蹄鐵，也沒有烙印？」

「一道謎題，」他承認。他指向印第安人，說：「謎底要問他。」

印第安人沒有外傷，死因不明，但他的身形極其肥胖，我們認爲他可能是臟器忽然衰竭而落馬，跌斷頸骨而死。「黑馬只是繼續走，」查理說，「印第安人原本可能想騎馬去那座山洞。假如他沒死，來到山洞，看見裡面有兩人熟睡，不知道他會怎麼辦。」黑馬低頭嗅嗅屍體，以馬鼻去撥弄他。在此同時，我覺得躂步在注視我。我決定再上馬趕路。起初，黑馬不願離開，但走遠了以後，儘管地形顛簸，而且後面還拖著躂步，黑馬照樣是健步如飛。豪雨來了，幸虧天氣已經不冷，我流著汗，黑馬亦然，他的氣味和體溫讓我心情開朗。他的步伐伶俐而優雅，我認爲他整體而言是天生的跑步高手。我起了一個愈想愈難過的念頭：如果能擺脫躂步，想必能卸下心頭的重擔。我回頭望躂步，見他卯足馬力跟進。他的眼睛出油，血絲遍布，馬頭偏向一邊，抬得高高的，彷彿擔心溺水。

抵達傑克遜村後，我懷疑查理會食言，不願在戶外紮營過夜。路過第一間酒館時，我見到他望向明亮的窗內，表情盡是嚮往，我知道今晚是不可能席地而睡了。我們把馬牽進馬廄過夜。我吩咐工人替黑馬安裝馬蹄鐵，問他肯付多少錢買蹉步。工人提起燈籠，湊向蹉步的傷眼，然後說天色太暗，看不清楚，明早再議。查理和我來到村子的鬧區，分手各走各的。他想喝酒，我想用餐。他指向一間旅店，相約爲最後碰頭的地點。我點點頭。

暴雨過了，滿月低懸，星光璀燦。我走近一間尙可的餐廳，在窗邊找個位子坐下，雙手放在空無一物的餐桌上。我看著星月照耀下的雙手，只見它們靜靜透著象牙白光，而我對它們並沒有特別依戀。一位男侍走來，在餐桌上擺一根蠟燭，破壞了月色產生的效果。我看著貼在牆上的菜單。儘管昨晚空腹就寢，今早我進食不多，此時腸胃是餓得造反，但我見菜單上滿是最油膩的食品。男侍過來我身邊時，握著鉛筆，維持半哈腰的姿勢恭候，我問他，這裡是否供應不是如此豐盛的餐點。

「今晚不餓嗎，先生？」

「我餓得全身乏力，」我告訴他，「不過，我不想要啤酒、牛肉和奶油馬鈴薯片，想點一些比較不容易飽足的東西。」

男侍以鉛筆頭點著寫字本。「你想吃東西，卻不想吃飽？」

「我想要不餓，」我說。

「差別在哪裡？」

「我想吃，只不過不想吃太油重的東西，你懂嗎？」

他說：「以我來說，吃只有一個目的，就是吃到飽。」

「你是說，本店只供應菜單上的項目，其餘免談？」

男侍滿臉疑惑。他向我道歉，走向伙房找廚師。女廚師原本就忙不過來，被請出來見客更是心煩。

「出了什麼問題嗎，先生？」她邊問邊以袖子擦手。

「我從沒說出了什麼問題，只是想問，菜單上的項目各個豐盛，有沒有比較清淡的菜色？」

廚師望向男侍，隨後把視線移回到我。「你不餓嗎？」

「如果你不餓，我們可以供應半餐，」男侍說。

「我告訴過你了，我肚子餓。我餓得飢腸轆轆。不過，我想點的是不太容易飽足的東西，懂嗎？」

「如果是我，吃正餐的時候，我就是想吃飽，」廚師說。

「吃飯的目標不正是吃飽嘛！」男侍說。

「吃飽了以後，拍拍肚皮說：『我飽了。』」

「大家都一樣。」

「這樣吧，」我說，「我點半客牛肉，不要馬鈴薯切片，來一杯葡萄酒。這裡有蔬菜嗎？有沒有綠色蔬菜？」

我以爲廚師會當著我的面大笑。「外面應該有一些胡蘿蔔，在兔籠裡。」

「幫我煮一把胡蘿蔔，要先削皮，煮好後擺在牛肉旁邊。這麼麻煩妳，我願意付全餐的價格，可以嗎？」

「隨你便，」廚師說。

「我這就去端酒出來，」男侍說。

餐盤上桌時，我見到一堆熱騰騰的癱軟胡蘿蔔。廚師的確是削掉了胡蘿蔔的表皮，但一頭的綠葉仍留著，讓我覺得她是故意整我。我在嘴裡硬塞了五、六根，總覺得還未進胃臟就消失無蹤，因此抱著有點絕望的心情開始挖掘牛肉。我在最底下找到牛肉，一口一口嚼得津津有味，遺憾的是幾口就吃完了，心情沉到谷底。我吹熄蠟燭，再次凝視鬼魅色的雙手。我覺得手開始刺刺麻麻起來，想到吉普賽巫婆在小屋下的毒咒，不知何時會開始生效？會以何種形式發威？男侍回來收拾餐盤，指著剩下的胡蘿蔔。「你不愛吃蔬菜嗎？」他天眞地問。

「還好，」我說，「端走吧。」

「再來一杯酒？」

「好。」

「想吃點心嗎？」

「不要！去你的！」

飽受折騰的男侍匆匆走避。

翌晨，我去看查理，發現他又病了，無法上路，我並不訝異。我正想三兩句數落他，但責罵也無濟於事；我知他知的是，我們需要快馬加鞭，一日也無法耽擱，而他承諾一個小時之後上馬。短時間內，他能變出什麼魔法來治癒酒病，我實在不知道，但我不願和他討論這事，只留下他自行去招架鬱悶與痛苦，我則回到昨晚那間餐館，迫切想吃早餐。昨天的男侍不在，前來招待的是一位男孩，長相有幾分近似昨天的侍者，所以我認定兩人是父子關係。我問：「你父親哪裡去了？」小男孩卻雙手交握說：「天國。」我點了一小份培根炒蛋，吃完後仍非常飢餓。我看著油膩的餐盤，老實說真想拿起來舔，但念及世俗禮教，只得作罷。幼童過來，收走餐盤，我看著盤子在餐館內飄浮，飄進廚房，脫離我的視野。他回來後問我，買單之前要不要再點些什麼。「今天早上有新鮮的餡餅，」他說。

「什麼樣的餡餅？」我問。我心想，千萬別是櫻桃。

「櫻桃，」男孩說，「剛出爐的。在本地名氣很大喔，一下子就賣光了。」我的臉色肯定是很難看，因為男童問我：「先生，你還好吧？你哪裡在痛？」

粒粒汗珠在我的額頭上形成，愈來愈大，我的雙手在抖。連我的血液也吵著要吃櫻桃餡餅。我以餐巾拭臉，告訴男孩，我沒事，只是累了。

「要不要餡餅？」他問。

「不要！」我說。他放下帳單，轉身回伙房。付完帳後，我去添購兄弟倆的備用食品，哼著歌，讚賞自己的美德。在馬路上，一隻公雞擋在我面前，對我挑釁，但我一對他脫帽，他拔腿踩著積水逃走，徒有一身雞肉和雞毛，有勇無腦。

由於我的牙粉愈用愈少，我來到商行，問店內是否供應牙粉。店主指向一小行的盒子，每一盒標示著不同香味或口味：鼠尾草、松葉、薄荷、茴香。他問我想買哪一種口味，我說我想繼續用薄荷味，因為我到目前為止一直很滿意。店主活像一隻穿背心的鴿子。他堅持要我鑒賞其他口味的牙粉。「口味多樣，增加人生情趣，」他說。我雖然不喜歡他那種志得意滿的態度，卻難耐其他口味的好奇心，於是把多種口味的牙粉捧進店內的洗臉盆，小心翼翼，不願損壞盒子，以免店主強迫我買我不想要的東西。我逐一嘗試後，回到店的前廳，告訴店主：「松葉味還好，舌頭有清爽乾淨的感覺。鼠尾草口味辣到我的喉嚨，我不太喜歡。茴香只有一個『臭』字能形容。我買這盒薄荷口味，和我剛才的決定一樣。」

「確定一下，總是比較妥當，」他這話是畫蛇添足，略顯痴呆，我不予回應。除了牙粉，我添購一磅麵粉、一磅咖啡、半磅糖、兩磅豆子、兩磅鹹味豬肉、兩磅水果乾。肚子這時是積極呻吟著。我灌一大杯白開水，走向馬廄，每跨一步，胃腸跟著嘩嘩蕩漾。

我來到馬廄時，工人剛爲黑馬安裝完馬蹄鐵。「你那匹凹背馬，我出價六元，」他說，「馬蹄鐵算你一元，所以成交價是五元。」我走向韃步，一手放在馬鼻上。「早安，」我告訴韃步。我覺得他認得我；他誠懇地望著我，毫無恐懼或惡意。馬廄工人站在我背後。「那顆眼珠子八成是保不住了，」他告訴我，「大概連小貨車都拉不動吧。我給你四元。」

「我決定不賣他了，」我說。

「我給你六元，馬蹄鐵奉送。」

「不行，我改變主意了。我們改針對這匹黑馬來議價。」

「那匹凹背馬，我的底限是七元。」

「你肯對黑馬出價多少？」

「我買不起黑馬。另一匹呢，我可以出價八元。」

「你對這匹黑馬開個數目吧，」我說。

「二十五元。」

「他値五十元。」

「連帶馬鞍，三十元。」

「別無知了。四十元我才賣，不包括馬鞍。」

「我給你三十五元。」

「三十五元，不包括馬鞍？」

「三十五元，不包括馬鞍，馬蹄鐵要扣掉一元。」

「黑馬我都不要了，你竟敢收馬蹄鐵的費用？」

「是你叫我替他裝馬蹄鐵的，照理說，你應該付我服務費。」

「我不叫你裝，你買了馬，還不照樣要安裝馬蹄鐵？」

「不關我家的事。」

「三十四元，」我說。

工人走進工人房裡取錢。我聽得見他和一位女人爲這事爭吵。他以氣音吵架，我雖然聽不出內容，大致能瞭解他的意向：給我閉嘴！外面那人是個傻瓜！查理這時進馬廄，脖子發青卻遮遮掩掩。等到工人帶錢出來，手裡多了一瓶威士忌，想慶祝交易成功。我倒一杯請查理喝，他反而想吐。他吃盡了苦頭，無心留意我的交易，離開村子十哩才發現不對勁。

「黑馬哪裡去了？你為什麼還騎著躂步？」

「我改變心意了，決定留下他。」

「我搞不懂你，老弟。」

「他對我忠心耿耿。」

「我搞不懂你。那匹黑馬是百萬中之一的上選好馬。」

我說：「才幾天前，你還叫我不要賣躂步，直到合適的替代品憑空蹦出來，你才附和我的想法。」

「你吵架時老是扯往事。過去的事已經過去了，和現在無關。天意把黑馬送給你。拒收天意的人會有什麼下場？」

「這件事扯不到天意。有個印第安人太貪吃，落馬摔死了，才帶給我好運。我的論點是，你只有在你有利可圖時，才贊成賣掉蹥步。」

「照你這麼說，我是酒鬼，也是吝嗇鬼？」

「淨扯往事的人是誰？」

「吝嗇酒鬼。我的命運多悲哀。」

「你也愛唱反調。」

他做出中彈的動作，陡然向前撲。「貪杯，吝嗇，而且愛唱反調！惡毒的言辭，字字傷人啊！」他嘿嘿笑給自己聽。片刻之後，他若有所思，問我：「賣了黑馬，我們進帳多少？」

「我們？」我說著笑他。

我們加快馬的步伐。查理的酒病難纏，我兩度見到馬背上的他嘔吐。豪飲白蘭地成疾，還得騎馬趕路，有什麼事情比這更痛苦？我不得不承認，我哥默默承受考驗，毫無怨言，但我知道，快馬趕路，他至多能撐兩個小時。後來，我認定查理有歇腳的心意，這時遠遠瞧見山口下面有幾輛篷車，他騎馬直奔而去，步伐果斷，具有辦事認眞的態度，但我知道，他正在暗中倒數下馬的時刻，迫切讓飽受煎熬的五臟六腑歇息。

我們騎馬繞過三輛篷車，渺無生命跡象，只見正中央有一小團營火。查理大聲打招呼，無人應答。他跳下馬，走向篷車圍成的圓圈，爬過兩輛之間的車鉤，這時一把粗重的步槍悄悄出現，宛若毒蛇，槍管從車篷裡探出來。查理抬頭望槍，微微鬥雞眼。「別輕舉妄動，」他說。槍管向上指向他的額頭，探頭出來的是一位年紀不過十五的少年。他的臉上黏著乾泥巴，鼻孔與嘴唇有水泡，一副永遠在冷笑的表情，握槍的雙手堅定，從他的姿勢可見他用慣了步槍，想必是槍法純熟。他的眼神充滿猜忌與厭惡，簡而言之是一個不友善到極點的年輕人。我擔心的是，再不趕快溝通心意，查理恐怕成爲槍下冤魂。「小兄弟，我們沒有胡作非爲的意思，」我說。

「之前的幾個也這麼說，」少年說，「然後卻打我的頭，把我的馬鈴薯糕全搶走。」

「我們不想要馬鈴薯糕，」查理說。

「那正好，因爲我一個也沒有。」

我看得出男童幾乎餓垮了，因此請他吃我們的豬肉。「今早我才在村子裡買的，」我說，「也有麵粉。你要不要，小兄弟？來一頓豬肉和烤餅大餐？」

「你是大騙子，」他說，「這附近哪有村子？我爹地去找食物，找了一個禮拜。」

查理望向我。「咦，該不會是我們昨天在路上碰到的那人吧？他急著回來餵兒子呢，記得吧？」

「對。他朝這個方向過來。」

「他騎的是不是灰毛的母馬？」少年問，神態轉爲滿心希望，令人一表同情。

查理點頭。「灰毛母馬，對。他向我們稱讚你有多乖，多讓他驕傲。他心急如焚哪，他說，等不及和你會合。」

「爹地眞的那樣說？」少年語帶懷疑，「是眞的嗎？」

「對，他好高興能回來。遺憾的是，我們不得不宰了他。」

「什—什麼？」趁少年來不及反應，查理奪走步槍，以槍托重擊他的頭，打得他向後栽進篷車，安靜下來。「有火，我們去煮咖啡吧，」查理說著跳過車鉤。

這場奇遇記令查理精神抖擻，他說脈搏加速，酒蟲被一掃而空，因此著手準備午餐，積極的程度少見。他同意爲少年多煮一份，但我建議先去查看他的狀況，因爲他極有可能已被槍托打死。我伸頭進篷車，看見他還活著，這時坐起來，偏頭不肯看我。「我們正在煮東西，」我告訴他，「你不肯吃，我們也不勉強，只想告訴你一聲，我哥正在爲你多煮一盤。」

「混帳，竟然殺死我的爹地，」少年流淚哽咽著。

「唉，騙你的，只是用來分散你的注意力，方便我們奪槍。」

他轉頭看我。槍托擊破了他的額頭，一小道血在額頭上方凝固中。「你是說眞話？」他問。

「敢不敢對上帝發誓？」

「上帝對我沒有意義，所以發誓也沒用。我肯以我的馬當作賭注，可以吧？」

「你們從沒看見一個騎灰馬的人？」

「從來沒有。」

少年鎮定起來，我坐在篷車長椅上，他朝我爬過來。我牽著他的手腕，扶他下車，陪兩腿無力的他走向營火。「哇，孤苦垂死的人復活了，」查理欣喜地說。

「步槍還給我，」少年說。

「那你最好準備失望透頂。」

「我們出發的時候會還給你，」我告訴少年。我遞給他一盤，上面有豬肉、豆子、烤餅，但他不肯吃，只以哀傷的眼神盯著食物，彷彿盤中飧勾起憂鬱的心情。「怎麼了？」我問。

「好厭煩，」他說，「老是被大家打頭。」

「我沒有一槍轟掉你的腦袋瓜，算你走運了，」查理說。

「我們不會再打你了，」我告訴他，「只要你別再亂耍小聰明。好了，豬肉趁熱吃。」

少年吃完整盤，不久卻吐了一地。他太久沒碰固體食物，現在突然吃了大餐，胃腸難以負荷。消化一半的午餐傾瀉滿地，他坐著呆呆看，我猜他正考慮要不要舀起來，再試一遍。「小子，」查理說，「你敢伸手去碰，別怪我槍斃你。」我把自己餐盤的一大部分分給他，叮囑他細嚼慢嚥，吃完後躺下來，大口呼吸新鮮空氣。他照我的吩咐去做，餐後十五分鐘仍無異狀，唯獨肚子咕咕亂響。少年坐起來問：「分我吃那麼多，你不餓嗎？」

「我弟正在為愛節食呢，」查理說。

我臉紅了，不吭聲反應。減肥一事居然被查理發現？我無法正視他調皮的眼神。

少年看著我，等我給個說法。「你交了姑娘？」我仍不說話。「我也有，」他告訴我。「至少在爹地帶我離開田納西時，她還是我的姑娘。」

查理說：「這裡有三輛篷車，沒有牲口，沒有食物，怎麼只有你自己一個？」

他說：「我們本來是一群人，想去加州的河邊幹活，總共有六個人：我、爹地、吉米叔父、湯姆伯父、湯姆的朋友和湯姆朋友的太太。第一個死掉的人就是她。吃什麼都吐。爹地說，當初根本不應該帶她出來，我猜也是。我們埋葬她，繼續上路，湯姆的朋友卻想掉頭回家，因爲他的心碎了，想回家去好好哀悼一陣子。他把篷車和工具留給我們。等他走了差不多四分之一哩，湯姆伯父對他開槍。」

「他的太太不是才剛死？」我問。

「其實她已經死了兩三天。湯姆本來只想嚇唬他，鬧著玩，沒想到卻命中。」

「不太仁慈吧。」

「對，湯姆伯父一輩子沒做過善事。第三個死掉的人是他，在酒館跟人吵架，肚子挨了一刀，血流了滿地，像是鋪在他身體下面的一張小地毯。老實說，他死了，我們全都開心。湯姆是個很難相處的人。最常打我頭的人就是他。打人連理由都省了，想打就打，殺時間而已。」

「你爹地沒叫他住手嗎？」

「爹地的個性不太愛講話吧。他是所謂的內向型。」

「繼續講下去，」查理說。

「好，」少年說，「湯姆死了，我們賣掉他的馬，也想賣他的篷車，可惜大家都嫌裝備太簡陋。這下子，我們有三輛車，只剩兩頭牛拉著，結果發生什麼事，兩位猜猜看？牛死了。牛又餓又渴，牛背被鞭打成傷，不死才怪。最後只剩我、爹地、吉米叔父，改讓馬拖篷車。錢花得快，糧食也是，我們是大眼瞪小眼，三人想的是同一件事：慘了。」

「吉米叔父也是壞人嗎？」我問。

「我本來很喜歡叔叔，直到他捲走所有錢逃走爲止。那是兩個禮拜前的事。東西南北，他往哪裡逃，我不曉得。爹地和我被困在這裡，枯坐著想法子。我說過，他一個禮拜前走了，以爲他會盡快回來，不知道爲了什麼事情耽擱這麼久。謝謝兩位分午餐給我吃。我昨天差一點獵到一隻兔子，可惜兔子好難瞄準，而且我的彈藥又不太夠用。」

「你的母親呢？」查理問。

「死了。」

「遺憾。」

「謝謝，可是她老早就死了。」

「聊聊你的姑娘吧，」我說。

「她名叫安娜，頭髮是蜂蜜的顏色，是我見過最乾淨的頭髮，長到腰間。我愛上她了。」

「兩廂情願嗎？」

「我不懂這句成語。」

「她也愛你嗎？」

「好像沒有。我想親她抱她，卻被她推開。最後一次她說，我再亂來，她會找她爸爸和哥哥來打我。可是，等我口袋響噹噹，她一定會改變口氣。在加州的河裡，金子像青蛙一樣，從上游跳下來，人只要站著不動，就能用鍋子接住。」

「你相信嗎？」查理問。

「報紙是這樣寫的啊。」

「那你恐怕會大失所望。」

「我只想趕快到加州。好討厭坐在這裡，沒事情可做。」

「加州已經不遠了，」我告訴他，「過這個山口就是加州。」

「爹地就是往那個方向走的。」

查理大笑。

「有什麼好笑的？」少年問。

「沒事，」查理回答，「他大概只是順便過去撈幾磅金子，晚餐之前應該能捧著錢回來，我敢保證。」

「你又不認識我爹地。」

「不認識嗎？」

少年抽泣起來，轉向我。「你的姑娘呢？怎麼沒聽你提起？她的頭髮是什麼顏色？」

「栗棕色。」

「土褐色才對，」查理說。

「爲什麼這樣講？」我問。我看著他，但他不回答。

「她叫什麼名字？」少年問。

我說：「時機還不成熟。」

少年拿著樹枝在地上畫圖。「你不知道她的名字？」

「她名叫莎莉，」查理說，「我知道她的名字，我弟卻不曉得，如果你納悶的話，他也應該納悶。」

「這話什麼意思？」我提嗓問。他依舊不回答。我站起來，低頭瞪他。「你到底在講什麼鬼話？」

「我說出來，只是想把你引回正途，」查理說。

「說出什麼？」

「我免費拿到的東西，你付了五元還兩手空空。」

我開口卻無言。我回想起，那天我從藥店回來，在旅店的樓梯撞見她。當時她才去查理的房間添洗澡水，情緒顯得低迷。「你對她做了什麼事？」

「是她自動講明白的。我連想也沒想過那檔子事。手工五毛錢，口工一元，再加五毛錢全套。我選擇全套。」

我的頭噗噗發疼，不知不覺伸手去拿烤餅。「她爲什麼難過？」

「如果你想知道事實，好吧，我覺得她的服務不盡理想，所以在付帳時以拒付來抗議。她不服氣。你可要明白，假如我曉得你對她有意思，我絕不會動她一根汗毛。不過當時我不舒服，如果你記得的話，我需要慰藉。伊萊，我對不起你，不過在當時，就我所知，她是自由身。」

我以兩口吃掉整個烤餅，伸手再拿一個。「豬油呢？」男童遞來油盒，我把整個烤餅浸下去。

「你賞她五元，我睜一眼閉一眼，」查理繼續說，「可是，哥不忍心看你無緣無故餓肚子啊。」

油膩的食品下胃，我的血脈蒸騰起來狂歡，心臟卻被查理的話震傻。旅店女侍的品德居然如此低賤。我再坐下，邊嚼邊沉思。「我可以再煮一點豬肉，」查理以溫馴的口吻說。

「每一樣東西都再煮一份，」我說。

男童從襯衫口袋掏出口琴，拿著拍拍掌心。

「我來吹一首進餐曲。」

第2部

加州

少年說他有一匹馬，藏在附近一叢林木裡，問我們可不可以允許他一同騎馬進加州。查理反對，但我認爲無妨，於是給少年五分鐘，叫他趕快去收拾行囊。他牽著馬回來。這匹馬瘦小有病容，沒有馬鞍或裝備，而且馬毛是整片整片地剝落，裸露出皮肉和肋骨。我們面露憂心，他的回應是：「幸運保羅的外表不怎麼樣，我知道，但是山路再陡，他照樣能爬上去，像蜘蛛爬牆一樣厲害。」

查理問我：「是你去跟他講理，還是要我講？」

我說我去，查理走開。我不確定該從何說起，最後決定從現實的角度切入問題。

「你的馬鞍呢，小兄弟？」

「我有一張毛毯，還有我個人專用的軟墊。」他拍拍臀部。

「沒有銜鐵？沒有韁繩？」

「被吉米叔父帶走了。誰曉得爲什麼。不過，沒有關係啦。幸運保羅懂得怎麼走。」

「我們可不會停下來等你，」我告訴他。

他拿著烤餅餵馬。「你現在不瞭解，不過以後會懂的。他吃飽睡飽，準備走長遠的路。」

少年的信心眞切，我希望幸運保羅確如少年所言，眞的是飛毛腿。事實證明，他言過其實。我們才出發，就把他和瘦馬遠遠抛在後頭。幸運保羅沒興趣爬上冗長的山口。我回頭看，見到少年猛捶馬頭和脖子。查理差點笑得從敏步背上摔下去，我也覺得有趣，但這份餘興節目不久之後退燒，我們的心態逐漸轉爲認眞，催馬快跑，以便在四小時之內抵達白雪皚皚的山巔。儘管躂步一眼受傷，他連一次也沒有失足，我首次感覺我倆瞭解彼此的心聲；我體會到，他有心改進，但這也可能是我異想天開或一廂情願的想法。反過來說，浪子遐思不正是這麼一回事？

行至山口的另一端，地形變得較爲平順。日落時分，我們已經穿越雪線以下，覓地紮營過夜。隔天早晨，我和查理貪睡一會兒，動身時以緩急適中的步伐踏進加州。我們走進一叢茂密而高聳的松林，時辰已近黃昏，碰巧來到一條蜿蜒的小溪，眼前的景色令我們駐足。成千上萬原本聰明的男男女女抛家離鄉，永不回頭，追求的就是這幅美景。我和查理瞪著小溪，說不出話。最後查理忍俊不住下馬，蹲在溪邊，撈起溼漉漉的泥沙，以另一手的指頭去撥弄。

我瞧見對岸有一座帳篷，距離我們北邊四分之一哩。從帳篷後面，有一張蓄鬍而髒到極點的人臉探出來。我高舉一手打招呼，人臉卻急忙縮回。「看來，這裡有個活生生的淘金客，」我說。

「怎麼在這種荒郊野外討生活？」

「是啊。要不要一起去拜訪他，看看他的情形？」

查理把泥沙扔回小溪。「老弟，這條河裡什麼也沒有。」

「你難道不好奇？」

「如果你想去看看他，你自個兒去，我想去上廁所。總不能每次心生好奇就浪費時間去看究竟。」

他走近森林，我騎躂步往上游走，朝著對岸高聲問候，卻不見鬍男的蹤影。我見到帳篷前面有一雙靴子，營火堆裡有一盆小火；地上有馬鞍，我卻看不見馬。我再次呼喚，依然無人回應。鬍男該不會赤腳奔進樹林了，不願分享發財的祕訣？然而，從敗相百出的營地看來，這位淘金客是毫無斬獲。他貪求黃金，膽量卻沒有大到直闖加州的黃蜂窩。在這裡，他一無所獲，餓昏了發狂，黯然而終——我能想見他赤裸的屍首遭黑鵪爭啄。「就在像這樣的寒晨，」我說。

背後傳來步槍準備射擊的聲響。「寒晨什麼？」有人說。我舉起雙手，淘金客哈哈笑起來，品嘗著占上風的滋味。

「你該不會在動歪腦筋吧？」他說，「想進去河下面的隧道？」他以槍口戳痛我的大腿，我開始轉身。「你敢看我，我就射爛你的臉，混帳，」他咬牙切齒說。

「沒必要吧，」我說：「我又沒有傷害你的意思。」

他再戳我的腿。「我呢，說不定想傷害你，你想過嗎？」他的笑聲高亢而狂妄，我認為他有可能是瘋子，不然就是已成半瘋的狀態。我這才明瞭，被查理料中了，最好別來打擾這人。想到這裡，我不禁懊惱。「你是獵人，對不對？」他問，「你是來找那隻紅毛熊，對不對？」

「我不曉得這裡有紅毛熊，」我說。

「這附近有一隻母的紅毛熊。梅斐德懸賞一百元抓她，好多獵人急著想剝她的皮去領賞。我昨天早上看見她在營地以北兩哩，開了一槍，可惜再靠近一點就被她溜掉。」

「我對紅毛熊沒興趣，也不認識名叫梅斐德的人。」

他再戳我的腿。「你剛剛不是跟他在一起嗎，狗娘養的？他還伸手進我的河床撈沙子，不是嗎？」

「你說的是我哥哥查理。我們從奧勒岡準州過來，朝南方趕路，從來沒有經過這地方，在這一帶不認識任何人。」

「梅斐德是這附近的老大，常常趁我進城補貨時過來翻我的營地。剛才那個人，你確定不是梅斐德嗎？我好像看見他那張傻呼呼的笑臉。」

「只是查理而已。他剛躲進樹林去方便。我們南下是爲了在河邊幹活。」

我聽見他繞向蹚步的另一邊，然後走回來。「你的工具呢？」他問，「你說你要去河邊幹活，怎麼沒帶工具？」

「進沙加緬度再採購。」

「還沒踏進這行業，你就開始賠錢。只有傻瓜才會進城買工具。」

我無言以對。他再戳我的腿：「喂，你怎麼不應？」我不吭聲，腿又挨他一戳。

「別再戳我了。」

他又戳。「不喜歡嗎？」他再戳我。

「給我住手。」

「住不住手，哪由得你？」他再戳一次，這次以槍口抵住我疼痛難忍的腿。樹枝折斷的聲響自遠處傳來，他轉頭去看，我感覺他握槍的力道稍減，趕緊抓住步槍，一把搶過來。淘金客往樹林裡逃命，我轉身扣扳機，發現步槍裡面沒有子彈，伸手想掏自己的手槍，這時查理從一棵樹後面站出來，在淘金客狂奔而過時隨便開一槍，射中淘金客的頭，他的後腦勺像大風颳走小帽一樣飄落。我下馬來，瘸著腿走到仍在抽動的屍體旁邊。我的腿疼得不得了，心頭一把怒火正旺。紫紅色的血塗滿他的腦漿，腦葉之間冒出泡沫。我舉起一腳，將全身的重心移向靴跟，踩進腦殼的破洞，將僅存的顱骨踩平，整顆人頭因此不成人形。我移開靴子，感覺宛如剛踩中泥濘。現在，我從屍體旁邊走開，漫無目標，只想甩開一肚子的怒火。查理喊著我的名字，但他沒有追過來，心知我生氣時最好少惹我。我步行半哩，坐在一株大松樹下，抱著雙膝貼胸口，不斷收緊又放鬆，氣得直咬牙，再咬下去恐怕折斷頷骨，所以把刀子的皮鞘含進嘴裡咬著。

我跪著站起來，脫掉長褲，檢查腿傷，發現皮膚紅腫，正圓形的槍口清晰可見，總共有六、七個紅圈圈──一見到這種情形，怒火再度燃起，我但願淘金客能死而復生，好讓我能親手宰了他，慢慢折騰他至死。我站起來，考慮回去再進一步凌辱他的屍體，朝他的腹部射盡手槍的子彈，但我考慮一陣之後作罷，謝天謝地。我的褲子仍未穿起來，情緒穩定之後，我握起自己的器官，開始自我和解。少年時期，我常脾氣一發不可收拾，母親教我做這種事來緩和心境，我覺得實用，從此屢試不爽。解決之後，我返回溪邊，覺得內心空虛又冰冷，但怒氣已消。我無法理解的是惡霸的動機何在，這才是我憤怒的原因；想不通，我才變得無可理喻。

我找到淘金客的隧道。美其名為隧道，我想像的是一條地下走道，人頭幾乎可觸頂，隧道壁以木條支撐，上面懸掛燈籠，其實這一條只大到勉強可供人匍匐而過。此外，由於地道建在小溪最窄的部位，長度僅有幾呎。兄弟合力把淘金客拖過來，塞進地道。我跳上韃步，騎馬來回過溪，讓溪床壓垮地道。我們在他身上搜出來的細軟不多，只有一把折疊刀、一支菸斗、一封家書，悉數陪葬。家書全文如下：

親愛的母親：

在這裡度日如年，我很寂寞。和我相依為命的馬死了。我懷念妳煮的菜，懷疑自己來這裡做什麼。我相信我很快就會回家。我採集到的金屑價值差不多兩百元，雖然不是我期望的金山，但暫時還能滿意。老妹怎樣？我不太想念她。她嫁給那個胖子了嗎？希望胖子帶她走得遠遠的！我的鼻孔老是嗅到菸味，好久好久沒有好好大笑一場了。母親！我想我很快就會離開這裡。

親兒子敬上

現在回想起來，我後悔當時沒有替他寄信。但我說過，我的怒火一來，萬物變得黑茫茫，視野也變得狹隘，腦裡容不下其他念頭。想到一具無頭骷髗躺在冰冷的溪水底下，多孤寂。他死了，我不遺憾，但我但願自己善於控制情緒。情緒脫韁令我恐懼，更令我羞慚。

淘金客離開視線後，查理與我開始地毯式搜索他的黃金。其實不難找。他把金子藏在營地二十碼外，以樹枝搭成十字架為記。一眼看起來，怎麼也不覺得值兩百元，但我從來沒有碰過金粉、金屑，所以無法確定。我們五五均分。我從鞍囊底挖出一只舊的菸草包，把自己的份倒進去存放。

那一晚，查理睡進帳篷過夜。我本來也想，後來被徘徊不去的兩種臭味薰得受不了。一種氣息是淘金客的體味，另一種來自被宰割的死馬，馬肉晾在帳篷尾端，在一個自製的架子上風乾。我挨在營火邊，席地而睡，在星光下度過一晚。天氣雖然冷，卻只冷到肌膚，寒意沒有滲入肌肉和筋骨，缺乏一種我聽人說的「冬寒刺骨」感。破曉半小時，查理從帳篷探頭出來，憔悴了十歲，也比昨天骯髒幾倍。他拍拍胸，撢出大片塵土，因此決定來個晨浴。他把淘金客的鍋子拖到水邊裝滿，然後搭在營火上煮。他在溪裡找到深水窪，脫個精光跳進去，被凍得哎哎鬼叫一通。我坐在岸邊，看著他潑水高歌。他昨晚無酒可喝，也無閒人挑動他易怒的本性，現在玩水起來是純眞快樂，顯現罕見的一面，我觸景不禁激動。在我們投效准將之前，查理是一個動不動唱歌的開心小孩，後來才變得心牆厚實而冷血，因此見到他在波光粼粼的河裡戲水，雪山環抱，我反倒有點感傷。他只是暫時童心大作，我知道他不久又會重回目前的心性。他裸身衝上岸，湊近營火站著。生殖器冷縮的他自我調侃說，游泳總讓他回歸童年。他從火裡抬起鍋子，熱水一頭澆下去，再度激起歡暢的驚叫咆哮。

早餐過後，我見他心情好，趁機勸他試用我的牙刷。「對，」我說，「上上下下刷。好了，現在換舌頭，也要刷乾淨。」他深吸一口氣，感受薄荷滲舌的滋味，大爲感動。他把牙刷與牙粉遞還給我，說：「感覺眞的是非常清新。」

「我就說嘛，你一直不聽。」

「感覺像整顆頭都被洗乾淨了。」

「到舊金山以後，我們再幫你買一支牙刷。」

「對，好主意。」

正準備動身時，我看見少年騎著幸運保羅，從對岸的森林裡走過來。他滿頭滿臉鮮血，看起來已經流失了半條命。他看見我，舉手起來，從馬背上翻落，倒地後再也沒有動作。幸運保羅不理他，自己走向溪邊喝水。

我們把少年拖到溪流裡泡水，他陡然驚醒。他見了我們好高興，坐起來時喜孜孜的。「我從來沒有在流水裡醒過來的經驗。」他以掌心拍水面。「我的天啊，好冷。」

「你出了什麼事？」我問。

「剛進樹林不久，我碰到一群騎馬的捕獸人，總共四個，他們說他們正在找一頭紅色的熊。我告訴他們，我沒有看見過，他們就拿棒子敲我的頭。我摔下馬，他們哈哈笑著騎馬走開。回神過來以後，我騎上老馬保羅，他帶我來這裡找你們。」

「他是口渴了，想找水喝，」查理說。

「才不是，」少年說著拍拍幸運保羅的臉，順著毛撫摸。「他和我心靈相通喔，做的是有必要做的事。」

查理說：「你的口氣好像我弟弟，和他提起踺步時是同一個調調。」他轉向我：「你和這小子應該組一個理事會或協會之類的東西。」

「那群人往哪裡去了？」我問少年。

「保護智障牲畜協會，」查理說。

少年說：「我聽見他們說要回梅斐德。是鎮名嗎？我在想，我父親會不會在那裡。」

「梅斐德是這一帶的老大，」我說明，然後向查理傳達百元懸賞紅毛熊皮一事。查理說，只有傻瓜才會爲了一張熊皮花那麼多錢。少年洗掉臉上和頭髮上的血，說一百元能讓他一輩子不愁吃穿。我指向對岸的營地，建議他暫時在那裡生火棲身。聽見這話，他面露疑惑。「我以爲可以跟兩位大哥走。」

「那怎麼行？」查理說，「第一次，笑一笑就好，怎麼能再讓你跟下去？」

「度過山口以後，幸運保羅就能展現實力給你瞧。」

「你自己說過，他再陡的山路都能跑。」

「來到平地，他是快如旋風。」

「不行就是不行，」查理說。

少年以愁容向我求情，但我告訴他，他應該自力更生。他哭了起來，查理走過去想打人，我拉住查理，他轉身就走，回去營地收拾行李。這小孩不知道哪裡不對勁，只看他一眼，連我也想舉手敲他的頭。這顆頭有引人動粗的傾向。他是愈哭愈起勁，鼻涕在鼻孔形成氣泡，右邊的氣泡一破掉，左邊立刻冒出另一個。我好言勸他，說明我們兄弟倆不方便照顧小孩，因爲我們的行動迅速而危險，但我這話極可能是白說了，因爲少年只顧著傷心，大概一個字也聽不進去。最後，我見他哼哎不休，擔心自己再不走開，可能也會忍不住打他。我帶他度過小溪，來到淘金客的營地，從我的鞍囊取出菸草包，讓他看裡面的金屑，告訴他：「這些足夠送你回家去，去找你的姑娘，只要你小心一點，別讓人打掉整顆頭。那座帳篷裡面有馬肉。我建議你去吃個飽，餵餵幸運保羅，然後睡個覺。天一亮，你照著來時路往回走。」我把金屑包遞給他，他站在原地，瞪著手心。查理以眼角旁觀到這舉動，走過來站在我們旁邊。

「你在幹什麼？」他問我。

「你要送我的嗎？」少年說。

「你到底想幹什麼？」查理問。

我告訴少年：「往回走，越過山口，繼續往北，進傑克遜村以後，去找警長，說明你的處境。如果你認爲他靠得住，請他幫你把金屑兌換成現金。」

「嘩！」少年拈一拈金包的重量。

「我反對，」查理說，「你這等於是在亂撒錢。」

我說：「這些錢是從地下挖出來的，我們又用不著。」

「從地下挖出來的，有那麼簡單嗎？我似乎記得，除了單單純純地挖土之外，另外好像也費了一點工夫。」

「小兄弟拿的是我的份，又不是你的。」

「怎麼會扯到我的份？」

「甭提了。」

「是誰提起來的？」

「甭提了。」我把注意力轉回少年身上，對他說：「警長幫你兌現以後，我希望你去買新衣服，把自己打扮得成熟一點。另外，我建議你買一頂最大號的帽子，蓋住整顆頭。你也應該另外買一匹馬。」

「那幸運保羅呢？」少年問。

「有人出價，你就應該賣掉。如果找不到買主，我建議你放生。」

少年甩頭。「我死也不肯跟他分手。」

「那你永遠也回不了家。他會耗盡你的錢，最後你們兩個會餓肚子。我是在替你想辦法，你瞭解嗎？你不聽話，我可要跟你討回金屑。」

少年默默退後。我對營火丟幾根木柴，叫他趁日落之前把衣物晾乾。他脫掉衣服，並沒有攤開來晾，只堆在泥沙上，站在我倆面前，乾癟赤裸，滿腔是暴躁與慘敗的心情。穿著衣服時，他是人見人厭；赤條條的時候，我認爲他看起來像山羊。他又哭起來，我藉此時機橫刀斬亂麻。我爬上踺步，祝福少年一路順風，但我心知，這些話說得虛假，因爲他顯然是死路一條，把黃金送給他是失策，但既然給了，怎好意思討回來？他站著啜泣，望著我們遠去的身影，他背後的幸運保羅走進營地，踩垮了帳篷，我心想，悲慘的這一幕又將於記憶深處再占一格。

我們往南行進。河岸是沙地，但土質扎實，馬步踏得輕鬆，兄弟倆隔岸騎馬趕路。太陽撥開樹梢，照耀下來，暖和了我們的臉；溪水清澈見底，三呎長的巨鱒有的逆流而上，有的在溪流中不上不下，既懶又胖。查理隔溪喊，他對加州刮目相看，因為，套一句他的用語，空氣裡有一股幸運的能量。我倒沒有感受到，但能體會他的意思。我能體會到的想法是，這條山澗的美景不僅能慰藉心靈，也能飽滿荷包；地球正在呵護你，偏袒你。追根究柢之下，引發「淘金潮」的主因或許正是這股靈氣，招來的是渴望飛黃騰達的人，紛至沓來的也有手氣欠佳的民眾，只求剝削他人的運勢，或者占一點好運，或是沾染一點現地的福分也好。加州環境形成一種誘惑力強大的概念，我提醒自己多加防範。對我來說，運勢是靠實力來爭取或靠骨氣來開創的東西，只能老老實實碰上，無法以誘騙、唬弄的方式走運。

然而後來，彷彿加州想證明我的觀念有誤，當我們停下來喝水時，紅毛熊從森林裡鑽出來，在我們前方不到三十碼外渡河。這頭雌熊已經成年，我原以為所謂紅毛是人云亦云，毛色應比較近似薑金色，但眼前這頭熊是不折不扣的蘋果紅。她好奇地望著我們，拖著笨重的身體走進樹林。查理檢查手槍，跟蹤過去，見我待在原地不走，他才問我在等什麼。

「我們連梅斐德住哪裡都不知道，」我說。

「我們知道他住在下游。」

「我們已經往下游騎了一整個上午，說不定路過了而不自知。我可不想叫我的馬拖著死熊上山。」

「梅斐德只想要熊皮。」

「誰來剝皮？」

「沒射中熊的人負責剝皮。」這時他離開敏步。「你眞的不跟？」

「沒有必要。」

「好吧，你最好把刀子準備好，」他說著衝進樹林。我站著看鱒魚游泳，查看蹺步傷勢惡化的眼睛，抱著渺茫的希望，不想聽見查理的槍聲。奈何查理追蹤野獸時緊追不捨，而且常一槍斃命，果然，五分鐘後，我聽見他的手槍響起，認命了，帶刀走往槍聲的來向。我發現查理坐著，身旁是倒地不起的野獸。他喘著氣，笑呵呵，以靴子撥一撥紅毛熊的肚子。

「一百元有多少，你曉得嗎？」他問。我說我不知道，他回答：「有一百元那麼多。」

我把熊肚翻過來朝天，一刀刺進胸部正中央。我的觀念是，動物的內臟不潔，比人類更髒，但我也知道這種觀念不合邏輯，因為人類吃喝的東西含毒不知多少。只不過，我的這種觀念是揮之不去，因此剝熊皮時既排斥又憎恨。等查理喘夠氣了，他自己去找尋梅斐德老大的營地。他說，他剛在後頭幾哩處看見幾條小路，從河邊通往西方。四十五分鐘後，我開始洗滌熊皮，也洗淨沾黏滿手和前臂的血跡，將整張皮毛連帶黑眼珠鋪在幾叢羊齒植物上。熊的骨肉癱在我旁邊，再也沒有雌雄之分，只剩一堆殘破的屍肉，簇擁著一群愈聚愈多的大肚蒼蠅，多到難以看見熊肉，嗡嗡聲之響亮也讓我無法靜思。嗡嗡發聲的用意何在？如何發聲？難道牠們彼此不覺得像叫罵聲？嗡聲霎然全面停止，正在洗手的我抬頭看，以為蒼蠅的天敵來了，嚇跑蒼蠅，但蒼蠅仍待在熊肉堆上，全部安靜下來，只見翅膀收收放放，隨牠們自己高興。導致大家同步安靜的原因是什麼？我想破頭也不懂。去探路的查理回來了，尖聲吹口哨一下，嗡嗡聲捲土重來。這一次，蒼蠅如一片烏雲從熊屍升起。查理看見熊屍，扯嗓開心問候：「上帝的小屠夫。也具備上帝的屠刀和良知。」

我從未見過如此多的皮毛、獸頭、棉花塡塞的老鷹、貓頭鷹，全擺在梅斐德先生一應俱全的起居室裡，位於梅斐德鎭唯一的旅店，而我不訝異的是，旅店的名稱正是梅斐德。梅斐德本人坐在一張桌子後面，籠罩在雪茄煙霧裡，不清楚我們的來意，也不知道我們的身分、前來拜訪的原因，所以不起身來握手，也不以言語招呼。他的兩旁各站兩位捕獸人，外形符合頭常挨打的少年所言，各個高頭大馬，向下看著我們，自信滿滿，毫無一絲憂慮。我的第一印象是他們膽大無謀，裝束是誇張到了荒唐的地步，全身是皮毛、束帶、刀槍，必定相當繁重，我懷疑他們如何站得直挺挺。他們的頭髮長而油膩，帽子的式樣相仿，但我從未見過這種帽子：帽簷寬而軟，帽頂呈高錐狀。我心想，這身打扮如此特立獨行，爲何四人如此相近？肯定是其中一人帶頭打扮，另外三人模仿他。如果帶頭者發現自我風格遭人模仿，他會因此高興嗎？或者獨特的外形遭模仿而大失效果，他會因此惱怒嗎？

梅斐德的桌子取材自一棵尺寸中等的松樹，樹幹直徑約五呎，從接近樹根的部位橫切出四、五吋的厚度作爲桌面，保留樹皮。我伸手想摸摸粗糙的外圍時，梅斐德首度開口：「小子，別摳。」我一聽見，立時縮手，恥辱心一閃而過，恨自己爲何一遭責備便屈從。他向查理解釋：「大家喜歡摳樹皮，摳得我氣炸了。」

「我沒有摳樹皮的意思，只是想摸一摸，」我這話帶有受傷的語調，一說出口，加倍讓我如坐針氈。我在心裡認定，這張桌子是我見過最愚蠢的家具。

查理把熊皮交出去，梅斐德原本是消化不良的表情，見熊皮立即喜出望外，彷彿是初次見到酥胸裸裎的小毛頭。「啊！」他大喊，「啊哈！」桌上有三個手搖鈴，款式相同，但尺寸分爲大中小三種。他搖搖最小的鈴，召來旅店的老媽子，叫她把熊皮掛在他背後的牆上。啪的一聲，她攤開熊皮，但由於我沒有刮乾淨皮下組織，攤皮的動作甩出幾小團的脂肪和血塊，黏在窗玻璃上。梅斐德以臭臉表示嫌惡，叫她把熊皮拖出去清理。老太婆捲好熊皮，退下時視線固定在地上。

捕獸人見我們以熊皮搶盡鋒頭，四臉不悅，我直覺認爲他們準備展現無禮的態度。爲了先發制人，我介紹我倆的來歷，連名帶姓說出來，他們噤若寒蟬。我心想，這下他們會對我倆更加恨之入骨，但只會恨在心裡。查理發現這四人很有趣，忍不住想挖苦他們。「看來你們四位正在比賽，看誰能胖成正圓形，對吧？」

梅斐德聽了大笑，捕獸人則是面面相覷。分量最大的一人說：「你不明白本地的風俗習慣。」

「如果我多逗留一些時日，你認爲我也會胖成野牛的比例嗎？」

「你打算逗留？」

「我們這次只是過境，不過依我的個性，我喜歡近距離認識一個地方，所以各位在我回程的路上看見我，可別驚訝。」

「天下事，沒有一件能讓我驚訝，」捕獸人說。

「沒有嗎？」查理反問，對我眨一眨眼。

梅斐德支開這四人。由於天色暗下來，他召人過來點蠟燭，這次是搖不大不小的鈴，以不同的音色喚來不同人種，這次出現的是十一、二歲的唐人少年。在我們的注視下，他穿梭蠟燭之間，動作精準，令人讚歎，半秒也不蹉跎。查理說：「身手這麼快，好像慢半拍就沒命似的。」

「他擔心的不是命，而是他的家人，」梅斐德說，「他想存夠錢，把家人從中國接過來。他家有爸媽和一個妹妹，爸爸好像是個瘸子。不瞞兩位，他講的話我有一半聽不懂。不過，小混蛋有可能依心願達成使命。」小唐人點完蠟燭，整間起居室沐浴在燭光裡，他站在梅斐德前面，脫掉絲帽鞠躬。梅斐德拍手說：「現在，你表演跳舞，中國佬！」男孩一聽命令，開始手舞足蹈起來，動作狂亂，毫無風采可言，近似被罰站在火炭上的模樣，醜態是慘不忍睹。若非我早已對梅斐德的爲人有所論斷，眼見這幅景象，我也清楚他的心地善惡。他再拍一次手，男孩累得四肢著地喘息。他朝地上扔一把銅板，男孩把錢撥進帽子，站起來鞠躬，離去時腳步毫無聲響。

未久，老媽子帶著紅熊皮回來，血肉已經刮除乾淨，整張皮在一座支架上撐緊，看似側翻的大鼓。她拖著跨進門檻。我起身想去幫她，被梅斐德制止。我覺得他叫我坐下的口氣有點太唐突。「讓她做，」他說。她把熊皮拉到較遠的角落，好讓大家欣賞這張色澤怪異的熊皮。老媽子擦拭額頭，走出起居室，步伐沉甸。

我說：「那女人年事已高，不適合做這種工作。」

梅斐德搖搖頭。「她精力無窮。我想改派一些比較簡單、比較輕鬆的工作，她卻不要。簡而言之，她懂得享受勞動的滋味。」

「我倒看不出她有享受的表情。不過，也許她是喜在心中，陌生人無從看出端倪。」

「我的建議是，不要再爲這件事心煩。」

「怎麼會？我不覺得煩啊。」

「你煩到我了。」

查理說：「這件毛皮的賞金……」

梅斐德瞪我片刻，然後轉向查理，把五枚雙鷹金元（譯註：每枚的面值二十元）推向桌子對面，查理把錢掃進掌心。他分給我兩枚，我收下了。我決定揮霍這筆錢，比平常更隨性。我心想，假如人類不把錢當成項鍊戴，不壓得靈魂抬不起頭，這世界將呈現何種光景？

梅斐德拿起最大號的手搖鈴，鈴聲響起後，我們聽見走廊傳來匆忙的腳步聲。我原本以爲，有可能是捕獸人衝進來擒拿我們，幸好來的是七位濃妝豔抹的妓女，各個穿戴流蘇與蕾絲的服飾，人人已有醉意。妓女立刻爲我們表演餘興節目，將自己改造成好奇、寵愛、慈愛、好色等角色。其中一人竟然模仿嬰兒講話。這場面令我哭笑不得，但查理的興致高昂，我也看得出他對梅斐德是愈來愈有興趣。看著這位老大，我頓時理會到，眼前這人正是查理的未來化身，或者應該說他彰顯出查理現階段的志向，因爲橫阻我倆將來的變數太多。淘金客所言果然不假，查理與梅斐德的長相酷似，只不過後者比較年長，也比較肥胖，醉意加倍。然而，正如我嚮往開店，嚮往規矩而寂寥的生活，查理的心願則是繼續追求刺激與暴力，而且他的期望是再也不必親自動手，而是躲在武器俱全的兵卒後面發號施令，周旋酒池肉林之間，有豐滿的女人爲他斟酒，觀賞娘們學著哭鬧的嬰兒在地上爬行，芳臀朝天，笑得花枝亂顫，散發酒氣與邪氣。梅斐德一定是認爲我的興致不夠高，所以用委屈的口吻問我：「你不喜歡這些女人？」

「這些女人還好，謝謝。」

「是白蘭地難喝嗎？所以你講話時噘嘴？」

「白蘭地也還好。」

「是這裡面的菸氣太重了嗎？要不要我開窗戶？要不要搧搧風？」

「一切都還好。」

「和主人交談時，你瞇眼怒視主人，也許這是你家鄉的習俗？」他轉向查理，說：「我去過奧勒岡城一次，不得不承認，我不喜歡那裡。」

「什麼風把你吹去奧勒岡城？」查理問。

「我不太記得了。在我年輕時，我經常突發奇想，想到什麼就追求什麼，目標通常模糊不明。但是，奧勒岡城讓我賠慘了。我被一個瘸子搶劫。兩位的腿不瘸吧？」

「我們走進來時，你親眼看過了，」我說。

「我當時沒有注意。」他半認眞地問：「如果我請兩位起立，跳起來讓鞋跟互撞，兩位會不會反對？」

「我強烈反對，」我告訴他。

「我們兩人的腿都很健康，」查理向他保證。

「你們卻不肯表演？」他問我。

「我寧死也不願爲你表演敲鞋跟。」

「他是比較兇的一個，」梅斐德對查理說。

「我們輪流兇，」查理問。

「我比較欣賞你。」

「那個瘸子搶你什麼東西？」查理問。

「他搶走一皮包的金子，價值二十元，還有一把無價的象牙柄派特遜科特左輪。那間酒館的名字是豬玀王。兩位熟悉嗎？如果已經倒店了，我也不足爲奇，畢竟市鎮的景氣無常。」

「酒館還在，」查理說。

「搶我錢的人有一把彎刀，像小鐮刀。」

「喔，你指的是羅賓遜啊，」查理說。

梅斐德坐直上身。「什麼？你認識他？你確定嗎？」

「詹姆士．羅賓遜。」他點頭。

「你在幹什麼？」我問。查理伸手過來擰我的大腿。梅斐德摸索著墨水瓶，潦草記下姓名。

「他仍住在奧勒岡城嗎？」他上氣不接下氣問。

「對，還在。而且他隨身帶著他用來搶劫你的同一把彎刀。他的腳只是受傷，後來已經痊癒，但是你如果去豬玀王，一定會發現他坐在裡面，和往常一樣，講著沒人愛聽的笑話。其實他的笑話幾乎一點道理也沒有。」

「這些年來，我常想起他，」梅斐德說著，把筆插回原位，告訴我們：「我考慮用那把鐮刀，對他剖腹開腸，用他自己的腸子來吊死他。」我聽見他這番夸言，忍不住向上翻翻白眼。腸子連嬰兒的重量都承受不了，豈可吊死成年男人？梅斐德告退，去小解，在他離去的三十秒內，我與查理低聲急促交談：

「你搞什麼？爲什麼出賣羅賓遜？」

「羅賓遜半年前感染斑疹傷寒死了。」

「什麼？你確定嗎？」

「當然確定。上次我們進奧勒岡城，我去拜訪他的寡婦。她的牙齒是假的，你知道嗎？我看見她把假牙丟進水杯裡，我差點吐了。」一位妓女走過查理身邊，搔搔他的下巴，他對妓女微笑，心不在焉地問我：「要不要考慮在這裡過夜？」

「我想繼續上路。待下來的話，明早你只會病奄奄，又浪費掉一天的進度。何況，梅斐德只會惹麻煩。」

「如果有麻煩，倒楣的人是他，不是我們。」

「麻煩就是麻煩。我想繼續上路。」

他搖搖頭。「對不起，老弟，可惜小查理今晚想打仗。」

梅斐德從廁所走出來，扣上長褲。「奇怪，聞名遐邇的希斯特兄弟怎麼會告密呢？我意想不到。」

眾妓女如貓，在我們背後來回巡邏。

查理灌下三杯白蘭地，臉色轉爲我見慣了的赤紅，顯示他即將爛醉如泥。他開始請教梅斐德的事業與成就，卑躬屈膝的語調令我反感。梅斐德以語焉不詳的方式回答，但我推測他是淘金發橫財，現在以最快的方式散財。這兩人你來我往，插科打諢，強裝自然，我聽不下去了，開始喝悶酒解愁。妓女一直過來挑逗我，坐在我的大腿上，把我的器官逗腫了，然後笑我，或是笑它，接著去逗弄查理或梅斐德。我記得，我當時站起來挪移充血的器官，也注意到另外兩男也同樣腫脹。這種場面太常見了，只不過是一群文明紳士，平身圍坐，討論著今日大事，不顧褲襠物勃起點頭。隨著白蘭地逐漸占領我的理智，我開始分辨不清妓女的差別何在；她們的痴笑與香水模糊成一束俗豔的花朵，我既覺得心癢又反胃。梅斐德與查理表面上在對話，其實是各自表述，只希望聽見自己的話和聲音：查理取笑我的牙刷；梅斐德破除探礦杖的迷思。兩人各講各的，最後兩人都成爲我鄙視的對象。我心想，一個人酩酊大醉的時候，彷彿自己獨處一室，在他和其他人之間有一層具體而難以穿破的隔閡。

再來一杯白蘭地，然後再一杯，這時我留意到起居室遠遠的一角新來了一位女子，獨自佇立窗前。與其他女人相形之下，她的肌膚更蒼白，身材沒有她們豐滿，眼圈暗沉，可能有心事，也可能睡眠不足。儘管面有病容，她是正統的美嬌娘，碧眼如玉，金髮末梢在腰際擺盪。有酒意的撐腰，加上白蘭地賦予的傻勁，我定睛注視她一人，直到她再也無法不回報注目禮。她對我投以憐惜的微笑。我對她眨一眨眼，微笑的芳顏再加一分憐惜。這時她橫越起居室離開，定睛看我。她走出起居室，門沒關妥，我盯著門口一會兒。

「剛才那人是誰？」我問梅斐德。

「哪一個？」他說。

「哪一哪一個哪？」查理說，逗得妓女齊聲笑。

我離開起居室，發現她在走廊抽菸。見我尾隨而來，她沒有訝異的神色，但這不表示她樂見有人尾隨。我在想，可能她每次離開，總會有無聊男子跟過去，久而久之她也習慣了。我舉手想脫帽，卻發現帽子不在頭上。我告訴她：「妳對起居室的情形有何感想，我不清楚，不過我是再也坐不住了。」她不說話。「我哥和我賣給梅斐德一張獸皮，被迫坐下來聽他吹牛瞎扯。」她繼續乾瞪眼，煙從嘴裡升空，嘴唇是一抹揮不去的微笑，我難以解讀她的心意。「什麼風把妳吹來這裡？」我問。

「我住在這裡。我是梅斐德先生的簿記。」

「妳的房間是旅店客房，或者是其他種類的房間？」我暗罵自己，問題有一百個，偏偏問這種驢問題，都怪白蘭地作祟。我罵自己，別再喝白蘭地了！幸好這位小姐不計較。「我的房間是普通的旅店客房，不過有時候，我會找一間空客房睡著玩。」

「有什麼好玩？」我問，「客房不都一樣？」

「表面上相同，但裡子大異其趣。」

我無言以對，但白蘭地慫恿我繼續絮叨，我想張嘴胡扯，深層的理智卻蹦出來干涉，我只得閉嘴，保持緘默。我正要在內心裡恭賀自己，這時女人開始游目張望，尋找棄置菸蒂的地方。我自願替她處理，對著她打開掌心，她直接把冒著煙的菸蒂丟進我手裡，我以手指夾熄火星，面不改色，暗暗希望對她展現高乎常人的忍痛功夫。別再喝白蘭地了！我把菸蒂塞進自己的口袋。女人的注意力依舊是偏遠而疏離。我說：「小姐，我搞不懂妳。」

「什麼意思？」

「我分不清妳是快樂或傷心，也不知道妳是不是在生氣。」

「我有病。」

「生什麼病？」

她從衣服的口袋抽出一條手絹，上面有乾掉的血跡。她展現血絹時面帶一種鬼魅似的笑意。但我不覺得有趣，反而是見血震怒。這時我問了沒頭腦的一句話，問她是不是快死了。她的表情落寞，我連忙道歉：「不必回答。我喝太多了。妳能原諒我嗎？求求妳，原諒我。」

她不說話，但也沒有記仇的意思，我決定故作無事，繼續搭訕。我盡可能以隨意的口吻說：

「妳不介意的話，可以告訴我妳想去哪裡嗎？」

「沒有特定的地方。這地方一到晚上，只有這間旅店開門。」

「那麼，」我彈舌說，「妳剛才怎麼好像在外面等我？」

「我才沒有。」

「妳走時沒把門帶上，希望我跟隨妳走出來。」

「我才沒有。」

「我猜妳八成有。」

我聽見走廊另一端傳來吱嘎一聲，女人和我轉頭，看見捕獸人之一站在樓梯頂端。剛才的話被他偷聽到了，他的臉沒有笑容。「妳應該回妳房間去了，」他對小姐說。

「關你啥事？」她問。

「他難道不是我的老闆？」

「他難道不也是我的老闆？我正在和他的客人談事情。」

「妳繼續談下去，保證會惹麻煩。」

「惹什麼麻煩？」

「妳應該知道。他。」

「你，」我對捕獸人說。

「什麼？」

「立刻給我滾蛋。」

捕獸人愣了一愣，然後伸出一手去搔刮藍黑色的鬍子。他轉身下樓，女人告訴我：「他在旅店裡到處跟蹤我。我晚上非鎖房門不行。」

「梅斐德是妳的男人，對不對？」

她指向娼妓滿堂的起居室。「他沒有專一的女人。」這種回答不夠完整，啓人疑竇，她見我臉色暗下來，趕緊補上一句：「不過，我和他沒有關聯。曾經有吧，也許從某個角度來看是有過。」

隔著起居室的門，我聽見查理高分貝的笑聲。查理有一種低智商的笑聲，近似馬聲蕭蕭。「我對這個鎮漸漸產生不良的印象，」我說。

女人向我踏出一步。是湊近過來索吻嗎？不對，她是有祕密想傾吐：「剛才那個捕獸人和另外幾個在商量事情，被我聽見了。他們在策畫對付你們兩人。詳細的內容我沒有聽懂，不過他們平常是每晚不醉不散，今天卻不喝酒。你們最好當心。」

「白蘭地喝多了，我無法當心。」

「那你最好回去陪他們同樂。我認爲，待在梅斐德身邊是上策。」

「不要，再回裡面一分鐘，我會受不了。我只想睡覺。」

「梅斐德安排你睡哪裡？」

「他沒有安排。」

「我幫你找個安全的地方，」她說。她帶我走向走廊的盡頭，從口袋掏鑰匙出來開門，動作謹愼無聲，我不知不覺也模仿她步步留神的動作。我們走進黝暗的房間，她關上門，讓我背靠著牆站著，叫我別亂動，她去找蠟燭。我雖然看不見她，卻能聽見她的動作，聽得到她的腳步聲、摸索抽屜與桌面的悉悉嗦嗦聲。她近在咫尺，忙來忙去，我卻不知她在做什麼，這情形令我傾心。我當下決定，我喜歡她；令我受寵若驚的是她對我投注時間，關照我的安危。我心想，我的需求不高，一點點小事就能讓我滿足。

她點燃一支蠟燭，攤開窗簾，讓月光照耀進來。這一間是尋常的旅店客房，不同的只是空氣不流通，而且塵埃飄浮。她解釋：「這一間因爲鑰匙不見了，所以總是空著，梅斐德太懶惰，沒去請鑰匙匠過來。只不過，鑰匙不是不見了，而是被我拿走。我想清靜一下的時候，會自己過來坐坐。」

我客氣地點頭，說：「是啊，對，妳顯然是愛上我了！」

「不對，」她的臉紅暈起來。「才不是。」

「我看得出來。無可救藥墜入愛河，無力抗拒愛神。這種事情以前我也碰過，妳不必難爲情。

我走在街上，天天都有女人迎面走過來，眼神充滿熱情和渴望。」我癱倒在小床上，在床墊上翻滾。女人的臉上是笑吟吟，但她不太想久留，轉身走向門口，作勢要離開。我翻來覆去，床鋪被壓出呆板的吱嘎聲，她告訴我：「建議你不要在床上亂滾。捕獸人的房間就在我們的下面。」

「唉，別再提他們了。我沒把他們放在眼裡。他們拿我沒有辦法。」

「可是，他們是殺手，」她低語。

「我也是！」我也低聲說。

「什麼意思？」

她臉色蒼白，神情猶豫，不知何故，我見了野性奔放，滋生一股殘酷或獸性。我起身咆哮：「死神尾隨普世眾生，無人能倖免！」這話不知從哪裡冒出來，大大激勵我；我陡然從床邊走開，舉槍對準地板發射一次，槍聲震耳欲聾，回音繞樑，房間裡頓時煙硝密布。女人飽受驚嚇，原地轉身就走，以鑰匙反鎖房門。我走過去，解除門鎖，敞開房門，坐回被我摧殘的床鋪，雙手各舉一槍，準備發射。我的心臟噗噗跳，等著畢生最後一役登場，但我枯等了五分鐘，眼皮開始千斤重。過了十分鐘，我認定捕獸人沒聽見槍聲。他們不是不在房間，就是子彈射進別人的客房。我放棄一場殊死歷險記，刷牙後上床睡覺。

早上陽光普照，窗外送來涼爽的氣息，輕拂我的臉。我躺在床上，衣著完整，門關著，門閂也扣著。那位簿記小姐半夜回來保護我嗎？我聽見鑰匙伸進鎖孔，進門的人是她，在床緣坐下，面帶微笑。我問她查理的近況，她說查理沒事。她邀我一同去散步。儘管她看似病得只剩半條命，美人身上散發著甜蜜的脂粉香味，前來拜訪我時不顯得鬱悶。我撐起身體，走向窗口，靠在窗框上，俯瞰旅店旁邊的馬路。來來往往的男男女女互道早安、舉帽彎腰。女人清清嗓子說：

「昨天晚上，你說你搞不懂我。現在我也對你有同樣的疑問。」

「什麼意思？」

「疑問之一是，你究竟爲什麼朝地板開槍？」

「很丟臉，」我承認。「嚇到妳了，不好意思。」

「可是，你爲什麼要開槍？」

「有時候，如果我喝太多，而且情緒低落，心裡會產生尋死的念頭。」我心想，展示血絹的人換成我啦。

「你爲什麼情緒低落？」

「情緒低落哪有原因？不知怎麼著，有時候心情好不起來。」

「可是昨晚你一下子開心，一下子卻變臉。」

我聳聳肩。有一名男子走在馬路上，我覺得眼熟，一時想不起在哪裡打過照面。他的容貌黯淡而恍惚，步姿渙散，彷彿漫無目標。「我認識那個人，」我指著說。女人站到我身旁，向下望，但男子已經脫離視線。她把衣服拉得平整一點，問我：「願不願意陪我散散步？」

我吃了一些牙粉，她挽著我的手，帶我步上走廊。通過梅斐德的起居室時，門開著，我見到老大趴在桌上熟睡，頭與手擱在傾倒的酒瓶之間，雪茄灰遍布桌面，三個手搖鈴也翻覆在桌上。在他身旁的地面，有個渾身精光的胖妓女仰躺著，臉朝內，我駐足旁觀她沉睡的肉體、乳房、腹部，見她的身體隨呼吸而起伏。這幅景象刻畫著道德淪喪，女體生殖器、陰毛黏貼私處的畫面怵目驚心。我發現我的帽子在起居室另一邊，掛在牆上的鹿角上，我走過去取回，然後小跑步離開，撢掉帽簷的菸灰，不慎被地板上的東西絆倒。仔細一看，原來是昨晚用來攤展熊皮的架子，現在卻不見熊皮的蹤影。熊皮並不是被收起來放，而是被人匆匆切除偷走。我回頭看著站在門下的簿記，見她閉著眼睛，緩緩以頭畫圓圈。我心想，她的負擔太深重，無處可逃。

馬路已成爛泥，處處是深水坑，過馬路時只能踩著一連串的木板跳躍。女人跳得開心，笑聲在晨光裡顯得清亮而爽朗。我心想，她的笑聲和清新冷冽的空氣，對我而言，同樣具有開懷、滌神的效果。過馬路是單純的一件事，我竟然認爲很刺激，說來也奇怪。我握著小手，指著搖搖晃晃的木板前進，雖然暈眩，卻更覺得這種活動滑稽突梯，心情因此歡愉。等到過完馬路，我的皮靴被塗上一層汙泥，而她的鞋子卻一塵不染，爲此她對我說：「謝謝你。」安然踏上乾燥木板走道時，她握住我的手臂，走了六、七步，隨即鬆手去攏一攏頭髮。我倒不認爲鬆手去攏頭髮有其必要，只認爲她的舉動是顧及個人操守與原則。我相信她喜歡握我手臂的感受，希望再多握幾分鐘。但這只是我片面的印象。

我問：「效勞梅斐德的滋味怎樣？」

「薪水還算可以，但他這人不太容易相處，老是想證明自己才是對的。他發大財之前是個好人。」

「散財的速度好像挺快的。也許他想趕快花光，恢復原本的面貌。」

「他一定會變的，不過不會變回原本的第一種面貌，而是變成第三種面貌。我認爲第三種會比第二種更不好相處。」我保持沉默，她繼續說：「對，這事沒啥好談的。」片刻之後，她又舉手握我的手臂。我有驕傲的感覺，雙腿的腳步穩健而自信。我說：「今天早上我的門怎麼鎖著？妳半夜回頭來找我嗎？」

「你不記得了？」她問。

「抱歉，我不記得了。」

「哇，我覺得好悲哀。」

「發生什麼事，妳說明一下吧？」

她思考著，然後說：「如果你有心想知道，動動腦應該回想得起來。」她想到一件事，又笑起來，音色清脆，形狀宛若鑽石。

「對我來說，妳的笑聲似清泉，」我說。這句話令我心啜泣，此時縱情落淚並非難事：奇怪。

「怎麼了？你突然變得好正經，」她告訴我。

「我又不只有一種性情，」我說。

來到鎮郊，我們再橫越一排木板，掉頭往旅店的方向回去。我想著自己的房間，我睡過的床；我想像我的身體在被子上壓出的形狀。這時我想起來了：「那男人就是哀泣男！」

「哪個男人？」女人問，「什麼跟什麼？」

「我剛從窗戶看見的那個人。我不是說他很眼熟嗎？幾個禮拜前，我在奧勒岡準州見過他。我哥和我正騎馬離開奧勒岡城，碰到他一個人牽馬走路，神情極為哀傷，卻不肯接受我們的幫忙。他的心傷太深，變得無法理喻。」

「他的運氣好轉了嗎？你有沒有注意到？」

「看起來是沒有。」

「可憐。」

「以一個痛哭流涕的人來說，步行到這裡的速度太快了吧。」

她愣了一下，放鬆我的手臂。

「你昨晚提過，舊金山有急事等你去辦，」她說。

我點點頭。「我們想去找一位名叫赫曼．渥爾姆的人。聽說他住在舊金山。」

「找他？什麼意思？」

「他做了壞事，有人僱我們去將他繩之以法。」

「可是，你們不是警察吧？」

「和警察正好相反。」

她沉思起來。「這個姓渥爾姆的人，他是大壞蛋嗎？」

「我不知道。這問題有待證實。聽說他是小偷。」

「他偷了什麼東西？」

「不就是平常人偷的東西。錢吧，大概是。」撒這謊令我自覺心態醜陋，我的眼睛四處搜尋注目的焦點，掩飾心虛，但我苦找不到合適的物體。「老實說，其實，他大概沒有偷到分文。」她的視線直落，我小笑一陣。我說：「如果他是平白被人誣賴，我一點也不訝異。」

「正常而言，你會去對付你認爲清白的人嗎？」

「我這一行沒有正常不正常的問題。」忽然間，我不想再談這話題。「我不想再談這話題。」

她置若罔聞，追問：「你喜歡這種工作嗎？」

「每一次的任務都不同。有些我覺得逍遙自在，有些則讓我心情亂糟糟。」我聳聳肩。「不管從事什麼工作，只要有人拿得出薪水，會爲工作增添一種值得尊重的感覺。就某方面而言，我猜，別人的生命託付在我手上，我會感到自己舉足輕重吧。」

「別人的死期才對，」她糾正我。

我原本不確定她是否瞭解我的職業的本質，聽她這麼一說，我如釋重負，幸好不必對她解釋得太露骨。「隨妳怎麼說吧，」我說。

「有沒有考慮收手？」

「我是想收手，」我承認。

她再次握住我的手臂。「你解決掉這個渥爾姆之後，有什麼打算？」

我告訴她：「我和我哥在奧勒岡城郊外有棟小房子，環境優美，不過房子裡面很窄，冷風會從縫隙鑽進來。我想搬家，可惜沒空另找房子。查理認識很多品行不良的損友，他們不尊重平常人的睡眠習慣。」但她聽得不耐煩，於是我問：「妳想問的是什麼？」

「我的希望是，今後能再見到你。」

我的胸腔脹起來，感覺像多了一個疼痛的瘀傷。我暗罵自己是個甜言蜜語的壞蛋。「妳的希望會有應驗的一天，」我許諾。

「如果你走了，我不認爲我會再見到你。」

「我會回來的，我以人格向妳擔保。」然而，女人不相信，或者是對我半信半疑。她看著我的臉，要求我脫掉外套。我脫下來後，她從衣服裡拖出一條鮮藍色的絲帶，幫我斜披在肩膀上，打一個扎實的結，然後退後一步看我。她的神情至爲悽美，目眶瀅潤，眼神沉凝，兩旁是脂粉與亙古魔法。我雙手放在絲帶上，想不出該說什麼話。

她告訴我：「你應該一直像這樣披在身上，一見到它就想起我，記得你會回來的承諾。」她撫摸著絲帶，微笑說：「你哥哥見了，該不會嫉妒吧？」

「我想他會問個沒完。」

「這條絲帶很不錯吧？」

「非常柔亮。」

我扣好外套，把絲帶遮住。她向前摟住我，臉頰貼我心，聆聽裡面的隆隆鼓聲。之後，她向我道別，轉身走進旅店。但在她臨走前，我把梅斐德的四十元塞進襯裙的口袋。我呼喚說，我回程的路上會來找她，但她沒有回應，留我孤零零站著，心神直墜、飛奔，直墜、死去。我不願進室內，想在戶外繼續溜達。大街不遠處有一排民房，我朝房子的方向走過去。

插曲

我碰見一位年約七、八歲的稚女。從帽子到鞋子，一身高級服飾。她站在一間古意盎然、甫添新漆的房子前，駐足院子的圍牆外。她狠狠瞪著房子，顯示強烈的厭惡或仇恨，眉宇深鎖，緊握雙拳。她正在哭，並不是嚎啕大哭，而是靜靜落淚。我靠近過去，問她在傷什麼心，她說她剛做了一場惡夢。

「妳剛剛做了惡夢？」我問，因為這時太陽高高掛。

「是昨晚做的夢，不過我剛剛看見那條狗，才回憶起來。」她指向一隻睡在圍牆裡面的胖狗。我赫然發現，那隻狗斷了一條腿，擺在牠的身體旁邊，但近看之下，我才發現是綿羊或小牛的腿骨，是丟給狗啃的骨頭。腿骨上仍有些許筋肉，因此產生一腿斷落身旁的錯覺。我對小女孩微笑。

「我還以為是狗斷了一條腿。」

女孩抹去臉頰上的淚痕。「明明是狗腿啊，怎麼不是？」

我搖頭指著。「狗腿好好的，壓在他身體下面，妳看。」

「你錯了。看。」她對狗吹口哨，狗醒了，站起來，我發現他果然是缺了一條腿，而且是最靠近地上骨頭的一條腿。然而，斷腿的部分早已癒合，是一年前的舊傷。雖然我感到困惑，我仍堅稱：「地上那根骨頭是羊腿骨，不是那隻狗的腿。妳看，他的腿傷是很久以前的事，不然他怎麼不痛？」

這話激怒了小女孩，她以剛才瞪房子的毒意來瞪我。「狗明明在痛，」她堅持，「狗痛得受不了！」

她的語氣火爆，嚇我一跳；我不知不覺向後退一步。「妳是個古怪的小女孩，」我說。

「古怪的是世上走一遭，」她反駁。我不知如何回應。我至少也有同感。女孩繼續說，口氣變得甜蜜無邪：「你怎麼不問我夢見什麼？」

「妳說妳夢見這條狗。」

「狗只是一部分。我也夢見圍牆和這棟房子。還有你。」

「我出現在妳的夢裡？」

「我有夢到一個男人。我不認識他，也不想理他。」

「他是好人或是壞人？」

她壓低嗓門：「他是一個受到保護的人。」

我瞬時想起吉普賽巫婆，想到項鍊與門框。「他是怎麼受到保護的？」我問，「有什麼好保護？」

她不回答。她說：「我夢見我討厭這條狗，所以走過來，正想毒死牠，這院子卻出現一個灰黑相間的旋轉雲，本來只有一個拳頭那麼大，轉眼卻膨脹到直徑一呎、兩呎，然後變成十呎。最後和這棟房子一樣大。我覺得裡面的冷風在旋轉，冷到我的臉皮被燙到了。」她閉上眼睛，傾頭向前，彷彿在體驗夢境。

「妳用什麼毒藥來毒狗？」我問，因為我注意到她右手的指關節殘留黑色顆粒。

「黑雲繼續愈變愈大，」嚇人的女孩持續敘述，音量與激動之情俱增，「不久把我捲進暴風眼，我輕輕繞著圈翻滾。那條三腿狗已經死了，也被捲進來，在我旁邊的軌道旋轉，要不是有牠在，我倒有可能會覺得暴風眼裡面挺安詳的。」

「小女孩，妳做的夢好可怕。」

「三腿狗死了，在我旁邊的軌道旋轉！」她擊掌一次，驟然轉身離開，我呆若木雞站在原地，心情大受影響。我想著，我多麼渴望身旁有個值得依靠的伴侶。我回頭看狗時，女孩已經轉彎走掉，那條狗趴回地上，口吐白沫，肋骨再也不隨呼吸而起伏，早已一命歸陰。那棟房子的窗簾動了一下，我轉身，和女孩一樣快步離開，只不過我走的方向和她相反，一去不回頭。揮別的時刻來了，該暫時擺脫梅斐德了。

插曲結束

經過梅斐德的起居室，我向內窺探，看見他與裸女都走了，熊皮架子也被扶正。在走廊的遠處，昨晚的妓女之一站在我隔壁的房間，頭靠在門上。我走向她，問她是否知道查理在哪裡。「他剛架著我出來。」她的皮膚略微發青，已經被白蘭地毒個半死，一面打嗝兒，一面握拳捂嘴。「天啊，」她說。我打開自己的房門，請她催查理動作快一點。「先生，我可不願跟他講話。我只想回自己床上，自個兒熬過漫長的幾小時。」我看著她走開，握拳撐著牆壁走，腳步蹣跚。查理的門鎖著，我敲門，他以含糊的喉音趕人。我改喊他的名字，他光著身體開門，招手叫我進去。

「你躲到哪裡去了？」他問。

「我陪昨晚那位小姐去散步。」

「昨晚哪位小姐？」

「那位瘦瘦的美女。」

「哪有瘦瘦的美女?」

「你忙著哇哈哈,沒空去注意。你看看,你的頭紅成這副德性。」

我聽得見梅斐德的怒罵聲從起居室傳來。我告訴查理,熊皮不見了,他聽了一愣。「什麼意思,不見了?」他質問。

「不見了,不在起居室裡面。架子被打翻了,熊皮被人割走。」

他忖度一陣,然後開始著裝。「我會去找梅斐德商量,」他說。他在呻吟聲中穿上長褲。「我們昨晚相處得非常愉快,相信作案的人一定是他支薪的骯髒捕獸人之一。」

查理出房門,我在一張矮腳籐椅重重坐下。我發現查理的床墊被拖到地上,被刀子切得粉碎,一團團棉絮被扯出來。我在內心嘟噥,他無情廝殺的興趣何時方休?他在起居室與梅斐德爭吵,我聽不清楚內容。我的身體是倦意難耐,查理回房時我已半睡半醒。他的臉皮緊繃,雙拳緊握,握得指關節泛白。「他精於提高音量之道,」他說,「最懂空言嚇唬人。」

「他想誣賴我們偷熊皮嗎?」

「絕對是。原因是,他的捕獸人自稱在走廊上看見你,把熊皮夾在腋下急忙走避。我歡迎梅斐德過來我們的房間翻箱倒篋,他說他不屑。他對妓女講一句悄悄話,妓女走得很急。我猜梅斐德叫她去搜捕獸人的房間。」他走向窗戶,俯視大街。「他們竟敢和我們玩這種把戲,我一想就氣。要不是我精神不濟,我一定直接找他們算帳。」他望向我:「你呢,老弟?有沒有硬幹的力氣?」

「沒有。」

他瞇眼問：「你外套裡面是什麼東西？」

「那位小姐致贈的禮物。」

「鎮上有遊行嗎？」

「是很單純的一條帶子，用來睹物思情。母親以前常說這是寄情信物。」

他嘖嘖發聲。「你不應該披著，」他的語氣堅決。

「這種布料一定很貴吧。」

「那位小姐是在消遣你。」

「她是個認真的女人。」

「你看起來像一隻得獎的肥鵝。」

我解開絲帶上的結，摘下來，摺成整齊的正方形。我決定保留在身上，只在私底下拿出來欣賞。「紅熊皮在誰手上？」查理說。他回頭望窗外，拍拍玻璃說：「啊哈，有了。」

我走過去，看見起居室裡的妓女和最高大的捕獸人交談。他站著，邊聽邊捲著香菸。她講完，他交代一些事項，然後她重回旅店。我看著，直到她消失在視野外，然後將目光轉回捕獸人。他抬頭看見窗口的我們，頭上是軟帽沿的尖頂帽。「那種帽子是哪裡買來的？」查理懷疑。「一定是他們自製的。」捕獸人點燃捲菸，長吐出一團煙霧，朝旅店的相反方向走去。查理拍自己的腿吐痰。

「我討厭承認，不過我們是吃敗仗了。你的雙鷹金元給我，我想連自己的份一起交出去。」

「把錢退還給他，等於是跟他認罪。」

「不還錢，就只剩兩條路可走：硬幹或潛逃，可惜我們現在的體力不夠。來吧，交給我。」他走過來，站在我面前伸手。我假裝找錢，摸摸口袋，拙劣的演技被查理識破。他搔一搔下巴的鬍碴說：「錢給那位小姐了，對吧？」

「那些錢是我自己掙來的。自己掙來的錢該怎麼花，由不得別人置喙。」我回想起查理門口的那位妓女，臨走時握拳捂嘴。「你已經花掉你的那份，對不對？」

「咦，我倒是沒有想到這一點。」他檢查皮包，苦笑著。「梅斐德竟敢說這是免費招待我。」起居室又傳來叫囂聲。手搖鈴響起，玻璃杯碎裂。

「你該不會想建議，用我們自己的錢來砸他，」我說。

「不對，我還沒有那麼迫切想交朋友。讓我收拾行李，然後過去整理你的東西。我們可以從你的窗戶逃走，希望在不被人發現的情形逃之夭夭。如果真有硬仗，我們只好應戰，不過我寧願休養一天，等我們體力百分之百恢復了再打。」他拎起行李袋，掃視房間，問我：「全部收拾好了嗎？可以嗎？好，我們進走廊，動作要渾然靜謐。」

我倆朝我房間潛行時，我心想，渾然靜謐。這用語竟讓我覺得別具詩意。

我們從我的房間爬窗而出，沿著走道正上方的懸垂部分潛行。這樣走，對我們有利，因爲躂步和敏步位在梅斐德鎭盡頭的馬廄，我們走完全程，行蹤毫無暴露的跡象。來到中途，查理在一座大招牌後面停下，觀察最高大的捕獸人斜倚在我們下面的拴馬樁。過了一會兒，另外三人過來會合，四人大致圍成一圈，透過髒兮兮的滿嘴鬍子講話。「本地的麝鼠圈子一定對他們恨之入骨，」查理說，「不過這幾個不是殺人的料子。」他指向帶頭的一個。「偷走熊皮的人是他，我敢肯定。如果碰上他們，他交給我處理，槍聲一爆發，你去對付鳥獸散的三個。」

四人散開來，我們繼續沿著懸垂部分，走到盡頭，跳下去，溜進馬廄，發現暴牙工人站在躂步和敏步旁邊，傻傻望著兩馬。我們的招呼聲驚嚇到他，幫我們上馬鞍時拖拖拉拉的，這一點值得懷疑，但我當時急於逃脫，沒有加以靜心分析。結果是，查理和我正在綁行李時，四個捕獸人悄悄從背後的馬房走出來，我們發現時已經太遲了。他們突襲成功，一支支槍管正對著我們的心臟。

「兩位準備離開梅斐德了？」最壯碩的捕獸人說。

「是啊，該走了，」查理說。我不清楚他的盤算，但他在拔槍前習慣以拇指去折食指，我豎耳傾聽手關節的啪聲。

「錢沒還梅斐德先生，不准走。」

「梅斐德先生，」查理說，「親愛的僱主。告訴我們，你們也幫他鋪床嗎？冬夜漫長，你們是不是用手去爲他暖腳丫？」

「交出一百元，否則要你們的命。交不交，我可能都想殺你們。別以爲我一身皮毛的，動作一定慢吞吞，到時候你們會發現我的身手敏捷到難以置信的程度。你發現我的子彈跑進身體裡，應該會吃驚吧？」

查理說：「捕獸人，我並不認爲你動作慢吞吞。其實，影響你動作的不是衣服，而是你的頭腦。因爲我相信，和你趴在泥地、雪地捕捉的野獸比較起來，你的腦筋好不到哪裡去。」

捕獸人笑了，或者是假裝大笑，故作輕鬆善良。他說：「我聽說你昨晚喝醉了，我心想，我今晚一滴也不沾，好好休息，以便早上非殺這人的時候身手反應快一點。現在，早上到了，我再問你一遍：錢或熊皮，肯不肯還？」

「你能從我這裡討到的東西，只有『死』。」查理的口氣隨便，宛如在描述天候，我聽了頸毛直豎，雙手的脈搏加速，噗噗震動著。他在這種情況是如魚得水，腦筋明快，毫無一絲畏懼心。他一向如此，雖然我已目睹多次，每一次仍由衷欽佩。

「看我一槍斃了你，」捕獸人說。

「我弟弟負責喊數字，」查理說，「數到三，我們一起拔槍。」

捕獸人點頭，把手槍收回槍套。「你高興的話，叫他數到一百也行，」他說著反覆握拳、伸展手指。

查理裝出苦瓜臉。「講這種話多蠢。再想一句吧。人在世的最後一句話應該講得冠冕堂皇。」

「要我講，我有整天整夜的時間可以講。我會告訴子子孫孫，我親手宰了聞名的希斯特兄弟。」

「這還像話，至少有點道理，也可以當作是幽默的註腳。」查理改對我說：「伊萊，他非殺掉我們兩個不可。」

「能和你一起騎馬出任務，我的日子過得幸福快樂，」我告訴他。

「可是，這是最後道別的機會嗎？」他問，「如果你仔細看他，會發現他其實心不在殺人。注意看他的皮膚滲出多少水。在他的內心深處，有個聲音正在通知他即將鑄下的大錯。」

「開始喊數字吧，天殺的，」捕獸人說。

「我們會把這句話刻在你的墓碑上，」查理說，同時把手指折出聲響。「數到三，老弟。慢慢數。」

「兩位都準備就緒了嗎？」我問。

「我準備好了，」捕獸人說。

「準備好了，」查理說。

「一，」我說——查理與我同步開槍，四發子彈同時射出，顆顆命中頭顱。四位捕獸人紛紛倒地不起。這次的對決執行得天衣無縫，是我記憶所及最狡猾也最有效率的一次。他們一倒地，查理立刻大笑，我也是，但我笑的主因是心頭如釋重負，而我相信查理是真正覺得滑稽。幸運還不夠，我心想。一個人的心智必須平衡，必須保持鎮定，而普通人辦不到這一點。藍黑色鬍子的捕獸人仍在苟延殘喘，我走過去看。他神智模糊，眼球四面八方亂轉。

「剛才是什麼聲音？」他問。

「是子彈射中你。」

「子彈射中我的哪裡？」

「射進你的頭。」

「我怎麼沒感覺？我幾乎什麼也聽不見。其他人去哪裡了？」

「他們躺在你旁邊。他們的頭也中彈了。」

「也中彈了？他們在講話嗎？我怎麼聽不見？」

「沒有，他們死了。」

「我怎麼沒死？」

「還沒。」

「這，」他說。他閉上眼瞼，頭靜止下來。我站開，這時他打一陣哆嗦，又睜開眼睛。「提議對付你們兩個的人是吉姆。我反對。」

「好。」

「他自以為長得人高馬大，就應該做大事。」

「他死了。」

「他昨天講了整晚，說什麼有人會寫書紀念我們。你們取笑我們的打扮，惹火了他，就這樣而已。」

「現在無所謂了。閉上眼睛吧。」

「哈囉？」捕獸人說，「哈囉？」他看著我，但我不認為他看得見。

「閉上眼睛吧。沒關係了。」

「我反對做這件事，」他訴苦著。「吉姆以為，他能兩三下收拾你們，事後可以到處炫耀。」

「你應該閉上眼睛休息了，」我說。

「這、這、這。」生命力從他身上流盡，他斷了氣，我回到躂步身邊，跳上馬鞍。「數到三」是我倆的老把戲，我們既不覺得羞恥，也不覺得光榮，只在命在旦夕時才動用，而這把戲救過我們不只一次。

查理與我準備離去，這時頭上的廄樓有靴子擦地的聲響。馬廄工人沒走，其實躲在上面旁觀。

奈何他也目睹了「數到三」的把戲，所以我們爬梯子上去找他。廄樓裡高高堆著幾疊乾草，是絕佳的藏身之處，我們費了不少工夫找人。「出來吧，小子，」我呼喚，「我們已經辦完事了，不會傷害你的，我們保證。」一秒後，我們聽見遠處的一角有奔走的聲響。我對著聲音的來源開槍，但子彈被乾草堆呑噬。又過一秒，奔走的聲響再度傳來。查理說：「小子，過來這裡。我們準備殺你，你沒有逃命的機會了。不要做無畏的抗拒。」

馬廄工嗚嗚哭起來。

「不要再浪費時間了。我們沒空陪你瞎耗。」

嗚嗚哭泣。

處置完馬廄工後，我們去起居室拜訪梅斐德。他發現敲門的人是我們，驚訝到一時無法言語或行動。我把他帶去坐在沙發上，讓他靜候未知的命運。我對查理說：「他怎麼和昨晚不一樣？」

「就是他，錯不了，」查理告訴我，「我一看見他就知道。」他改對梅斐德說：「你大概料得到，我們替你裁減人力，四人全部陣亡，另外，遺憾的是，馬廄的那個小子也枉死。容我趕緊聲明，錯全在你自己，因爲我們捧紅熊皮而來純屬善意，熊皮失竊與我們無關。由此可見，手下和馬廄工之死是你的責任，良心不安的人只有你一個，不能歸咎於我們兄弟。我未必想徵求你認同這句話，只要你聽進去即可。瞭解嗎？」

梅斐德不作答。他的視線聚焦在我背後牆上的一點。我轉身看他，發現他凝視的是：什麼也沒有。我轉頭回來，見他以雙手摀面，動作宛若洗臉。

「好，」查理繼續，「下一個階段的事，你不會喜歡，但你欺詐我們兄弟倆，必須付出代價。

梅斐德，你聽進去了嗎？好，現在，我命令你說出來，你的保險櫃放在哪裡？」

梅斐德沉默半晌，我以爲他沒聽見查理問的話。查理張嘴想再問，這時梅斐德回答了，嗓音僅比耳語高一度：「不告訴你。」查理走向他：「保險櫃放在哪裡？說出來，否則別怪我用手槍敲你的腦袋。」梅斐德不說話，查理拔槍出來，握住槍管，停頓一下，然後以胡桃木槍托重擊梅斐德的頭頂，痛得他向後倒在沙發上，抱著頭，強忍住喊痛的衝動，尖嗓音從緊咬的牙縫間逸出，我覺得這種聲音令他顏面盡失。他的傷口立刻流血，查理在他手裡塞進手帕，扶他坐好。換成其他人，多半會把手帕握成一團，按住傷口止血，但梅斐德把棉質的手帕整張攤平，像桌布一樣覆蓋在頭上。由於他禿頭，鮮血正好將手帕黏住。此舉的用意何在？是隨手拈來的動作，或者是從哪裡學來的？梅斐德坐著看我們，表情陰鬱。他只穿一靴，我注意到赤腳的腳趾紅腫，指著腳問他：「輕微的凍瘡，對吧，梅斐德？」

「什麼是凍瘡？」

「你的腳好像有這種病。」

「有什麼病，我不清楚。」

「我認爲是凍瘡，」我說。

查理彈指，一方面是要我住嘴，另一方面是喚回梅斐德的注意。「這一次，」他說，「你再不回答，我會打你兩下。」

「不准你全部搶走，」梅斐德說。

「保險櫃在哪裡？」

「那些錢是我努力掙來的，沒有你的份。」

「好。」他以槍托敲梅斐德兩下，梅斐德再次抱頭倒臥沙發哀嚎。打他之前，查理沒有扯下手帕，因此敲擊聲溼黏黏，聽起來令人渾身不舒服。他把梅斐德撐起來坐直，梅斐德縮緊下頷喘息，滿頭血光——連手帕都在滴血。他噘起下唇，想強裝勇敢，神態卻令人發噱，酷似陳列在屠戶店面的物品，血流至下巴與頸子，滲溼衣領。查理說：「有些事，讓我先跟你講明白。你的錢是泡湯了。這是簡簡單單的事實，無庸置疑的事實，如果你敢反抗，我們會先宰了你，然後去找保險櫃。你給我考慮這一點：財產既然已經被沒收了，人何苦被凌虐至死呢？你三思看看。你沒有道理以這種態度面對現實。」

「有講沒講，你照樣會殺我。」

「不一定，」我說。

「未必，」查理說。

「你們敢發誓嗎？」梅斐德問。

查理望著我，以眼神問：應該讓他活下去嗎？我的眼神回答：我不在乎。他說：「如果你把錢交出來，我們會讓你活著走出去。」

「你也發誓吧？」

梅斐德看著他，希望搜出邪念的跡象。滿意後，他望向我：「你也發誓吧？」

「我發誓，」查理說。

「我哥說了就算數。不過，如果你要我發誓不殺你，那我只好發誓。」

梅斐德拉下血水厚重的手帕，甩到地上，手帕落地時的啪聲令他苦臉。隨後，他拉直背心站起來，腿軟，差點暈倒，再坐下去。「我要喝一杯，再給我多一點，讓我洗頭。我可不希望以這身狼狽相走過自己開的旅店。」我替他倒了滿滿一杯白蘭地，他以兩大口喝乾。查理去廁所捧來一堆毛巾、一碗水、一面小鏡子，放在梅斐德面前的矮桌上。我們看著他清理自己。他的動作毫無情緒，令我隱隱肅然起敬。畢生積蓄和黃金即將化爲烏有，他的態度卻猶如準備刮鬍子。我對他的心思感到好奇，因此問他；他說他正在規畫，我問有何規畫。他放下鏡子，鏡面朝下，說：「我的規畫端賴兩位准我保留多少財產而定。」

「保留？」查理挑眉說。他正在翻找梅斐德的辦公桌抽屜。「我還以爲你瞭解，你會一毛也不剩。」

梅斐德吐氣。「一毛不剩？你的意思是，完全不留一分錢？」

查理看著我。「原訂計畫不是這樣嗎？」

我說：「如果我弄錯的話，原訂計畫是殺他。既然計畫更動了，我們至少能討論這條新問題。

我承認，分文不留人，的確顯得殘酷。」

查理的目光變得陰險，沉思起來。梅斐德說：「你剛問我在想什麼，好，我告訴你。我在想，像我這樣的人，今天承受過兩位這麼重的打擊之後，今生有兩條大道可走：可以抱著受傷的心走向世界，決心逢人瘋狂發洩恨意；也可以重新來過，心地淨空，從今只願以光榮事跡來塡補心靈，以滋養孤寂的心境，重新培育光明的契機。」

「他是在表演即興演說嗎？」查理問。

「我打算走第二條路，」梅斐德繼續，「我是一個需要重建身心的人，而我的首要任務是建立個人的使命感。我將自我提醒目前的身分，反省過去的所作所爲，因爲我深恐豐裕的日子過久了，我已變得懶惰。我應該說，兩位能輕易扳倒我，證明我是安逸過度了。」

「他把自己的無爲和懦弱描述爲懶惰，」查理說。

「出了五條人命，」我說，「他竟然以『輕易』來描述奪財的惡行。」

「他描述的工夫有待加強，」查理說。

梅斐德說：「我對兩位明講好了。我的希望是，兩位能慷慨留下旅費，讓我能即刻動身前往兩位的家鄉奧勒岡城，痛宰鐮刀畜生詹姆士．羅賓遜。」

他此言一出，我們兄弟倆瞬間產生相同的邪念。

「不夠完美吧？」查理說。

「卻夠悲情，」我說。

「你對我做這種事，卻肯縱容爲非作歹的舊識？」梅斐德忿忿不平。「我的心願只有這麼一點，兩位應該能成全。你們已經奪取我畢生心血，如果能讓我保有一小部分的財產，兩位至少能稍微減輕心頭負擔。」

這場自視甚高的演說決定了他的命運。我倆同意留給梅斐德一百元，只夠他前往奧勒岡城。抵達之後，他一問便知羅賓遜已死，同時將頓悟我倆是明知裝傻，想起我倆以捉弄他爲樂，必然是恨火沖天，餘恨深遠。他的旅費是幾枚金幣，直接自旅店地下室的保險櫃提領。梅斐德盯著敞開的櫃門，說：「一生中，幸運之神只眷顧我那麼一次，爲我裝滿一整櫃子的金條和鈔票。總比多數人好吧。」他凝重地點點頭，但虛張聲勢的表象迅速化爲激動；他的面容崩塌，淚水潰堤。「可是，天殺的，幸運這種東西太難掌握了！」他說。擦著臉，他放縱自己盡情咒罵，罵得激烈而眞誠，但音量不大。「現在，我全身上下感覺不到一絲幸運，這是千眞萬確的事實。」他捻著小錢包的束繩，側影令人一掬同情之淚。捻錢包的動作宛如抓著死老鼠的尾巴。我們跟著他走出旅店，看著他穿好衣服，綁緊鞍囊。他似乎有意發表感言，卻一時想不到該說什麼，或者認爲我倆無資格領受，因此保持沉默。上馬後，他匆匆點頭，目光的含義是：我不喜歡你們兩個。我們回地下室清點保險櫃的財物，對分總數達一千八百元的鈔票。黃金太重，不利遠行，因此搬到地下室一個偏遠的角落，藏進一個大肚爐灶，以木盤架墊著。這份差事弄得我倆灰頭土臉，因爲必須拆除錫煙囪才可移動爐子，煤灰如黑雨飄落我們滿身。但一完工，天下肯定無人能發現我們的寶藏，因爲不會有人尋找如此偏遠的地點。財產的總數大約一萬五千元，我拿到我的份之後，積蓄將暴增三倍多。我們離開空氣汙濁的地下室，踏上樓梯，重見天日，我的內心是兩感交集：一方面是時來運轉的喜悅，另一方面是空虛感，因爲我覺得自己應該更快樂才對。確切來說，我擔心這份喜悅是樂得勉強或虛假。我心想，或許人註定永遠無福品味眞正的快樂。也許，人世間根本沒有快樂這種東西。

我們在旅店的走廊走著，妓女們吱吱喳喳討論梅斐德抱著頭傷離去的消息，也談到捕獸人失蹤。我瞧見查理的妓女，她的皮膚依然發青，只褪去些許病容。我拉她到一旁，問她知不知道簿記哪裡去了。

「被人急著送去看醫生了。」

「她沒事吧？」

「大概吧。她經常被急著送醫。」

我在她手裡塞一百元。「等她回來，妳務必把錢交給她。」

她凝視著錢。「上帝老天爺啊。」

「我過兩禮拜就回來。如果她沒拿到錢，被我發現了，妳可要付出代價，懂嗎？」

「先生，我剛只碰巧站在走廊呀。」

我舉起一枚雙鷹金元。「這個給妳。」

她把金幣收進口袋。查理已經走遠，她望向查理的背影問我：「你哥大概不會留一百元給我吧？」

「對，我想是不會。」

「你家浪漫的血，全傳到你身上了，對不對？」

「我和他的血是一樣的，只是用法不同。」

我轉身離開，踏出六、七步，聽見她問：「她幫你做了什麼工，能告訴我嗎？」

我駐足，思考一陣。我告訴她：「她姿色動人，以親切的態度對待我。」

可憐的妓女一臉困惑，不知做何感想。她走回自己的房間，摔上門，尖叫兩聲。

我們騎馬離開梅斐德鎮，順著河邊的淺灘走。與墨里斯相約的日期已過數日，但我倆都不放在心上。我重溫著過去三十六小時的事件，加入記憶深處分類留存，這時查理嘿嘿笑起來。蹥步載我走在前頭，我頭也不回，直接高聲問有啥好笑。

「我想起老爸死的那一天。」

「那天怎樣？」

「你和我，坐在我們家後面的那片野地，吃著午餐。我聽見他和老媽在房子裡吵架。我們那天吃什麼，你記得嗎？」

「你想說什麼？」我問。

「我們正在吃蘋果。老媽用布條包住幾顆蘋果，叫我們出去吃。我相信，她知道他們有架要吵。」

「是一條褪色的紅布，」我說。

「對。蘋果是綠色，還沒有熟。我還以爲，你年紀太小，不會計較蘋果太青，沒想到你竟然做出鬼臉。」

「我記得蘋果好酸。」往事歷歷在目，令我不禁噘嘴，唾液在舌頭上氾濫。

查理說：「那天好熱，是熱浪來襲最熱的一天，我們坐在長長的草地上，一邊吃蘋果，一邊聽著爸媽在家裡叫罵。我不曉得你有沒有注意到，我倒是一直仔細聽。」

查理敘述往事時，當時的情景似乎逐漸呈現在眼前。「我好像注意到了，」我說。繼而一想，我確定聽到。「是不是有東西破掉？」

「有，」他說，「你眞的記得。」

「有東西破碎，她大叫。」我的喉頭開始膨脹，我發現自己正忍住淚水。

「老爸用拳頭敲破窗戶，然後拿斧頭柄打中她的手臂。他發瘋了，我想。以前他發作過，到了接近瘋狂的程度，不過我回家去救老媽時，我發現他是徹底陷入瘋狂狀態，甚至在我拿著步槍衝進去時也認不得我。」

「人是怎麼發瘋的？」

「只不過是偶爾發生的事。」

「徹底發瘋的人有康復的機會嗎？」

「徹底發瘋的人大概沒救了。」

「我聽說，父親如果是瘋子，下一代也會發瘋。」

「我沒想過。爲什麼提這事？你是有過發瘋的感覺嗎？」

「有時候我有一種徬徨無助感。」

「我認爲不能混爲一談。」

「但願如此。」

他說：「我的第一把步槍，你記得嗎？老爸笑說是我的玩具槍。我開始扣扳機的時候，他可笑不出來了。」查理歇口。「我對他開兩槍，一槍打中手臂，另一槍打中胸部。胸口的那槍打得他站不起來。他躺在地上，對著我一直噴血，唾棄我，咒罵我，恨我。我從沒見過那樣的深仇大恨，在那天之前之後都沒有。我們的父親，躺在那裡，咳出濃濃的血，一直對我吐。老媽已經不省人事。她手臂嚴重骨折，痛暈了。我猜，暈倒是不幸中的大幸。幸好她沒有目睹親兒子弒親大的慘劇。唉，老爸再也抬不起頭，死了，我把他拖出家門，拖進馬廄，回房子裡，發現老媽甦醒了，精神恍惚，不知是被痛傻了或被嚇傻。她一直說：『是誰的血啊？地板上的血是誰流的？』我不知道該怎麼說，只好騙說是我的。我攙扶她走出門，坐上馬車。進城的路遙遠，車輪一壓過顛簸的路面，她就慘叫一陣。她的前臂彎成了V字形，像等著裝塡子彈的獵槍。」

「接下來呢？」我問，因爲這段往事我是一片空白。

「後來我餵她吃藥，骨折的地方也包紮妥當了，時間已經到了五、六點。在回家的半路上，我才突然想到你。」他咳嗽一陣。「希望這話沒有傷到你，老弟。」

「沒有傷到我。」

「我忙得忘了你。何況，你從小就內向，常靜靜待在角落裡想事情。我剛才提過，那天是暑氣高張。而且，我一丟下你，你當然是馬上摘掉遮陽帽。你就一直坐在大太陽底下，坐了四、五個鐘頭，而金髮、白皮膚的小孩最不耐曬。老媽吃了藥，在馬車上睡覺，我丟下她，趕緊衝過去找你。我著急的不是怕你被烤焦，而是擔心你被土狼咬得七零八落，或者是你跑去河邊玩水溺死。所以，當我遠遠看見你坐在原地，還是好端端的一個小孩，我大大鬆了一口氣。我往你坐的下坡跑過去，近看才發現你被曬得紅通通，白眼球也充血。你瞎了兩個禮拜，皮膚像洋蔥大片大片地脫落。而這正是你一身雀斑的由來，伊萊。」

第3部

赫曼・科密特・渥爾姆

第一眼見到港口，我的腦筋一時轉不過來。港口有許多定錨的船，數百支桅杆交錯到難以想像的程度，密密麻麻，近似大片有幹無枝的森林，隨潮汐起落。查理和我朝海岸線穿梭而去，四面盡是混亂的景象：各色人種的老老少少工作著、叫囂著、推擠著、打罵著；到處有牛羊被趕著走；馬車載運木材與磚塊，踩著泥濘爬坡；鎚擊聲與建築聲從市區響徹海濱。空氣裡含有笑聲，但我直覺並非歡笑，以狂躁、詛咒的成分居多。蹉步緊張，我也是。與此景稍微沾得上邊的景象，我沒有見識過。我也懷疑，市區大街小巷交織如迷宮，詭譎、晦暗、隱蔽，怎可能找得到一個人？

「我們去找墨里斯，」我說。

「他已經等了幾星期，」查理說：「再等一個鐘頭也沒有差別。」我哥當然喜歡此地的氛圍，絲毫沒有不安的感覺。

我看見許多船隻儘管依然滿載貨物，似乎已進港多日，因此向一位路人請教。他光著腳丫，腋下摟著一隻雞，與我交談的過程中不停以疼愛的動作撫摸雞頭。

「水手棄船而去了啦，」他告訴我們，「掘金熱上身，片刻不宜遲。近在咫尺的金河在高歌，誰肯賣力卸下一箱箱的麵粉，一天只賺一元。」他望向大邊直眨眼，「我常常瞭望這些船，想像著投資人如何百思不解，在紐約、波士頓空生氣卻無能爲力，想到這裡就讓我開懷。請問兩位剛到舊金山嗎？對舊金山的感想如何？」

「我只能說，我想進一步認識它，」查理說。

男子說：「我對舊金山的感想隨心情升降。或者是心情受舊金山影響，因此改變感想？無論是哪一種，有時候它是我的至交，隔幾天可能變成我的死對頭。」

「你今早的感想如何？」我問。

「不高不下，差不多在中間。整體而言，我的感想還不錯。」

查理說：「船上貨物沒人要，怎麼不見劫匪？」

「很多船被打劫過了。還沒被下手的船不是被頑固的船長死守，就是載著不值錢的貨物。這個時候，沒有人關心免費小麥或棉花。或者應該說，幾乎沒有人。」他指向海灣裡的一艘小船，上面只有一人，正在兩艘大船之間划著。小船的貨物超重，因此他持槳的動作小心翼翼，以免翻船。「那個傢伙姓史密斯，我對他很熟。他划上岸之後怎麼辦？他會把厚重的箱子綁上他那匹羸弱的騾子，把貨物拖到米勒百貨商行。米勒會在收購價上剝削史密斯，而史密斯賣命掙得的血汗錢會在一場牌局全部輸光，或者只夠買一份微薄的正餐。我在想，兩位光顧過本市的餐飲嗎？應該是沒有。假如有，兩位會面無血色，會不停喃喃對天咒罵。」

查理說：「我在梅斐德鎮付二十五元召妓。」

男子說：「同樣的錢，在舊金山只夠陪妓女坐吧台。想躺下來，最少要準備一百元。」

「誰肯付那麼多錢？」我問。

「排隊等著掏腰包的人多的是。這裡的妓女一上工就是連續十五小時，據說每日進帳數千。兩位紳士，你們必須瞭解一點，勤儉節制的傳統美德在本地已經蕩然無存，再也找不到了。舉一個我本身的例子來說，我最後一次去淘金回來，帶了一袋不少的金屑，明知進餐館是不智之舉，偏偏決定坐進我找得到最貴的一家，點一份大餐，只因我連續三個月睡在冷冷的地上，除了鱒魚和豬油之外，我只有鱒魚可吃。我的脊椎因勞動過度而扭曲，對溫暖和豪華是飢渴到極點，好想摸一摸絨布，再貴也在所不惜。就這樣，我坐下來吃晚餐，有肉、馬鈴薯切片、淡啤酒、冰淇淋，分量還像樣，不是特別可口，這樣的膳食若在老家，五毛錢就能打發。結果我總共支付現金三十元。」

查理面露嫌惡。「只有白痴才會付那種錢。」

「我贊同，」男子說，「我百分之一百贊同。我有幸歡迎你光臨一個市民全是白痴的城市。此外，祝你退化爲白痴的過程怡然自得。」

往海邊再走半哩，我注意到一套偌大的滑輪機制，全以木頭與粗繩索組成，安置在岸上，用來拉蒸汽帆船上岸。一位男士身穿黑西裝，頭戴寬簷黑帽，正對著一隊伍的馬揮鞭，以轉動絞車。我問雞男，把船拉上岸的用意何在，他的回答是：「這一位的抱負和史密斯相同，不同的是他比史密斯多了一分頭腦。他買下一艘被棄置港口的船，有先見之明的他事先買了一小塊土地，船可以拉到土地上擺直，把船上的房間租給房客或商人，他自己則坐收滾滾而來的房租。提示兩位：也許最好賺的錢不在金河裡，而是在淘金人的身上。淘金必須去土存金，變數太多了，需要勇氣加運氣，而且必須具備貨運騾子般的勤苦美德。何苦去淘金呢？已經有那麼多人在淘金了，前仆後繼，而且急著散盡最後一粒金粉。」

「那你爲何不自己開店？」我問。

這問題出其不意，他思索片刻，找尋答案。想出答案時，他的眼裡浮現哀悽，他搖搖頭。「恐怕我在這場風雲裡的角色已定。」

我正想追問他指的是何種角色，這時聽見風中飄來一陣聲響，遠方有陣隱隱碎裂的聲音，隨後是一陣劃破濃濃海風的咻聲，原來是滑輪的繩索斷了一條。我看見黑西裝男士站在一匹馬旁邊，馬倒臥沙地。我見他不揮鞭子，知道那匹馬不死也只剩半條命。

「此地正值風起雲湧的時代，對不對？」我對雞男說。

「的確是風起雲湧。恐怕這風氣已經毀損我的人格了。很多人的人格肯定是被毀了。」他點著頭，彷彿回答了自己的問題。「對，是連我也毀了。」

「毀了你哪一方面？」我問。

「哪一方面完好如初？」他反問。

「回老家去，從頭開始不就得了？」

他搖搖頭。「昨天我看見一個男人從洞房旅店的屋頂跳下來，一路笑哈哈，落地是摔得粉碎。有人說他醉了，不過我在他跳樓之前不久見過他，他沒有醉意。這裡有一股毒，如果毒到了你，你連骨子都躲不過毒害。這種毒就是無限可能性帶來的瘋狂。跳樓男人的最後舉動象徵了舊金山的集體心聲。我完全能理解。不瞞兩位，我當時強忍住鼓掌的衝動。」

「你舉這例子的道理何在？我不懂，」我說。

「我可以離開這裡，回到家鄉，但是回老家的人已經不是原來的我，」他說明，「老家的人，我一個也不認識，更不會有人認得我。」他轉身望著市區，撫摸著愛雞，嘿嘿笑著。遠處傳來手槍發射一顆子彈的聲音、馬蹄聲，也有女人尖叫聲，旋即轉為咯咯笑聲。「一顆貪婪的雄心！」他說，然後走向市區，遁入市街。在海邊，黑西裝男子離開死馬，凝望著海灣與無數桅杆。他已經摘下帽子。他面露無所適從的神色，而我並不羨慕他。

我們敲墨里斯的旅店房門，無人應答。查理撬開門鎖，我們入內後發現他的許多盥洗用品、香水、蠟油，堆疊在門口旁邊的地板上，除此之外別無墨里斯的蹤影，沒有衣物或行李，床鋪整理過，窗戶全數緊閉；我的直覺是，墨里斯幾天前就已經離開。他不告而別讓查理和我警覺起來，近乎焦躁不安，因爲儘管我們確實是遲到，但失約不合乎墨里斯的作風。我提議向旅店人員詢問他是否留言，查理贊成我去調查。我正要走向房門，這時留意到，床邊的牆壁上嵌著一個黑色的大號角，裡面有個擦亮的銅鈴，號角下方掛著一個招牌：「搖鈴找服務人員。」我依照指示搖鈴，鈴聲響徹房間，令查理嚇一跳；他引頸看個究竟。「你在幹什麼？」

「我聽說東岸的旅店有這種裝置。」

「哪種裝置？」

「你等著看。」片刻之後，旅店內部傳來女聲，聲音皺縮而遙遠。

「喂？墨里斯先生？」

查理整個人轉過來。「她躲在牆壁裡面?聲音是從哪裡來的?」

「喂?」女聲又問，「您是不是搖鈴找服務人員?」

「你快講話啊，」查理催我，但我莫名其妙羞澀起來，示意他去對答。他遠遠對著號角喊：「妳在裡面聽得見我嗎?」

「聽得見，不過您的聲音微弱，請湊近號角說話。」

查理玩出興致了，起床走過來，整張臉探進號角去。「怎樣?比較清楚了嗎?」

「比較清楚了，」女聲說，「墨里斯先生，今天有何指教?您回來了，眞好。您跟著那位大鬍子的矮冬瓜怪人走掉，我們好擔心。」查理與我互看一眼。他再對號角說：「小姐，我不是墨里斯。我剛從奧勒岡準州南下來拜訪他。他和我在同一家商號服務。」

女聲愣住。「墨里斯先生去哪裡了?」

「我不知道。」

「我們剛剛到，」我忍不住插嘴。

「您是哪位?」女聲問。

「他是我的弟弟，」查理說。

「房裡有兩個人，是嗎?」

「我們兩個一直在一起，」我告訴她，「自從我出生的那天開始就如此。」查理和女人都沒有聽出笑點，似乎不把我的笑話當成一回事。女聲的語調變得有點暴躁：「誰允許兩位進入墨里斯先生的房間？」

「門沒鎖上，」查理撒謊。

「有鎖沒鎖不是重點，重點是你們不能隨便進別人的客房，還使用別人的壁話。」

「小姐，是我們不好，容我們道歉。我們和他相約，原本約幾天前在客房裡見面，可惜我們路上有事耽擱了。一來到旅店，我們心急，想見墨里斯，於是莽率行事。」

「他並沒有提起相約見面一事。」

「他不會提的。」

「哼……」女人說。

查理繼續：「妳說他跟著一位留鬍子的人走了。那人是不是姓渥爾姆？赫曼·渥爾姆？」

「我沒有問過他的名字，他也沒有主動自我介紹。」

「他的鬍子是什麼顏色？」我問。

「又是弟弟在講話嗎？」

「是不是紅鬍子？」我問。

「是紅色，沒錯。」

「墨里斯走多久了？」查理問。

「包括今天在內，四天。他預付到明天早上。那天他急著提早走，我準備退他一部分的錢，但他不肯收。他很有紳士風度。」

「他有沒有留話給我們？」

「沒有。」

「他有沒有交代說他去哪裡？」

「光明河，是他告訴我的。一講完，他和紅鬍子笑起來。我不曉得爲什麼。」

「妳是說，他們一起笑？」

「他們同時笑起來，所以我猜他們在笑同一件事。我找過地圖了，沒有光明河。」

「墨里斯先生有沒有遭人脅迫的跡象？比方說，他會不會是被人架著離開？」

「看起來是沒有。」

查理思忖著。他說：「兩人的友誼讓我匪夷所思。」

「我也覺得奇怪，」女聲說，「我以爲墨里斯先生討厭紅鬍子，結果轉眼之間，他們變得形影不離，成天鎖在房間裡面。」

「他沒有交代留言給我們，妳確定嗎？」

「有留言的話，我最清楚，」她的語氣高傲。

「所以說，他什麼東西也沒有交代給妳？」

「我可沒有這麼說。」

查理怒視號角。「小姐，麻煩妳告訴我，他留下什麼東西。」

我聽得見女人呼吸的聲音。「一本書，」她半晌之後才說。

「什麼樣的書？」

「可以在裡面寫字的書。」

「他在裡面寫什麼？」

「我不曉得。就算我知道，也不會告訴你。」

「寫的是私事，對不對？」

「對。我一發現裡面是私事，當然是趕緊合起來。」

「妳讀到的內容是什麼？」

「他來舊金山的最初幾天，天候不佳。只讀到這裡，我就覺得愧對客人。我是很尊重房客隱私的。」

「當然。」

「我確保房客的隱私權。」

「我瞭解。這本冊子放在哪裡，可以請教妳嗎？」

「在我這裡，放在我的房間。」

「如果妳能允許我們展閱，我感激不盡。」

她停頓一下。「不行，這我辦不到。」

「我說過，我們是他的朋友。」

「既然是朋友，他怎麼不留言給你？」

「也許他想把冊子留給我們。」

「他忘了帶走冊子，因爲冊子捲進他的床單，丟在床腳，我去收拾房間時才撿到。他走的時候很匆忙，一直當心背後。他想逃離的恐怕正是你們兩人。」

「妳不肯讓我們看那本冊子，對不對？」

「我站在房客這一邊，這是我的本分。」

「很好，」查理說，「能麻煩妳幫我們準備午餐和淡啤酒嗎？」

「兩位要投宿嗎？」

「先住一晚吧。這一間就可以了。」

「假如墨里斯先生回來呢？」

「如果他眞如妳所說，跟著渥爾姆走了，他應該不會回來。」

「假如他回來了呢？」

「那妳能靠香檳大賺一筆，因爲我們重逢時會好好慶祝。」

「午餐要熱的或冷的？」

「熱的午餐，別忘了淡啤酒。」

「兩份熱的全套午餐？」

「別忘了淡啤酒。」

女人結束通話，查理回床躺下。我問他對此狀況有何判斷，他說：「我不知道該如何判斷。要看看那本冊子才能斷定。」

「我認爲她女人一定不給看。」

「到時候再說吧，」他說。

我打開窗戶，探向窗外呼吸海風。旅店坐落於陡坡，我望著一群唐人正推著一頭牛走上坡。唐人結著辮子，身穿絲布衣，拖鞋沾滿泥濘，牛不肯上去，他們動手拍打牛臀。他們的語言近似鳥語啾啾，玄奇透頂，怪卻怪得悅耳。他們極可能只是在咒罵。有人敲門，進門的是旅店的女侍。她的身材粗壯，嘴唇薄得彷彿無唇。她端著午餐進來。午餐並不熱，只有微溫，淡啤酒清涼可口，我一口就喝掉半杯。我問女侍，這杯要多少錢，她審視著杯子。「三元，」她估計，「兩份午餐總共十七。」她以神情暗示必須先付帳，於是查理站起來，付給她一枚雙鷹金幣。在她伸手進口袋找錢時，查理抓住她的手腕，叫她零錢留著，當作是我們擅入墨里斯客房的賠罪禮。她留下零錢，不但沒有感謝查理，收了錢還顯露出不悅的神態。查理再取出一枚雙鷹，對著她伸出，她的臉色轉爲剛毅。

「這是什麼意思？」她問。

「交換那本冊子。」

「我已經說過，冊子不能給你。」

「那當然，小姐，冊子妳可以留著，我們只想借看。」

「你們休想看，」她說。她握起發紅的手，覺得受盡了屈辱。她踩著隆隆的步伐離去，走得匆忙，我懷疑她將向所有或部分員工誇耀這份道德上的豐功偉業，查理與我則坐下來共進午餐。我一想到這位女侍的命運，內心不禁感傷。查理見我憂心的表情，說：「我跟她講過道理，你不是沒有看見。」我不得不承認此言屬實。容我一提，午餐的廚藝是毫無優點可言，唯有價格令人咋舌。女侍回來收拾餐盤時，查理站起來面對她。她高舉下巴，表情具有優越感，對查理說：「怎樣？」查理不回應，只是半蹲下去，對準她的腹部重擊一拳頭，打得她向後跌進一張椅子，彎腰坐下去咳嗽、流口水，拚命想恢復正常呼吸與鎮定。我端給她一杯水，向她道歉，說明我們的苦衷是非見那本冊子不可，不管用什麼方式取得都可行。查理補充說：「小姐，我們不希望再傷害妳，只想請妳諒解，我們會不擇手段弄到冊子。」盛怒之下的她啞然無語，我不認爲她聽得出我們言語中的邏輯，但當我送她回房間時，她把墨里斯的日記交給我們，不再抗拒。我堅持她收下雙鷹金幣，她欲迎還拒，最後還是收下來，我想應該能稍減她挨揍的憤慨，但我猜，對她的實際效果並不大。對弱小動粗，有人恥笑爲「懦弱暴力」，我和查理並不習慣這樣做，但出此下策有其必要，原因將在以下幾頁分曉。

以下是亨利·墨里斯的日記，只摘錄相關的部分，內容一字不改，以呈現他與赫曼·科密特·渥爾姆合夥的離奇過程，敘述身爲准將偵察員兼長年親信的他如何叛離工作崗位。

★今天渥爾姆驀然偷偷接近我。我已有將近一星期幾乎不見他的人影。當時我正要走過旅店的大廳，他悄悄來到我的身邊，抬起我的手臂，動作如紳士攙扶淑女走過顛簸的路面。不消說，此舉令我錯愕，我驚嚇之餘甩開他。見我排斥，他面露傷心，質問：「你我不是訂親了，只等著大喜之日？」事發時是上午九點，但他已有醉意，明眼人看得出來。我禁止他跟蹤我，這話令他與我同感驚訝，因為儘管我近日察覺有人跟蹤，不分晝夜，卻僅僅是朦朧的第六感，我並未深思此事。然而，我從他愧疚的神態看出，他確實跟蹤我多時，我慶幸自己勇於正視問題。他問我可否借他一元，被我拒絕。他原本拿著一頂蒙塵、脫線的大禮帽，聽我這麼一說，他倏然拍帽，拇指勾著背心，昂首挺胸離開旅店，走過遮雨篷，踏上街道，走進溫煦的驕陽。日照帶給他喜悅，他展開雙臂迎接陽光。一群馬正在拉垃圾上坡，渥爾姆故作無事，跳上馬車的後面，身手輕巧，馬夫渾然未覺。他離去的方式優雅，我無可否認，唯獨他的外表大體上比第一天惡化許多，主因並非酗酒，而是不懂得照顧自己。他身上的臭味令人掩鼻。如果他在奧勒岡城來的兩人抵達之前一命嗚呼，我也不驚訝。

★我今天經歷到畢生少見的怪事。上午，渥爾姆再次在大廳等候。我在他瞧見我之前看到他，發現他的外表有長足的進步。他的衣褲已經洗乾淨，也修補完整，而且他沐浴過。他的鬍子梳理整齊，面容潔淨，與二十四小時前騷擾我的那一位大異其趣。他見到我下完樓梯，匆匆橫越大廳與我握手，爲昨日的舉動致上誠摯的歉意。我接受他的道歉，他表現出眞心感動的神情，而他的反應反過來也感動了我，或者是令我發愣，因爲我自以爲對他瞭若指掌，眼前這人卻是截然不同的一個人。更令我驚訝的是，他表示願意請我共進午餐，而我雖然不餓，仍然接受他的好意，因爲我按捺不住好奇心，想知道原本落魄邋遢的他有何遭遇，竟能改頭換面。

我們進入一間他挑選的餐館。這間餐館名爲黑頭顱，格局歪斜而窄小，形同垃圾管槽，毫無美感可言。老闆見到渥爾姆，盛情招呼。老闆渾身發臭，滿口無牙，一眼戴著黑紅格紋的眼罩，一副靠不住的模樣。他問渥爾姆，近來「工作」的進度如何，渥爾姆只回應「光芒萬丈」。我覺得這話回得牛頭不對馬嘴，老闆聽了卻笑嘻嘻。他帶我們到較遠的一桌，有布幕可避人耳目。老闆端來兩碗索然無味的燉肉，麵包略帶酸味，近似發餿。由於我始終不見老闆遞上帳單，因此請教渥爾姆與老闆的關係。渥爾姆壓低嗓子告訴我，合作關係尚未談妥，但他有「全然的信心，最後必定談不成。」

餐畢，老闆清理桌子，爲我們拉上布幕，原本親和的渥爾姆變得僵硬而莊重。他沉思半分鐘，最後直視我的眼睛說：「沒錯，我確實是監視你多時。起初，我監視你的目的是想認清你的弱點。我對你坦白好了。我考慮過親手殺你，或找殺手對付你。」當我問他爲何有此念頭，他說：「我一看見你，當然知道你是准將的人。」我佯裝不解：「准將？誰是准將？」我的演技太粗淺，他見了搖搖頭，不理會我的推辭，繼續演說。「墨里斯先生，我觀察一陣之後，對你的觀感迅速起變化，且讓我訴說原因。你全身上下沒有一根不誠實的骨頭。舉個例子來說，正常人道早安時，雖然和對方打照面時會微笑，但對方一走開，一般人會立即收起笑容。這是虛假的微笑。這人是騙子。你看得出來嗎？」我說：「可是，大家不都這樣？只不過是客套一番而已嘛。」他告訴我：「你不一樣。你雖然只是淡淡一笑，打過照面之後，嘴唇上的笑卻久久不散，顯示你是眞心樂意與人來往。據我觀察，你屢次有這種表現，因此我心想，假如我能延攬這樣一個人才，我的所有想法必定有實踐的一天。昨天上午，我本想傳達這份心意，不料力有未逮，你應該記得。老實說，和你見面之前我太緊張，想藉酒精來壯膽。」他低頭回憶著。「結果，今天早上，」他說，「我在我的棚屋裡醒來，慚愧不堪。對我來說，慚愧並非新鮮事，但今天我卻慚愧得無能爲力。這份慚愧甚爲深重，是我從未體驗過的心情，希望日後再也不會發生。我感覺彷彿已抵達自我痛恨的極限。有些人把這種現象稱爲頓悟。用語隨人講，我無所謂。我只覺得，今天我面對新的一天，發誓改造自我，洗淨肉身，洗淨心靈，與你同享天機，因爲我知道你是好人，因爲當前的我最需要的就是一位好人。」

渥爾姆演說得熱血澎湃，在我來得及回應前，他從口袋取出幾張凌亂而破碎的紙，擺在我眼前，懇求我過目。我見到一張又一張紙，以潦草的筆跡列出密密麻麻的數字、科學等式，我只覺得是天書。最後我不得不承認看不懂。我說：「我恐怕看不出這些代表什麼。」他告訴我：「以這爲基礎，可以發展出破天荒的一大發現。」我問：「什麼樣的大發現？」他說：「可能是我們今生最重大的科學發明。」我問：「什麼樣的發明？」他點著頭，把紙張收攏成不太整齊的一疊，塞進自己外套的內口袋，紙張的角落從翻領內露出來。他嘿嘿笑著端詳我，把我當成聰明絕頂的人。「你是在要求我示範吧，」他故意說。我回答：「沒那回事。」他說：「沒關係，我示範給你看。」他從外套取出懷錶，起身想離開。「我該走了，不過我們明天早上在你的旅店見。我會對你作示範，結束之後，我願聽你的高見與決定。」我問：「決定什麼？」我對他想提議的事情是完全摸不著邊際。但他只是搖搖頭說：「明早再商議。你的日程明早有空檔嗎？」我對他說，有，他握起我的手，匆忙趕往別處去辦急事。我看著他推擠著客人，走出餐館，看見他依然是笑盈盈。最後他走掉了。

★我一起床便聽見渥爾姆敲門。他的外表更加整潔了，這次戴著新的禮帽。我稱讚他的帽子，他摘下來爲我細數內緣縫線、柔軟的小牛皮帽帶、盛讚帽子「整體是精緻而華美」。我詢問他如何處置舊帽子，他的言語閃爍。經我追問，他才坦承，他在街上看見一隻鴿子曬太陽，偷偷以帽子蓋住鴿子，看著鴿子亂跑，心生見不得人的喜悅，不料戴帽鴿子轉個彎，不知溜到哪裡去。他一面敘述，我瞧見他帶來一口帶蓋的箱子，放在腳邊。我問他，帶箱子來做什麼，他豎起一指說：「啊。」

他爲神祕示範預做準備，不久後將箱內物品陳列桌上。我的小餐桌位於房間正中央。我看見桌上擺著一只長約三呎、寬約兩呎的淺木盒，旁邊是一個麻布袋，裡面裝著新鮮的土壤，土味濃厚。另外有一個紅色絨布袋和直立擺放的錫質水罐子。窗簾合著，我正想去拉開，渥爾姆卻說關著比較好。「一方面維護隱私，另一方面能增加示範的效果，」他解釋。我回到桌前，看著他把三分之二的泥土倒進盒子，抹平之後向下壓，直到土面平整爲止。接著，他把絨布袋遞給我，要求我檢查袋中物。我發現裡面全是金屑，據實以告。他把袋子拿走，將金屑倒進盒子。此舉當然令我震驚，我問他在做什麼。他不肯回答，只指示我記住金屑形成的圖形（他把金屑倒成正圓形）。他把剩下的三分之一土壤覆蓋在上面，以五分鐘的時間將泥土壓實，不斷以雙手拍打，直到土壤密實如黏土。由於他費了很大的氣力，此時已累得汗流不止。他取來我的臉盆，高舉在土盒上空，慢慢倒水，直到水位將近滿溢。做完這些令我費思量的步驟之後，他向後退一步，見我狐疑的表情不禁微笑。最後他說：「這是河中淘金的模型，具體而微，呈現著驅使全世界瘋狂的現象。淘金人的主要難題是：明知目標就在地底下，問題在於如何取得。取得的方式是辛苦挖掘，此外也要靠運氣。第一種方式太費力，第二種太不可靠。我研究多年，盼能找出一種更確切、更簡便的淘金法。」他舉起水罐子，扭開蓋子。「墨里斯先生，我若有錯，你大可直言糾正我，但使用這份配方，我相信我已經研發出解決之道了。」他把水罐子遞給我，我以爲他要請我喝。他告訴我：「除非你想腹痛至死，我可不建議你飲用。」我問：「不是奎寧水嗎？」他說：「是探礦水。」他的語氣變得古怪，既奇異又鬼音繞樑，喉嚨緊縮，太陽穴的血脈僨張。語畢，他低頭倒出一種偏紫色的液體，臭味薰天，比重大於水，但能迅速與水混合，消失於無形。經過漫長的三十秒，我目不轉睛瞪著水，卻見不到任何變化。我抬頭望渥爾姆的神情。他的眼瞼半閉，我以爲他稍有昏昏欲睡的模樣。我張嘴想安慰他，因爲實驗顯然是失敗了。這時我從他的眼珠看見倒影，是逐漸凝聚的金光。我把注意力轉回水盒時，心臟蹦進了我的喉嚨，因爲在我的眼前，我對大堂的上帝發誓，黃金圓圈穿透了硬實的黑土，大放光明！

渥爾姆示範完畢，我的反應是驚訝得無與復加，驚歎連連，問題也問不完，令渥爾姆樂不可支。緊接著，他說明他爲這液體所做的計畫：首先，選擇靜僻的一段河道，堵住上下游，趁夜將大量配方倒入河水，等藥效發作再涉水入河，輕鬆將黃金撈上岸。他解釋，金光只延續幾分鐘，因此分秒必爭，但短時間便能淘盡傳統方式幾星期才能累積的斤兩。一段河道淘無可淘之後，他會移師另一段河道如法炮製，等到黃金累積成山，他會以一百萬元的代價賣出祕密配方，然後在他所言的「歡喜成就的柔情懷抱」裡養老以終。他解說完畢之後，我認爲是今生聽過最精彩的一項發明。我僅剩的一個疑問來得遲緩。我不想觸怒他，也不願對客房內激昂的情緒澆冷水，但這疑問需要正視，所以我直言：「你爲何對我如此坦白？」我問：「你怎知我不會踐踏你的信任？」渥爾姆的回答是：「我已經解釋我找你合作的理由。這計畫艱辛，我需要有人從旁協助，而我相信你是不二人選。」我感嘆道：「但是，我目前拿人錢財，受人之託，任務是監視你，最終目的是奪走你的性命！」他說：「對，這是事實，但且讓我問你一句：准將要我一命的原因何在，他解釋過嗎？」我說：「他說你是一個賊。」渥爾姆：「我偷了什麼東西？」我說：「他沒有提過。」渥爾姆嘶聲力竭說：「他說不上來，因爲他說謊不打草稿。他要我死，只有一個原因：我不肯交出尋金液的成分。六個月前，我前往奧勒岡城找他商談合作事宜，希望籌措前往加州的旅費。我爲他作了一個類似剛才的示範，對他開了一個我認爲極爲慷慨的數目，請他爲採金之旅背書，我願將所得的一半分給他。他起初同意，承諾傾力合作支援。然而，他見我不願公開配方，惱羞成怒，舉起手槍對準我的臉。他當時喝多了，精神渙散，我趁他搖搖擺擺之際，從他桌上抓起紙鎭扔去，幸運擊中他的額頭，讓體形壯碩的他不支倒下。我趕緊拔腿逃命，在地毯上三步併作一步飛奔，這時聽見他在我後面高聲怒罵：『你逃不出我的掌心的，渥爾姆。我會派手下過去強奪配方，把你剁成肉醬！』我相信他有這份能耐。你抵達此地時，墨里斯先生，我並不訝異。最讓我驚訝到現在的卻是，正直如你的紳士居然選擇終生效勞一個欺負弱小的殺人魔王。」

渥爾姆的敘述頗具眞實性，而更讓我確信無誤的是，我記得六個月前，准將的頭確實受過傷，並以繃帶包紮。渥爾姆的話在當時令我反躬自省，我在房間裡來回踱步，考慮輕重，衡量可能性。最後，我以走投無路的語氣問他：「可是，淘金計畫中，你對我有何期望？我何德何能，豈有能耐幫上你的忙？」他說：「我自有規畫。我期望你與我合夥經商，股份對分。在我們首度遠征時，你將盡你所能投資，因爲光是糧食費用就能耗盡我微薄的積蓄。我也需要借用你的住處來打量調製配方，這方面也需借重你的協助。此外，在河邊紮營後，工程上也需要你貢獻勞力。但最重要的是，你將成爲這樁事業的臉孔與聲音，因爲你具備我最欠缺的溝通本事，可以代我處理專利、法務、合約等等繁雜的人間事務——全是我苦於應付的事項。只是，這些雜事日後再議。現階段，我們將一同深入荒郊，實地觀察這份配方的效果如何。」我問：「我投效敵營，若被准將發現了，你認爲他會有何反應？你找我合作會引發何種效應，你可曾徹底考慮過？」聽見這句話，他走過來，雙手搭在我肩膀上，說：「你不是替暴君代勞的料子，墨里斯先生。你應該有更遠大的志向。跟著我闖天下吧，重奪人生自主權。你有機會獲得的利益如此之多，財富是最不值得一提的一項。」這些話令我心凝重。渥爾姆諒解我必須深思熟慮，就此告別，明早將回來聽取我的答覆。我在床上呆坐著，失魂落魄，水盒仍在桌上，亮光漸漸黯淡，最後熄滅殆盡。

★數小時之後，我依然坐在床上。解答伸手可及，清晰可見，卻大膽到難以度量。我無人可傾吐此事，解答必須靠自己。我心亂如麻。

★昨晚我幾乎是徹夜未眠，今早渥爾姆回來時，我正式同意參與開發光河之旅。現在的我深信他的眞知灼見，雖然我百般不願擅離職守，我已決定遵從心聲，揮別自己的崗位。畢竟，人生的意義何在？回首今生，我不禁汗顏。過去的我被當成牛來趕，被人頤指氣使，現在的我再也不回頭過那種日子了。今天，我重獲新生，人生主導權重返我手中，從此生命將永遠改觀。

查理與我坐著，消化著石破天驚的日記內容，房間裡有一股專注的靜肅。我走向餐桌，一指畫過桌面，上面有薄薄一層塵土。我顫抖著手指，對查理伸出去，查理見狀把日記丟開，說：「我相信這內容。我全部相信。准將的命令裡，有一部分明明確確：在殺害渥爾姆之前，務必取得『配方』，手段不計。我問他，是什麼樣的配方，他叫我少管閒事，只說渥爾姆會知道我指的是什麼。准將命令我，一旦取得配方，必須盡全力保密。」

「這事，你怎麼拖到現在才說？」

「是他吩咐的。何況，說出來，對你又有什麼意義？內容如此模糊，我自己幾乎是連想也不多想。准將的命令裡，老是有某種深奧的謎題存在。記得前兩次的任務嗎？准將叫我在殺他之前先弄瞎他？」

「准將這樣吩咐過你？」

查理點頭。「他說，那人自己心裡有數。他還叫我，應該讓他『在黑暗中坐一會兒』，然後再把子彈送進他身體。我當時聽見『配方』兩字，以爲也是謎題。」他從床邊走向窗口，雙手交握在腰後，瞭望著上坡。他沉默約莫一分鐘，最後開口時，語氣是嚴肅而輕柔：「老弟，對付准將的敵人，我是見一個斃一個，心裡不會產生疙瘩，因爲那些人各有各的壞心眼，即使不是壞人，也是缺乏善心或雅量的人。這人是發明天才，我難以接受殺他的念頭。」

「我有同感，而且很高興聽你說出來。」

他以鼻孔長長呼出一口氣。「你建議我們怎麼辦？」

「你呢？建議怎麼辦？」

我倆都苦無對策。

黑頭顱酒館果如墨里斯所述，是一間以廢木料與錫板打造而成的斜頂屋，位於兩座龐大磚樓之間的窄巷，容易產生一種被緩緩壓扁的錯覺。酒館內部同樣是不起眼，或者可說是令人產生負面印象：室內散置的是胡亂配套的桌椅，廚房裡有一支火爐煙囪漏出苦煙，而廚房的陳設缺乏章法而觸人霉頭。我們進門前不餓，進門後更是胃口缺缺，因爲馬肉的氣味充斥店內。日記提及的花格眼罩男站在角落，陪同他的是一位高䠷美貌的女子，兩人正進行某種餘興節目，以至於我倆來到他們身旁，他們仍渾然不覺。

女子的服裝華美，與環境格格不入。她一身亮麗的綠色絲質無袖長袍，整體令人摒息，長袍只是陪襯的角色。她的手臂也至爲纖細柔美，我忍不住想立刻伸手去握住；她的臉龐也可人出眾，側看有稜有角，具有印第安人的特徵；她的一雙碧眼轉向我時，令我猛然別過頭去，因爲她的視線宛如能穿透我的身體，直射我背後的一點。當她果然注視我的時候，我瞬間覺得五臟六腑被浸入冰水。她把目光轉回去，繼續玩以下的遊戲。

女子伸出雙手，掌心向上，右手有一小張布，質料和她的衣服相同，邊緣縫著厚實的金縷。不知何故，我認爲那一小塊布具有某種磁性，令我看了賞心悅目，微笑油然生起。我注意到老闆也凝神注視，同樣在微笑。查理也盯著布，但他的表情是老樣子，依然是一臉不友善。

「你準備好了嗎？」女子問老闆。

他凝神注視著金縷布，全身僵直，點頭說：「準備好了。」

就在他說出此話的同時，女子開始讓金縷布穿梭在兩手的手指之間，動作之靈敏令人目不暇接，肉眼難以辨識金縷布的所在。接著，她雙手握拳，伸向老闆面前，以低沉的平板調說：「哪一手？」

「左手，」他說。

女子張開左手：空無一物。她張開右手，顯現那一小塊綠色金縷布，原本被捏成一團的金縷布這時在手心攤開來。「右手，」她說。

老闆交給女子一元，說：「再來。」

女子伸出雙手，掌心向上。「準備好了嗎？」

他說準備好了，兩人再玩一回，這一次我加倍留意。老闆必定也注意到了，因爲女子握拳時，老闆邀我挑選。我自信知道金縷布在哪一手，欣然加入遊戲。「在那邊，」我說，「在右手。」女子張開手，裡面是空的。「左手，」她說。我從口袋掏出一元，打算也玩一局。

「我和她還沒有玩完，」老闆說。

「讓我只玩一回。」

「你剛玩過了。」

「讓我們輪流玩吧。」

他嘟噥說：「她暫時被我訂下來了，你想玩，等我玩夠了再來。現在我想全神專心。」他把頭轉回去，面對女子，再給她一元。「好，」他說，女子的雙手又開始靈巧操作。我認分了，只看不玩，把注意力全放在女子的雙手，盡可能看清蛛絲馬跡。我這一輩子好像從未對任何事物如此專注過。她停手時，我默賭左手，而且願意傾全身的錢下賭注。「左手，」老闆說，我的身體焦急得抽動一下。女子攤開左手，居然不見金縷布，老闆氣得跳起來。他是眞的微微蹦跳了一下。我盡量按捺心情，但內心大受挫折，失望之情難以掩飾。查理一直在觀戰，神態是開心與煩躁參半。

「這遊戲的目標是什麼？」他問。

「猜那塊布在哪一手，」老闆天眞地說。

「可是，那有什麼好玩的？你多久贏一次？」

「從來沒有贏過。」

「你玩了多少次？」

「很多很多次。」

「你是在白白浪費錢。」

「大家不也一樣，平白到處撒錢？」他望著我們，這次多加注意。「兩位要什麼？你們想吃東西嗎？」

「我們是來找渥爾姆的。」

此名一出，老闆的臉皮垮下來，眼神充滿傷痛。「是嗎？找得到他的話，麻煩代我向他問好！」這話說得怨恨至極，查理不得不詢問：「你和他有仇？」

「我被他的光影把戲迷昏了頭，請他吃了無數頓霸王餐。都怪我糊塗，早知道他不把我們的約定當成一回事。」

「什麼樣的約定？」

「不干你的事。」

我說：「他本來請你陪他一起去光河，對不對？」

老闆愣了一愣，問：「你怎麼知道？」

「我們是渥爾姆的朋友，」查理說。

「渥爾姆只有我這一個朋友。」

「我們和他的交情長遠穩健。」

「對不起，我不相信。」

「我們是他的朋友，」我說，「而且我們知道他有其他朋友。舉例來說，他最近帶一位墨里斯先生過來用餐。」

「什麼？那個愛打扮的小傢伙？」

「聽說他們一同尋河去了。」

「渥爾姆絕不會把他的祕密託付給那種愛打扮的人。」但他反思片刻，顯然自己也相信這是事實。他喟嘆一口氣。「我今天情緒不好，想單獨再玩幾局。兩位紳士想用餐的話，請自己找位子坐。如果不想，請勿干擾我。」

「你知不知道他計畫去哪裡立業？」

老闆不回答，又開始和女子玩遊戲。她握拳伸手時，老闆說：「右手。」

「左手，」女子說。

他又付一元。「再來，」他說，女子的雙手繼續舞動。

「我們考慮去他的地盤拜訪他，」我說。

女子伸出雙拳，老闆咻然吐氣。「左邊。」

「右邊，」她說。

「你最後一次見到他是哪一天，你可願意透露？」我問。

「叫你不要打擾，你耳聾是不是？」他問。

查理掀開外套，顯露幾把手槍。「你知道的事情，馬上全部說出來。」

老闆見槍，既不訝異也不心驚。「渥爾姆說過，有人會追來對付他。我當時聽了不信。」

「你最後一次見到他是哪一天？」我問。

「他四、五天前來過。他買了新帽子，戴過來炫耀。他說他隔天早上會來接我，一起去河邊。結果，我坐在這裡，苦等好幾個鐘頭，笨透了。」

「他沒有說是哪一條河，口風很緊，對吧？」

「他老是說要沿河而上，去找源頭。」

「你指的河是他的地盤嗎？」

「沒錯。」

「你為何不去？」

「追過去？追上了又能怎樣？強迫他們接納我嗎？假如他要我，他會主動過來接我走。他已經決定帶另外那人一起去了。」

查理覺得老闆的態度惹人嫌。「可是，你們不是約定好了嗎？」他問，「黃金怎麼分？」

「我在乎的不是錢，」老闆回答，「我不知道為什麼。錢的事，我是應該多留心一些。不過，簡而言之一句話，我盼望的是陪同朋友去探險。我以為渥爾姆和我是知己。」

這些話讓查理面露嫌惡。他扣好外套，走向吧台點酒。我留下來，繼續看老闆連連輸錢。

「知音難覓啊，」我說。

「是這世界最難的一件事，」他贊同，「再來，」他對女子說。但我看得出來，他累了。我走開，讓他們去玩個夠。查理喝了一杯白蘭地，正在路上等我。我走向墨里斯下榻的旅店，途經我們寄放躂步與敏步的馬廄，這時馬廄工瞧見我，大喊：「你的馬，」他說。他招手要我進馬廄一下。

查理說他想出去逛逛，半小時之後會回來，我們因此各分東西。

我踏進馬廄，看見馬廄工。他是個駝背的老人，O形腿，禿頭，雀斑點點，穿著連身衣，正在檢查蹉步的眼睛。我站到他的身旁，他點頭招呼我，說著：「這匹馬啊，個性是異常隨和。」

「那顆眼睛怎麼了？」

「我找你進來，就是想談馬眼睛的事。這顆眼珠子是保不住了。」他指著說，「隔壁的隔壁有一位獸醫。」我問他，手術費用大約多少，他告訴我：「二十五元，我估計。詳細價格，你應該去找他問清楚，不過我猜約略是這價碼。」

「整匹馬都值不了二十五元，一顆眼珠不應該超過五元吧。」

「我來動手，只收五元，」他說。

「你？你以前做過？」

「我見過同樣的手術，病人是牛。」

「你想在哪裡動手術？」

「在馬廄的地上。我可以用鴉片酊來麻醉，他一點痛也感覺不到。」

「可是，你用什麼方法切除眼珠？」

「用調羹。」

「調羹？」我說。

「舀湯用的調羹，」他點點頭，「當然，先經過消毒的調羹。眼珠挖出來，然後用剪刀剪掉肌腱——那頭牛的眼珠子就是這樣被切除的。然後，醫生往眼窩裡面灌消毒酒精，牛立刻被痛醒！醫生說，他給的鴉片酊不夠多。我會給你的馬多一點。」

我撫摸著蹉步的臉，說：「非手術不可嗎？能不能餵藥治療？有兩顆眼珠，他已經被操得夠累了。」

「獨眼馬不適合騎乘，」馬廄工承認，「最明智的方法是賣給屠夫。我後面養了幾匹馬，你要不要參考看看？我會在價格上優待你。」

「好吧，就挖眼珠吧。我們這一趟不會太遠，也許他還能貢獻一點用處。」

馬廄工找齊手術用具，在蹉步旁邊的地上攤開一張碎花布，把手術用具放在上面，端起陶碗，裡面盛著攙加鴉片酊的水，讓蹉步喝。馬在舔水時，馬廄工把我叫過去，以傾訴祕密的口吻低聲說：「馬腳一軟，你和我就開始推他，好讓他倒在毛毯上面，懂嗎？」我說我懂，兩人一同起立，等著麻藥生效。我們不必等太久，藥效來得很急，令我們措手不及：躂步的頭垂下去，搖頭晃腦，沉沉往我和馬廄工的方向跌撞而來，把我們死死壓在馬廄的板條壁上。馬廄工被壓得驚慌失措，臉色赭紅如土，眼珠暴凸，拚命推著，咒罵聲連連。他害怕因此送命，我卻覺得他的反應滑稽，見他不顧顏面地扭身鑽動，猶如被黏進蜂蜜的蒼蠅，我見狀笑得前仰後合。馬廄工先是自覺受辱，隨後被我開心的模樣點燃怒火，扭身的姿態更加慌亂。我唯恐他暈倒或傷害到他自身，於是伸手去極力拍打馬臀。躂步皺皺臉，站開一步，馬廄工嘶喊：「推呀，天殺的，推！」我強嚥笑聲，以全身的重心推著躂步的肋骨和腹部。在我與馬廄工合力之下，加上昏沉沉的躂步極力想站穩，我們把他推到馬廄隔間的另一邊，撞碎了隔間的板條。馬廄工此時攫住我的手臂，把我扯向後，躂步正好反彈回來，倒在地上，馬頭不偏不倚，正中碎花布上，已失去知覺。穿著牛仔布連身衣的馬廄工呼呼喘著氣，滿頭大汗，以最眞摯的輕蔑瞪我，握拳插腰。「容我請教你，到底有什麼事情那麼好笑？」他的神情極爲激動，站在我的面前，我是使足了自制力才不至於再笑一場。我忍著，卻幾乎忍不住。抱著悔意，我告訴他：「剛才實在太失禮了，我只是覺得有點可笑。」

「被馬活活壓死，算是你的餘興節目嗎？」

「對不起，」我再說。爲了改變話題，我指向躂步說：「不管怎麼說，他倒對地方了，正中碎花布。」

他搖頭低吼，一口痰蓄積在喉嚨。「只可惜，他躺錯邊了！他躺這樣，眼珠子怎麼個挖法？」

他把痰吐在地上，一直看著自己的痰，久久不移開視線。他到底在想什麼？我決定重建他對我的信心，只求躂步安然度過危機。年老的馬廄工動了肝火，動起手術來恐怕粗手粗腳，我可不願他誤傷躂步。

馬廄後面懸掛著幾條繩索，我拿下來，綁住躂步的腳踝，想把馬拉起來。馬廄工當然知道此舉的用意，但他不肯幫忙，反而開始捲菸來解癮，態度是止經八百，彷彿捲菸的動作需要全神貫注。綁馬腳耗了我五分鐘的時間，這段期間馬廄工與我沉默以對，我漸漸對他感到厭煩，認爲他的陰鬱神態是扭捏作態，這時他另捲一支菸給我。「別讓菸灰掉在乾草上，好嗎？」有一個單滑輪掛在馬廄上空，我和他把兩條繩索一上一下穿過滑輪，合力拉扯之下，不難把躂步翻身過來。一同賣力，一起抽菸，我和馬廄工又成爲朋友。我看得出他生氣的原因。他不瞭解我爲何大笑。我倆的個性大不相同，很多事情我覺得有趣，旁人卻摸不著頭腦。

神態恍惚的躂步躺著呼吸，馬廄工進廚房，取來調羹。他在廚房燒了一鍋水，以消毒調羹。他回到馬廄，調羹熱騰騰，他不停左右換手拿，避免燙傷。我注意到，他的雙手汙穢，但顧及我倆的合作關係吹彈即破，我不敢置喙。把調羹吹涼了，他指示我：「別靠近馬的後腿，以免馬醒過來，像那頭牛一樣，恐怕會一腿踹穿你身體。」他把調羹伸進眼窩，只見手腕一扭，眼珠立刻從眼眶蹦落而出，掛在馬的鼻梁上，大眼一顆，赤裸裸，亮晶晶，模樣荒謬。馬廄工拾起眼球向外拉，將肌腱扯成直線，然後以生鏽的剪刀剪斷，殘餘的部分縮進烏黑的眼窩。他一手握著眼珠，東張西望，尋找著放眼珠的地方。他叫我拿著，我不肯，他只好帶著馬眼珠走開，空手回來。眼珠子哪裡去了，他沒有多說，我也不想問。

他端起一只褐色的玻璃瓶，拔開軟木塞，將裡面的液體汩汩倒進躂步的眼窩，直到酒精滿溢至眼窩邊。經過令人心焦的四、五秒，馬頭猛然向後仰，姿態僵硬，發出沙啞高亢的蕭蕭聲，後腿踹破馬廄的後牆。躂步四腳朝天，以脊椎爲支點，搖晃一陣，重新站起來，恍惚地喘息，缺了一邊眼睛。馬廄工說：「看他醒過來的樣子，一定是被刺痛到受不了。我剛才還多倒了很多鴉片酊呢！」

這個時候，查理走進馬廄，默默站在我們背後。他帶來一包花生，剝殼吃著。

「躂步是怎麼了？」

「我們剛挖掉馬眼珠，」我告訴他，「應該說，動手挖眼珠的人是他。」

查理瞇眼看，赫然心驚。他舉著那包花生請我，我伸手進去抓出一把。馬廄工也伸手，但查理留意到他的手指溼黏黏，趕緊縮手回來說：「還是我倒你接，可以吧？」馬廄工張開一手接受招待。現在，三人圍成三角形，吃著花生。我注意到，馬廄工是連殼咀嚼。躂步站在一邊，發著抖，酒精順著馬臉流下來，他開始撒尿。馬廄工喀滋喀滋嚼著花生，轉頭面對我：「如果你今晚能付我五元，感激不盡。」我給他一枚五元硬幣，他收進別在工作服裡面的皮包。查理湊近躂步，往空眼窩裡直瞧。「應該塡起來吧。」

「不必，」馬廄工說，「吹吹新鮮空氣，用酒精沖一沖，最能幫助復原。」

「看起來挺嚇人的。」

「害怕就別看。」

「我忍不住想看嘛。不能用眼罩遮住嗎？」

「新鮮空氣加酒精，」馬廄工回答。

「他幾時能上路？」我問。

「視你們的路程遠近而定。」

「我們要去沙加緬度以東的淘金場。」

「你們會搭渡輪過去嗎？」

「這我就不清楚了。查理？」

查理在馬廄繞著走，竊笑著，原因不明。從他友善、欣喜的態度來看，他又喝了一兩杯。他沒聽見我在問他，我也不再問。「我們很可能會搭渡輪，」我說。

「你們打算幾時動身？」

「明天，早上。」

「抵達淘金場後，你們露宿戶外嗎？」

「對。」

馬廄工思考著。「明早出發，太急了，」他說。

我拍拍馬臉。「他的精神好得很。」

「我不是說他走不動。他的韌性很強。不過，假如他是我的馬，我會休息至少一個禮拜再走。」

查理散步回來，我向他再討一些花生，他整包倒過來：空了。「本地最貴的餐館是哪一家？」

他問馬廄工。馬廄工聽了吹一聲口哨，一手搔著額頭，另一手同時搔著下體。

金珍珠餐館簡直是沐浴在酒紅色的厚絨布裡，蠟燭上百的吊燈高懸每一桌的上空，桌上擺滿骨瓷盤、絲巾、純銀刀叉。我們的侍者是個象牙膚色的男士，儀容一絲不苟，身上是黑如夜色的燕尾服，鞋上有藍絲鞋罩，翻領上的別針耀眼奪目，讓人看一眼便近乎失去視覺。我們各點一客牛排餐，搭配葡萄酒，開胃酒是白蘭地，令侍者聽得是由衷喜悅。「非常好，」他說著，以雍容的手勢在皮面寫字板上振筆疾書。「非常、非常好。」他彈指一下，立時有人端來兩只窄口水晶杯。他鞠躬退下，但我堅信他會馬上回來，一定會展現極致的魅力與靈活，讓顧客盡興而歸。

查理小飲一口白蘭地。「天啊，好喝。」

我也淺嘗一口，滋味與我喝過的白蘭地是截然不同，和我品嘗過的白蘭地是如此天南地北，我竟然懷疑這酒可能不是白蘭地。無論是什麼酒，滋味是暢快無比，我趕緊長飲一口。我盡量以隨意的語調說：「在效勞准將一事上，我們有何規畫？」

「什麼意思？」他問，「任務是照常進行。」

「儘管他刻意誤導我們？」

「伊萊，你想提議什麼？在我們調查所謂的光河之前，沒有必要跟准將一刀兩斷。即使我們不效忠准將，我仍然想一探究竟。」

「如果渥爾姆和墨里斯成功了呢？你打算搶劫嗎？」

「我不知道。」

「如果他們失敗了，我猜我還照樣會殺他們。」

查理聳聳肩，態度輕鬆，無憂無慮。「我眞的不知道！」他說。侍者端來牛排，查理插起一小塊入口，鮮美的滋味令他哼哼激賞。我也吃一塊，但心思不在美食上。趁查理心情大好，我決定深談此事。我說：「我突然想到，假使我們絕口不提發現墨里斯的日記一事，大家見我們空手回奧勒岡準州也不足爲奇。」

聽見這句話，查理急吞一口，愉悅的表情頓然煙消雲散。「你到底在講啥鬼話？」他問，「請你解釋給我聽聽，好嗎？首先，回奧勒岡之後，我們怎麼稟告准將？」

「實話實說，告訴他，墨里斯棄主投效渥爾姆，行方不明。在毫無線索的情形下，准將不能指望我們找到他們的蹤影。」

「最低限度，准將會指望我們去渥爾姆的地盤走一遭。」

「對，我們可以推說，去過了，什麼也沒發現。或者，你願意的話，我們可以在回家的路上順道去看看，因爲我們知道渥爾姆不會在他的地盤。我的重點是，如果驅使我們繼續執行任務的癥結是日記的內容，我們乾脆燒掉日記，假裝沒這回事。」

「如果驅使我們的不只是那本日記呢？」

「驅使我的，只有那本日記。」

「老弟，你到底想提議什麼？」

我說：「搜刮梅斐德的金條，加上我們在老家的積蓄，我們已有足夠的資本，可以永遠和准將一刀兩斷。」

「一刀兩斷的用意是什麼？」

「以前我認爲你想。你從來沒考慮改行嗎？」

「幹過活的人，哪一個沒有考慮改行？」

「我們的資本夠了，可以收手了，查理。」

「收手做啥？」他捻出夾在牙齒間的牛脂，彈到自己的餐盤上。「你是存心想破壞我晚餐的興致？」

「我們可以合夥開店，」我說。

「開啥？開什麼店？」

「這一行，我們已經做了很久。我們還年輕力壯，應該把握這機會退出。」

我的言語聲聲入他的耳朵，他的無力感逐漸深重，眼看他即將握拳捶桌，高聲斥責我。然而，在他的情緒惡化到眞正發火的階段，他心生一念，心情緩和下來，繼續切割牛排。他胃口正旺，盡情享用，我的牛排餐則逐漸冷卻。他吃完後，請侍者算帳。儘管索費高昂，他仍付清兩人的餐飲。餐畢，我硬著頭皮，準備接受他嚴辭訓斥。果然，他喝完最後一滴葡萄酒，開口說：「既然我倆已經有共識，你想歇手，我也不攔你。」

「你是說，我可以歇手，你打算繼續？」

他點頭。「當然，我需要另尋搭檔。瑞克斯以前考慮要進這一行，也許他會同意加入。」

「瑞克斯？」我說，「瑞克斯像條會說話的狗。」

「他和狗一樣聽話。」

「他的腦袋和狗腦沒兩樣。」

「我可以找桑且斯。」

聽見這名字，我嗆到了，葡萄酒從鼻孔流出來。「桑且斯？」我說得唾沫飛濺，「桑且斯？」

「桑且斯的槍法很準。」

我捧腹大笑。「桑且斯！」

「我只是考慮而已，」查理臉紅起來，「想找合適的搭檔，可能要花一點時間。不過，既然你心意已定，我也無所謂。這也是准將求之不得的好消息。」他點燃雪茄，靠向椅背。「至於這次任務，我們照樣合作進行，等到任務完畢才各分東西。」

「爲什麼說各分東西？」

「我繼續效勞准將，你去開你的店。」

「你的意思是，以後互不往來？」

「我路過奧勒岡城會去找你。只要我需要添一件襯衫，或是缺內衣褲，我會去找你。」他站起來，離開餐桌，我心想，他是眞心祝福我歇手，或者只是使出以退爲進的詭計，誘使我繼續走下去？我端詳著他的神態，尋找答案。在他鬆懈深鎖的眉宇時，在他的腰桿鬆弛時，我看出一絲端倪——他是在可憐我，捨不得我黯然心傷。他說：「明天一早，我們騎馬去找渥爾姆和墨里斯。先把這份任務做個了結，再看看情況。」他轉身離開餐館，姿態優雅的侍者來到我身旁，見我起身要走，他倒抽一口氣，因爲我的牛排餐是原封不動，一桌佳餚就此浪費，他有受辱的感覺。「先生！」他朝著我的背影喊，語氣是義憤塡膺。「先生！先生！」我置之不理，走進喧囂的舊金山夜景：燈籠在路過的馬車上飄搖，鞭子一次又一次反彈，糞肥味與焦油味充斥，還有四面八方、永無休止的叫春聲。

我回到房間就寢，直到隔日早晨才見到查理。我醒來發現，他已經盥洗、著裝完畢，鬍子刮過了，臉頰紅暈，精神抖擻，動作敏捷。我心生一股希望，以爲他性情轉變的原因與昨晚爭吵有關，以爲他因此少喝幾杯，起個大清早，好讓我少受一點罪，方便我倆從道德的觀點來審視這項任務。

然而，我這時看見他的槍柄露在槍套外，擦得晶亮，而擦槍正是他完結任務前的習慣動作。他昨晚決定不酗酒，不是爲了取悅我或安撫我，而是爲了全神應付槍擊渥爾姆與墨里斯一事。我下床來，與他對桌而坐，卻發現自己無法面對他。他說：「嘴巴噘成那樣也無濟於事。」

「我又沒噘嘴。」

「是在噘嘴，沒錯。等這次任務一結束，你盡情噘嘴我也不管。現在，你只能忍下去。」

「我說過，我沒有在噘嘴。」

「你連正眼也不敢看我。」

我望著他。他的態度是怡然自得，彷彿人間萬事順心。我從他的觀點來看自己，見到自己滿頭亂髮，挺著大肚腩，內衣骯髒，紅眼透露出傷痛與疑惑。此時，萬念排山倒海而來：我不是精練的殺手。現在的我不是，以前不是，永遠也不會是。查理只是懂得利用我的脾氣，看準我的個性，把我玩弄於股掌之間，手法一如在鬥雞賽之前逗弄公雞。我想著，有多少次，我瞄準陌生人扣扳機，當時是心跳如鼓，盛怒難耐，原因只有一個，正是對方正朝著查理開槍，自己當然是挺身手足捍衛，這種情形發生過多少次？我不是嫌瑞克斯狗頭狗腦？查理與准將兩人聯手，找上我合作，讓我鑄下足以墮落地獄的慘事。我能想像到，查理在准將的起居室裡，兩人籠罩在煙霧中嘲笑我，而我坐在馬背上，在冰雪雨中等候，模樣滑稽。這一幕發生過，我確信無誤。不但發生過，以後還會再發生，只要我不制止的話。

我說：「這次是我最後一趟任務了，查理。」

他回話時，眉頭連一皺也沒有。「就依你吧，老弟。」

在客房裡，那天早晨接下來的時間，我忙著收拾行李、盥洗、準備上路——兄弟倆不再交談。

馬廄工在馬廄門口等我。

「他的情形如何？」我問。

「他睡得安穩。至於他上路以後的情形，我不敢保證，只猜他的表現會高出我的期望。」他遞給我一瓶酒精。「一天兩回，」他說，「早晚各淋一次，用完爲止。使用前務必拴緊他，建議你淋完趕快跑。」

「你今早淋過他了嗎？」

「沒有，我也不打算。上一次是示範給你看，從現在起，你可要自己來。」

我想速戰速決，拔開瓶子的軟木塞，朝躂步跨出一步，這時馬廄工說：「先牽到外面吧，拜託你。昨天踹破的洞剛補好，再踹一次可不得了。」他指過去，我看見補破洞的手工粗糙，板條上的破洞只以廢料塡塞了事。我牽著躂步出去，把馬繩綁在拴馬樁上。眼窩邊緣的血與膿已凝固成塊，缺少眼球支撐的眼瞼癱在眼窩中間。我對準眼窩，猛灌酒精，趕緊站開來。躂步蕭蕭悲鳴，前踢後踹，屎尿齊發。「對不起，」我說，「弄痛你了，對不起，躂步。對不起，對不起。」疼痛消退後，我從馬廄取出馬鞍，查理牽出敏步，站在我和躂步旁邊。

「準備好了嗎？」他說。

我不應，只蹬上躂步，覺得馬背和馬腿比以前更加癱軟，肌肉是疲乏無力。此外，他失去半邊的視力後迷惘無措，伸長脖子向左，以右眼辨別前方景物。我命令他後退至馬路上，他繞著圈子走一圈，然後再原地打轉一圈。「他正在適應方向感，」我說。

「這麼急著騎他，不是好事，」查理騎上敏步說，「他需要多休息，你應該看得出來。」

我硬扯韁繩，躂步停止打轉，「突然關心起他的福利啦？虛情假意。」

「你那匹馬是死是活，我才懶得理。我關心的是會不會妨礙到任務。」

「對了，你不提，我還差點忘了呢！任務！我們至高無上的目標！我們再多聊一點任務的事吧！只要我有一口氣在，談任務談一輩子，我永遠不厭煩！」

我發現自己的嘴唇在抖。這天上午，我的心靈負傷深重，望著親哥哥騎乘那匹駿馬，回想自己從小愛他、景仰他、尊敬他，他卻不以相同的手足情懷回報。我的嘴唇顫抖著，我發現自己正扯嗓大罵，引來路人竊竊私議。

「任務！對了！任務！你關心的當然是任務！」

查理閉著眼皮，神情盡是輕蔑，羞恥感似高燒一樣襲上我全身。他不發一語，轉身騎走，在馬路上的人群中穿梭而去，最後被一輛篷車遮住。我慌張起來，想看清他的去向，無奈躂步繼續引頸側身前進。我以鞋跟蹬他，痛得他打直步伐，但他跑起步來是氣喘吁吁，更加重了我的羞恥感。我多想當機立斷，就此洗手，丟下躂步，拋棄任務，離開查理，另尋坐騎，重返梅斐德鎮，開闢自己的一片天地，有無那位蒼白的簿記陪伴都行，只要一切安安順順，與目前的處境恍若隔世即可。這是我的夢鄉，是眞眞切切、歷歷在目的一份美夢，我卻束手旁觀。躂步繼續奔跑，咻咻喘著氣，來到海邊才趕上查理，與他並肩前進，一同騎向渡輪的碼頭。我們路過斷繩打死一匹馬的地方，看見死馬被剝掉一部分的皮，大片馬肉被砍掉。烏鴉與海鷗爭食餘肉，跳躍著，叼啄著，爛肉已轉爲青紫色，海風覆以沙土，蒼蠅忙著找空位鑽。我感覺到，舊金山矗立我背後，但我再也不回首，心想，我不喜歡在此地度過的時光。

渡輪是一艘槳輪小汽船，船名是「老尤里西斯號」，船頭設有牲畜欄，可停放馬、羊、牛、豬。查理一拴好敏步，轉頭就走，我沒有追過去，只是留下來摸摸躂步，好言呼喚他，以伴隨他身邊和善意的舉動來安慰他，遲來總勝過沒有。航程八小時，我原本打算全程陪伴躂步，奈何浪濤洶湧，豬紛紛暈船（只有豬暈船），我認爲有必要上甲板透透氣。航行過程中，我一次也沒有看見查理，期間也無値得一提的大事，只有這件：我向一位女士詢問時間，她上下度量著我，然後說：「我即使有時間，也不屑和你相處，」說完走人。我向一位盲人買幾顆乾澀無味的蘋果，餵給躂步吃，這時渡輪正要朝沙加緬度靠岸。躂步的腿在顫抖。時間是下午五、六點。

查理與我挑人煙稀少的路走，進入一座潮溼而濃密的橡樹林，不當心則是寸步難行。我們行進的速度遲緩，而且因爲兄弟倆無話可講，更覺得分秒如年。我心想，我可不要率先開口。最後，打破沉默的人是查理。

「我想討論對付渥爾姆的方式。」

「好，」我說，「先把各方面的事情討論清楚。」

「對。先從我們的僱主談起。他期望我們怎麼動手？」

「先殺墨里斯，速斬速決，不帶惡意，接著，從渥爾姆那裡逼問配方，然後也宰了他，過程放慢。」

「問到了配方，怎麼處理？」

「把配方交給准將，」我說。

「他會如何處理配方？」

「他會自稱是配方的發明人，惡名更加遠播，財產也更多。」

「所以眞正的問題是：我們爲何要爲他做這件事？」

「這正是我一直想理解的問題。」

「我想討論出一個結果，伊萊。請回答我。」

我說：「我們做這件事是爲了薪水，也因爲你尊敬准將。他是個有權有勢的人，而你希望有朝一日篡位或自立門戶。」

查理拉長臉，意味著：你怎麼曉得我的志向？「好，我們暫且假設這是眞的。果眞如此，我們有道理去壯大准將嗎？有道理去大幅提升他的財勢嗎？」

「沒有道理。」

「對。另外，假如我們遵守准將的命令，任務進行到最後一階段才歇手，也就是取得配方之後不交給准將，這樣有無道理？」

「殺害兩個無辜的人，將他們辛苦研發的點子據為己有？」

「合不合乎道德在其次。我問的是合不合乎道理。」

「至少會合乎道理。」

「好。接下來，我們來討論違逆准將的後果。」

「後果不堪設想。我認為我們一輩子會被他追殺。」

「除非……？」他的嘴唇向上翹，「除非……？」

「對，」我說，「我們殺了他。」

「怎麼個殺法？」

「什麼意思？」

「伺機而動嗎？表態說我們想對他不利？對他的大將宣戰？別忘了，他在各個前哨和城鎮都有重兵。」

「不行，唯一的辦法只有直接命中要害，先佯裝忠心，然後直搗龍穴，殺人之後逃逸。」

「逃到哪裡去？如果准將死了，有誰會來追殺我們？」

「他應該明確交代過，假如他慘遭橫禍，部下應該如何應變。」

查理點頭。「絕對交代過。他曾經對我提過這件事：『假如我提前淌血，復仇時必將血流成海。』所以，他的交代對我們的計畫有何影響？」

我說：「唯一的辦法是殺了他，祕密嚴守。」

「祕密嚴守，」查理贊同。

「我們必須在夜色的掩護之下抵達他家，趁他熟睡時槍斃他，然後逃到荒郊，躲藏多日，空手回來，彷彿甫從舊金山返鄉，不但沒有取得配方，也找不到墨里斯和渥爾姆。我們得知准將的血案時假裝大爲錯愕，挺身出來追緝凶嫌。」

「聽起來大致可以，只不過最後這部分行不通，」他說，「准將一死，交相指控的場面在所難免，勢必掀起一場腥風血雨。假如沒有人指控我們，我會很驚訝；而且，如果我們不反過來指控別人，一定也會顯得可疑。有錢的老大已經死了，殺來殺去，爲的是什麼？」

「不然，你的想法是什麼，老哥？」

「准將在睡夢中猝死，如何？用枕頭蒙頭，壓得他窒息而死，多輕鬆。」

「對，」我說，「就這麼辦。何況，配方已經在我們手裡。」

「配方到手了，但是我們暫時不能使用。」

「我們可以靠積蓄和梅斐德的金塊過日子。」

「或者可以找一條隱蔽的河流，偷偷以配方來淘金。」

「那很難瞞人吧？」

「難是難，卻不是辦不到。我們可能得多找幾個人來幫忙。渥爾姆只找一個幫手，我不曉得他怎麼自認能建壩堵河？」

「我們回頭探討道德問題吧，」我說。

「道德問題，」查理說，「好，談一談。」

「我向來不太欣賞墨里斯先生的爲人，或者應該說，他從來不太欣賞或尊敬我們，因此影響到我對他的觀感。但是，我不得不承認對他有某種程度的敬意。」

「對，我有同感。他是個重視操守的人，即使他擅離職守也一樣。」

「因爲他叛逃，所以才更顯得他重視操守，這是我的見解。至於渥爾姆，我忍不住仰慕他的才智。」

「對，對。」

「呃，我不知道另外有啥可談。」

「你寧可留他們一條生路。」

「這正是我的想法。我想到上一次的任務，就是我們賠上馬命的那次。我們對付的是什麼樣的人，你可記得？他們嗜血成痴，是誰流的血並不重要。他們的人生目標是求死。我們那天一踏上他們的勢力範圍，我們就義無反顧。」

查理默然回憶。「那群人是野蠻人，沒錯。」

「我下得了手的原因是，無論那些人有沒有對准將做過壞事，他們的心性邪惡，千眞萬確，而且假如我們不先下手爲強，一定會死在他們的槍下。但是渥爾姆和墨里斯這兩人……，對他們動手感覺像殺害婦孺。」

查理不說話。他忖度著兩種未來，一種近在眼前，另一種遙遙無期。我本想繼續說，但不願打斷他的思緒，因爲我已經充分表達個人的立場。我慶幸兄弟倆能坦言溝通心意，慶幸查理並沒有直言反對我的想法。也讓我如釋重負的是，舊金山冤仇已漸消散或者已全然消失。我們經常透過這種冷靜客觀的討論來休兵。

夜色降臨時，我們仍未尋得渥爾姆的地盤，遂在橡樹下紮營。我爲躂步淋酒精，他疼得悲鳴，前腿後腿亂踹一通。疼痛一陣過後，他趴在地上喘息，無神凝視著空氣。他缺乏胃口，但我仍相信他留存不少生命力，很快便能進入復原的階段。漸入夢鄉之際，我看著樹梢在夜風中彎腰、互撞，聽得見河水嘩嘩卻無法辨別方位，一下子覺得在北邊，一下子又確定在南邊。隔天早晨，我發現河在東邊。我們在午餐後發現渥爾姆的地盤，決定先過一夜，讓躂步好好休息一整天，也讓查理與我能專心預做準備。

渥爾姆的地盤風景優美而舒適，我們在河岸上方紮營，在沙堤上的草地落腳。地盤邊線掛著一面小告示，上面寫著：此地水域為赫曼·科密特·渥爾姆之臨時物業。渥爾姆是誠實正直之士，與幾乎每位天使皆有私交。膽敢擅入私人物業淘金，必遭圍剿、侮辱、以豎琴擊打、召雷電殛。告示的外圍繪有精美的藤蔓花紋。渥爾姆製作這面告示花了不少心思。

肥碩的鱒魚在流水中不進不退，查理射中其中一條的魚頭，中彈的鱒魚漫出一團鮮血，被流水沖得直不起身，旋即無法抵擋河水的沖勁。查理涉水入河，揪起魚尾，甩上岸來，鱒魚墜落在我坐著的河岸，即將成爲我倆的晚餐。我剖開魚腹，切除魚皮，以豬油煎煮。這條鱒魚重達四磅餘，我們吃得只剩魚頭和內臟。厚實的青草地適合席地而睡，我倆一覺安穩。翌晨我們醒來，發現有人站在我們身旁。這人身形矮小，鬍髮蒼白，笑盈盈的，應該是帶著一袋子辛苦淘來的金屑重返文明的快樂淘金客。

「早安，兩位紳士，」他說，「我正想生火煮咖啡，嗅到兩位的柴煙。如果兩位肯借火給我，我樂意分一杯給兩位。」

我說請便，他煽一煽煤炭，把燒黑的燒水壺直接壓在炭火上，一面動作，一面自言自語，沉著聲加油、祝福：「很好，很好。旺一點，旺一點。表現太棒了。」每隔約莫半分鐘，他會不由自主地抽抖一陣，我暗想，他在野地獨處太久了，已經變成兩個人。

「你打算去舊金山嗎？」查理問。

「那當然。我已經離開幾個月了，回家的日子愈近，我就愈不敢相信，連最後的細節都敲定了。」

「敲定啥？」

「我計畫要做的事項。」我們並沒有要求他詳解，但他自顧自地講下去：「我想做的第一件事是租一個乾淨的房間，地勢要高，讓底下來來往往的所有事物都能盡收我眼裡。我想做的第二件事是叫來一盆熱騰騰的洗澡水。我想做的第三件事是坐在澡盆裡，開著窗戶，聽市區的聲音。我想做的第四件事是刮鬍子，把臉頰刮得清爽，然後理髮，把頭髮剪短、分邊。我想做的第五件事是買一套新衣服，從帽子到靴子都要，襯衫、內衣、長褲、長襪，樣樣不能少。」

「我想去上廁所，」查理打斷他的話，起身走進森林。

淘金客對查理的冒失不以爲忤，其實他似乎是充耳未聞。他講話時盯著火，即使我走了，他可能繼續講個沒完：「我想做的第六件事是吃一塊和我的頭一樣大的牛排。我想做的第七件事是喝個醉，醉得不能再醉。我想做的第八件事是找一個嬌媚的姑娘來躺一下。我想做的第九件事是和她閒聊她的生活，她接著會問我的日子過得如何，兩個人會像這樣問來問去，文文明明的。我想做的第十件事不干全世界人的閒事，是我自己的私事。我想做的第十一件事是把她送走，自己在乾淨、柔軟的床上躺成大字形，像這樣。」他張開雙臂，伸長到了極致。「第十二件事吶，我想睡覺，一直睡，一直睡！」

這時，水滾了，他爲大家各沖泡一杯咖啡，我嘗了一口，覺得味道奇差無比，難喝到了令我心驚的地步。我硬著頭皮表示禮貌，才不至於吐掉。我把手指伸進杯子底，指尖沾起沙石。我嗅一下，然後舔舔看，認定是沙土。嘗到難以入口的東西時，大家常以「味道像土」來描述，這杯不僅滋味像土水，其實是如假包換的滾燙泥水。我深信，此人淘金成痴，寂寞成疾，沖泡泥巴過癮，自欺是咖啡，最後信以爲眞。我本想對他提這件事，但他喜孜孜地與我交杯，我不願刺傷他的尊嚴；

即使我有心，日日夜夜累積而成的幻覺豈能以一語道破？我決定趁他抽抖症狀再發作時，趁他不注意，悄悄倒掉泥水。查理從樹林裡回來，我以眼神示意，叫他別喝「咖啡」。淘金客請他喝時，他婉拒了。「我們多幾口可喝，」淘金客告訴我，我以微弱的笑容回應。

「我在想，我們有兩個朋友來這裡，不知道你有沒有看見過？」查理說，「他們幾天前往上游走，一個留鬍子，另一個沒有。」

「載了好多裝備，對不對？」他說。

「留鬍子的那人是紅毛漢。」

「對，他們載了好多裝備。兩頭驢子，載著班尼載重極限的兩倍重量。」他指向自己的騾子班尼。騾子站在蹉步和敏步的旁邊。班尼身上的物件繁重，我不認爲一般騾子能承受更大的載重量。

「什麼樣的裝備？」我問。

「鍋子、帆布、繩索、木頭，全是很尋常的東西。不過，奇怪的是，他們帶了四個二十五加侖的大木桶，每頭驢子各載著兩桶。紅毛漢子說，裡面裝的是葡萄酒。好小氣吶，一滴也不肯賣！我和所有人一樣愛喝酒，不過拖著那幾大桶進野地，那種貪性會毀了一個人啊，也會把驢子累到永遠無法復原的程度。那兩頭驢子是累垮了，我看得出來。」

「他們往哪裡去，你知道嗎？」

「我隨口提到一個河狸壩，只是警告他們別靠近，他們聽了卻一直問，想知道地點，非問個詳細不可。」

「在哪裡？」查理問。

「哇，你們的眼神變得和他們一樣！我對他們是這樣講的：那一段河不值得浪費時間。在你們設好的營地，那群河狸看到木頭會見一支偷一支，只等你稍不留心，全把你搭在河裡的設備全咬走，不管是搖槽或淘金架都一樣。那些傢伙呵，各個該死（damn），討人厭。嗳，一語雙關耶！聽出來了嗎？〔譯註：damn與水壩（dam）同音。〕」他又抽抖一陣，我趕緊把泥水灑向草地。恢復之後，他瞧見我的杯子空著，再為我倒一杯，慫恿我再喝。我舉杯就口，嘴唇卻在杯緣緊閉，阻擋泥水流入嘴巴。

查理說：「如果我們的朋友往那邊去，我們想過去打一聲招呼。」

「別怪我沒警告喔！還是想去的話，你們會先路過一群人的營地，離這裡大概四、五哩。不要停下來交朋友，因為那群人不但沒有交際的興致，而且是徹底不懂禮貌。好了，閒話不提。再往上走兩哩，你們會看見河狸蓋的水壩。好大一個，你們不可能錯過。」他舉起燒水壺，再為自己添一杯，我注意到他因施力而蹙眉。我問他，是不是受傷了，他點點頭。他說，他和印第安人持刀對打，打贏了，可惜也挨了印第安人一刀，無力站起來，因此在屍體旁邊躺了數小時。他掀開上衣，展現乳頭下方的傷疤。這道刀傷已開始成疤，最深處仍有瘡痂，可見傷勢之慘烈。我猜是三星期前受的刀傷。「他的身手厲害，不過我猜我比他更強。」他從營火邊站起來，走向班尼，把咖啡杯與燒水壺纏上騾背。

「你的馬呢？」查理問。

「咦，我沒說嗎？我和印第安人打架，爭的就是馬。有天晚上，他趁我睡覺，牽走了我的愛馬傑西，隔夜又想來偷班尼，我是摩拳擦掌。嘩，今天適合散散步。如果老班走得動，我也應該走得動。」他舉帽對我們致意。「謝謝兩位陪伴，我進城後會舉杯遙敬。」

「希望你能實現每一條心願，」我告訴他，他露出顛狂的微笑，說：「嘿！」他轉身離去，拖著班尼。他一走遠，查理立刻問：「咖啡有什麼問題？」我把自己的杯子遞過去，他猶豫之餘淺嘗一口，然後謹慎地吐掉。他面無表情。「是泥土，」他說。

「我知道是。」

「那傢伙煮泥喝土水？」

「他好像不認爲是土。」

查理舉杯，再淺嘗一口，讓泥水在嘴巴裡涮一涮，再吐出來。「他怎可能不認爲是土？」我想著這位間歇抽抖的淘金客，想起抱雞的淘金客，想起被踐踏得無頭的淘金客，說：「依我看來，隻身進野地工作有害身心。」查理端詳周遭的森林，面露疑慮。「我們出發吧，」他說著轉身捲起睡墊子。

蹉步的外觀不佳，我不忍心再淋酒精，唯恐酒精會澆垮他載我們去河狸壩的氣力。他的呼吸困難，不肯喝水，我對查理說：「我相信躂步快死了。」他檢查一下躂步，對我的看法不置可否，但我看得出他有同感。他說：「只剩最後幾哩，到了之後，希望逗留的時間夠久，讓躂步能好好休養，恢復體力。最好替他淋一點酒精，然後上路。」我解釋自己的想法，認爲最好省略淋酒精的步驟，這話令查理心生一計。他從鞍囊取出一瓶，面帶微笑拿給我看。「沒有印象嗎？是牙醫用來麻痺神經的藥水。」

「怎樣？」我糊塗了。

「怎樣？我建議在淋酒精之前，先灑一點麻藥。在眼窩裡倒一點，等一陣子，麻醉以後，淋酒精肯定比較不痛。」

藥水能不能生效，我不敢確定，因爲我認爲以注射的方式才有麻醉的效果，但我起了好奇心，認爲一試無妨，於是對準躂步的眼窩倒一點牙醫的藥水。他先是嚇一跳，身體繃緊了一下，我猜他以爲是酒精，準備迎接疼痛，卻遲遲不疼，所以繼續喘息。我趕緊拿酒精淋下去，他先是愣一下，並沒有斷叫，也沒有亂踢或撒尿，我很高興查理想到這辦法，而他也沾沾自喜，拍著馬鼻，似乎是眞心祝福他。隨後，我們往上游出發。一份吉祥的感覺在我們之間油然而起，我盼望我倆能多加珍惜掌握。

河狸壩以南的營地景象淒涼，只見一坑營火、凌亂的幾床睡墊、散置附近的工具與廢木料。營地的邊緣站著三位惡煞臉的男人，見我們靠近，怒目以對。甚至以淘金客的標準而言，這幾人仍算骯髒不堪，鬍子糾結，黑臉上覆蓋著煤灰或泥巴，服裝汙穢而蓬亂，全身上下只能以烏黑、齷齪來形容，唯一例外的是他們的眼珠，三人是一致的湛藍色。是親兄弟吧，我想。其中兩人握著步槍待命，另一人的左右槍套裡各有一把手槍。查理遠遠對他們呼喊：「有沒有看見兩人幾天前往北走？其中一個留著大鬍子，另一個沒有？」見三人不吭聲，我說：「他們牽著兩頭驢子，載了好幾箱葡萄酒，你們見過嗎？」仍無回應。我們走過去，我留意他們的動靜，因爲他們給我一種陰險的印象，可能不惜對人放冷槍。看不見他們的人影之後，查理說：「那三個不是普通的淘金客。」

「他們是殺手，」我贊同。可能以前一同幹下壞事，正在逃避追緝，躲進荒野避鋒頭，暫以淘金爲業。從他們的外表看來，他們的日子過得並不寫意。

再往上游走一哩，躂步開始哮喘猛咳，我以雙腿意識到他的胸腔空虛乾燥，也看見馬嘴滲流出長串的濃血，滴進河裡。我伸手下去摸馬嘴，手伸回來，發現滿手黑血。我伸手給查理看，他說水壩就快到了，可以暫時在這裡紮營，徒步去找渥爾姆和墨里斯。我們跳下來，牽馬進樹林。我替躂步找到蔭涼處，讓他休息。我一摘下馬鞍，他立刻倒地。我心想，他不可能再站起來了。我爲了如此虐待他而自責。我取出自己的碗，從自己的水瓶子倒水給他喝，但他不肯。我在地上倒一些飼料，他也沒有興趣，只是趴在地上一直喘息。

「荒郊野外的，恐怕沒辦法替你換一匹馬，」查理說。

「多休息一下，應該會改善，」我說。

查理站在我背後等著。我蹲在躂步前面，撫摸馬臉，反覆呼喚他的名字，盼能安撫他。他的空眼窩眨了一下，眼皮往洞內塌陷。他的血舌收不回嘴裡，無力下垂至土地上。唉，我突然覺得自己好下賤，無地自容。

「我們該上路了，」查理說。他一手放在我的肩膀上，另一手摸槍。「要我動手嗎？」

「不要。我們走吧，把他留在這裡。」

我們丟下兩匹馬，往北徒步前進，終於要與渥爾姆相見了。

墨里斯與渥爾姆的營地兩面以丘陵爲屛障，坡面險峻，樹林濃密。我們站在最西邊的高地頂端，鳥瞰這片整齊的營地：馬與驢並肩站成一排，乾淨的帆布帳篷前有一小盆營火在悶燒，工具、馬鞍、行囊成行排列堆疊。時間是午後五、六點，空氣裡有點涼意；橙白色的日光照耀樹林，自河面反射而來，銀色反光有著蜘蛛網般的紋路。營地的岸邊有一道拱背的河狸壩，流水在這裡懶懶繞圈運行。配方能不能奏效，誰也說不準，但這地方的確很適合測試。

我看見帳篷裡面有動靜，見到墨里斯露臉，彎腰鑽出開口，與我印象中的講究時髦、香水撲鼻的墨里斯大異其趣，我一時差點認不出。他的亞麻衣沾染泥濘，汗漬成圈，亂髮滿頭，褲管與衣袖向上捲起，暴露出被染成酒紫色的皮膚。他的嘴唇掛著一抹淺笑，不斷講著話，對象應是仍在帳篷內的渥爾姆。由於墨里斯站得太遠，我們無法辨別他在說什麼。我們以對角線的路徑走向營地，步步謹慎，不希望踩翻石子，以免石頭往下滾，驚動他們。接近山腳時，由於我們位於窪地，暫時看不見營地。走出窪地之後，我們聽得見墨里斯的聲音，發現他根本不是在對誰講話，而是開心唱著勞動歌曲。查理拍我的肩膀，指向帳篷。從這裡，我們能看清帳篷內部，發現裡面無人。在此同時，查理和我的頭上傳來喝斥聲：「舉起手來，否則各送一顆子彈進你們的腦袋。」我們抬頭看見一個模樣野蠻的矮老頭坐在樹上，手持一把龍騎兵小左輪，對準我們。他的眼睛明亮，有耀武揚威的意思。

「這位想必是我們的赫曼．科密特．渥爾姆，」查理說。

「答對了，」老頭說，「知道我的姓名，反過來也暴露你們的身分。你們是准將的手下，對不對？是傳說中的希斯特兄弟？」

「對。」

「你們大老遠來對付我。我幾乎有一種受寵若驚的感受。還不至於，不過很接近了。」我在原地改變站姿，渥爾姆高聲說：「敢再動一下，我就斃了你。別以為我在嚇唬你，紳士。你逃不出我的準心，而我是一定會扣扳機，你可別搞錯。」他這話出自真心，我彷彿能感受到火熱的子彈射入腦殼確切的一點。渥爾姆和墨里斯一樣不穿鞋，褲管也捲起，手腳的膚色同樣被染紫。我心想，尋金溶劑發揮作用了嗎？我從他的表情找不到答案，因為他的神態只有凶猛與捍衛心。查理也注意到被染成紫色的皮膚，問：「渥爾姆，你最近忙著釀葡萄酒嗎？」

渥爾姆搓摩著雙踝，模樣似蟋蟀，回答：「差太遠了。」

「你比昨天更加富裕嗎？」我問。

他語帶疑慮，問：「准將跟你提到這份溶劑了嗎？」

「他講得太朦朧了，」查理說，「不過我們從墨里斯那裡獲得確切的事實。」

「我大大存疑。」

「不信，你自己去問他。」

「我會的。」他繼續定睛監視我們，吹了兩聲短促而刺耳的口哨，遠方傳回同樣的哨聲，渥爾姆再吹一次。墨里斯從樹林裡走下來，以孩童般腳步蹦過高地，笑容依舊，見到查理與我才呆若木雞，臉孔霎然蒙上徹底的恐懼。「別怕，我制住他們了，」渥爾姆說，「我爬樹上來，想巡視下游的情形，結果挺幸運的，看見這兩個惡棍爬向我們的營地。他們發現我們在此地的小實驗了，竟然想騙我說，是你告訴他們的。」

「他們騙人，」墨里斯說。

查理說：「不只你一個，墨里斯。黑頭顱的獨眼老闆洩露你計畫紮營的地方。不過，最關鍵的線索是你的日記。」

我從墨里斯的臉上目睹他回憶往事的痛苦。「在床上，」他的語氣悽愴，「對不起，渥爾姆，我該死，竟然完全忘了。」

「忘了帶走，是吧？」渥爾姆說，「不要太在意了，墨里斯。最近的日子太繁忙，我們又賣命工作。要責怪的話，我倆都該怪罪。我不也對那隻獨眼龍透露我們的計畫嗎？爲的是什麼？免費吃幾碗臭燉肉。」

「話雖這麼說，」墨里斯說。

「別再去多想了，」渥爾姆說，「他們在動手之前被我們制住了，這才是最重要的事。現在的問題是，該如何處置這兩人？」

墨里斯的表情轉爲空白。「只有一個辦法，槍斃他們。」

「不得了啊，」查理說，「才在荒野熬一個禮拜，這矮子變成嗜血殺手了。」

「暫時等一等，」渥爾姆說。

「沒有其他辦法了，」墨里斯繼續，「斃了他們，埋掉他們，一勞永逸。再過一個月，准將察覺不對勁，才會進一步對我們出招，到時候我們已經揚長遠去。」

「消除這兩個煞星，我的心情絕對會比較舒坦，」渥爾姆考慮著。

「槍斃他們，渥爾姆，一勞永逸。」

渥爾姆思索著。「想想都讓我胃腸不適。」

「准我講一句話嗎？」我問。

「不准，」墨里斯說，「渥爾姆，快斃掉他們啦。他們準備動作了。」

「敢亂動，我眞的會兩槍斃了他們。喂，胖子，你想說什麼，說吧。」

我說：「讓我們加入，和兩位一起合作。我們已經決定不再效忠准將，也捨棄任務了。」

「我不相信你，」渥爾姆說，「你明明找到這裡來，表示你睜眼說瞎話。」

「我們來這裡，是因爲我們在日記裡讀到金河，」查理說，「所以想過來親眼見識一下。」

「你想說的是，你們想過來剽竊。」

「我們對你的創業精神和才智深感佩服，」我告訴他，「也同情墨里斯和准將斷絕往來的決定。如同我所說的，我們和他痛下同樣的決心，所以拗不過衝動，決定過來拜訪。」

我這話說得誠心誠意，令渥爾姆反思片刻，我也察覺到他正在觀察我，揣測我的心意。然而，他終於開口時，卻放出對我不利的訊息：「問題是，即使你和准將一刀兩斷——這一點我覺得極爲可疑——好，即使已經一刀兩斷了，我信不過你們的動機。簡而言之，你們是一對盜賊和殺手，我們的事業容不下你們。」

「我們才不是盜賊，」查理說。

「好吧，只是殺手，可以嗎？」

「你們兩位都累得不成人形了，」我說，「讓我們加入，我們不但可以分擔勞力，更能提供保護。」

「那，誰來防止你們動歪腦筋？」

「讓我們加入，」查理說。他的耐心已經磨盡了，語氣帶有命令的意味，渥爾姆聽了心一橫，認爲多談無益，不再開口。我仰頭望的時候，我看見他抬起槍管，頭向後仰，對準查理。我準備拔槍，見到渥爾姆繼續向後仰，結果失去重心，從樹枝上倒栽蔥，無聲墜落一叢高大的羊齒植物。無槍的墨里斯轉身逃進樹林。查理舉槍對準他的去向，被我拉手制止。他舉起另一把手槍，但墨里斯躲出視線外。查理掙脫我，朝他追過去，但墨里斯已跑遠了。查理放棄他，回頭奔向渥爾姆墜落的地方，發現已經不見人影，他已經潛逃離開。查理莫可奈何，對著被壓扁的羊齒植物乾瞪眼，然後向我望過來。片刻之後，他以困惑的神態哈哈大笑起來，臉色蒼白，一副不敢置信的表情。和渥爾姆打照面的這場景，除了動槍之外，和我倆以前的經驗是截然不同，他愈想愈好笑。好景不長，他收起笑臉，我們折回自己的營地去從長計議，這時他的心情只剩火氣。

回營後，躂步去向不明。由於他的體力衰弱，我沒有考慮拴住他，但他在我們離營的時候站起來走掉了。我循著蒙塵的血團尋找，越過屏障著營地的小山，發現小山的另一邊近乎斷崖，躂步順著陡坡跌下去，墜落五十碼，撞到一株大紅杉的樹根才止跌。他脊椎貼地，四腳朝天，令人不忍卒睹，這時我心想，家禽家畜的生命眞悲慘，受盡痛苦、折磨與無情。我考慮爬下去查看，因爲如果他仍有呼吸，我會以一槍助他解脫，但由於他毫無動靜，顯示死神早已前來帶走他，因此我轉身離開，回到營地，看見查理正在整理彈藥。

躂步的死訊令查理的火氣大消，因爲他開始關心我，不斷對我打氣，承諾他會負擔買馬費的一半，一起挑選一條和敏步一樣耐騎或更精實的良駒。我順著他的安慰，故作嚴肅、若有所思，其實躂步的死並不讓我太悲傷。他死了，我對他的同情也一起被帶走，我期待一段沒有他的新生活。他是一匹善良的好馬，但他對我是一大重擔，我和他不是朝夕相處的良伴。數月之後，我一想起他，總會不禁悲從中來，而且嗒然若失的感覺至今仍在，但在他過世的那一天，我只體驗到卸下重擔的輕盈。

「你準備好了嗎？」查理問。

我點點頭。雖然我不問便知，但我仍然一問：「我們要採取什麼行動？」

「武力是唯一的辦法，」他說。

「我們槍下留情，他們不應該不曉得。」

「要不是你干涉，我早就斃了他們。」

「不過，從他們的角度來看，我們是選擇不開槍。」查理不回應，我以稍嫌蹩腳的口氣說：「我們可以舉著雙手，不帶槍械，直接走進他們的營地去。」

「你這話，我連回應也不屑。」

「我只希望討論各種可能性。」

「可能性只有兩個，不是別再打擾他們，就是再去拜訪一次。如果我們再去，武力是避免不了的方式。假如不是他們笨手笨腳，本來可以痛宰我們，見我們現在自投羅網，他們更不會遲疑。這次墨里斯會帶槍，我們和他們不會有談判的餘地。」他搖頭。「武力是唯一的解決方法，老弟。」

「如果我們直接回梅斐德鎮的話……」我問。

「我們已經討論過了，」查理打斷我的話，「想走，你自己走，隨你便。有你沒你，我一定要完成這項任務。」

我的決定是跟查理走。我想想，他說的對。我們表態願意加入，他們卻不肯接納。我不可能再指望查理大發慈悲了，而造訪光河的機會難能可貴，我倆都不願就此掉頭離開。我心意已決，認定這次將是我可預見的將來裡的最後一役；我把這份心意告訴查理，他說，如果這種念頭能安我心，我應該坦然接受。「可是，」他說，「你忘了把准將考慮進去。」

「喔，對。呃，解決他再說。」

查理頓了一下。「而且，准將死後，幾場廝殺在所難免。交相指控、血債血還，諸如此類的事。可能相當血腥。」

我心想，好吧，這是我今生最後的一段殺戮時期。

「天色快暗了，」查理說，「我們應該現在出擊，以免他們計畫撤退。我們可繞遠路攻進去，從東邊的小山頂，他們會成為甕中之鱉，你等著瞧。」他開始對著營火小解。我看著熄滅中的火光投射在他的臉頰與下巴。他的心情愉快。查理在有事可做的時候總是高高興興。

我們繞著渥爾姆與墨里斯的營地外環走，在他們上游半哩處渡河折返，潛行至營地另一邊的山頂。透過枝葉，我們依稀可見火堆的餘火，裝著配方的木桶遠離河水放置，其中一只空桶傾倒，另外三桶立著，仍未打開。我看不見兩人的身影，只知道驢子都在，我推想他們不是躲在帳篷裡，就是藏匿在樹林，舉槍備戰。我心想，墨里斯可能正拚命祈禱、懺悔。我雖然對他的認識淺薄，認為渥爾姆可能比他大膽一些，更有冒險犯難的精神，具有擇善固執的態度，鞭策自己貫徹大計，不計一切代價。無論他們腦子裡想的是什麼，他們是無影無蹤，營地則幽靜如墓穴。

相形之下，水壩則顯得熱鬧。夜行性的河狸為數眾多，一臉謎樣的勤奮，各個肥碩，乳白色月光下的皮毛閃閃動人，時而鑽動、游泳，時而抬頭，低聲悶哼，以河狸的語言傳達憂鬱，或者是表達鼓勵之情吧。牠們走上岸，拉走大小樹枝，游回河裡，把樹枝咬上水壩。最肥碩的一隻坐在水壩上，彷彿在督導其他河狸的工作。「那一隻是牠們的老大，」我對查理說。他也一直靜觀著，這時點點頭。

此時，河狸老大拖著笨重的身體離開水壩，走上岸邊，腳步先是小心翼翼，彷彿擔心地面無法承擔他的體重。但他的憂慮維持不久，這時已大搖大擺進入營地，毫不猶豫也無懼色，直接走向裝有配方的木桶。他伸頭進去空桶，被臭氣薰得縮頭，然後爬向直立的另外三桶。他以後腿站起來，咬著桶緣，我猜他有心翻倒桶子，然後以拖或滾的方式把桶子送進河裡。我愈看愈覺得有意思，但查理的心神專一，情緒焦躁，因為他知道，渥爾姆與墨里斯如果在一旁窺視，河狸鬧場勢必引起他們的反應。果然，頃刻之後，谷底飄來輕微的喀答聲。查理興奮地點頭：「聽見沒？在那邊。」聲音又來了，緊接著再一次，我隱約看見石子的黑影劃過空氣，飛向頑固的河狸。此時河狸老大已經翻桶成功。我們循著石子的出處望，看見一叢形成蔽蔭的樹木和小樹叢，位置在河流的我岸，在營地後方二十碼——原來，墨里斯和渥爾姆藏匿在山腳，與我們站的山頭是同一座山。查理和我二話不說，開始潛伏下山，從背後突襲他們。「墨里斯交給我，」他低聲說，「你舉槍牽制渥爾姆，在萬不得已的情形下才可以射他，必要時，先對他的手臂開一槍。如果手受傷，他仍有工作的能力——而且不會影響到他的言語。」

我的內心開始擴張，這是在槍林彈雨之前的老習慣，宛如一潭墨汁傾倒，潑黑了我的心靈，卻不會妨礙心智的運作，讓我百無禁忌。我的肌肉與頭皮開始發麻發癢，我脫胎換骨成他人，或者說，我變成了第二個自己，而這人欣喜若狂，因為他總算能擺脫混沌，進入活生生的世界，終於可以隨心所欲。我內心是慾望與恥辱交纏，不禁令我懷疑，我為何樂於退化為野獸？我的鼻孔開始呼出熱氣，查理則是沉默鎮靜，以手勢叫我安靜。他習於把我當成牲口來駕馭，激勵得我血脈沸騰，趕我上戰場。可恥，我暗罵。可恥，嗜血，墮落。

我們已經近到看得見兩人的藏身處，可依稀辨別出拋擲石頭的手影。我想像著，槍聲大作時，藏身處被乍現的火光照亮，不知會是什麼景象，每片葉子、每顆石頭會顯得清晰而輪廓鮮明，我也能想見兩人赫然遭突襲時的發愣表情。

查理忽然拍我胸部制止我。他以銳利的眼神檢視我的眼睛，喊著我的名字，掃除了我剛才的心境，將我喚回現實。「什麼？」我說。被他這麼一干擾，我氣得近乎無力。查理豎起一指，輕聲指著說：「看。」我甩頭喚醒眞正的我，循著他的手指望去。

在營地的南邊，我看見三人排成一列，摸黑走過來。我一見他們握著步槍的身影，立即認出來人就是下游的藍眼三兄弟。我回想起和他們短暫互動的場面，記得我提起渥爾姆帶來幾桶葡萄酒，他們一聽，站姿微微起了變化，而現在他們正朝著木桶的方向前進。河狸老大已經把桶子滾到水邊，藍眼兄弟的大哥一腳把他踹得衝天而去，噗通掉落河裡。他大發脾氣，開始以尾巴拍打水面，通知同伴提高警覺；大家立刻停下手邊的工作，紛紛鑽進水壩裡面避險，可能正簇擁成一團，不見推擠、粗蠻的行爲。河狸老大是最後撤退的一隻，行動遲緩。我想他大約是被踹成內傷，或者受傷的是他的尊嚴？這些小野獸具有些許人性，古老而睿智的人性。他們是審愼、有思想的動物。

藍眼的大哥把桶子滾上河，放在其他兩桶旁邊，隨後去檢查帳篷，發現裡面無人，高呼一聲：

「哈囉！」我彷彿聽見墨里斯與渥爾姆強忍著笑，所以面帶疑惑望著查理。笑聲愈來愈響，變得歇斯底里，藍眼三兄弟在沙堤上相視不安。

「誰在那裡？」大哥問。

笑聲沉寂下來，渥爾姆說：「我們在這裡。在那邊的人是誰？」

「我們是在下游的一個地盤淘金，」大哥回答。他踹著桶子說：「我們想跟你買一點葡萄酒。」

「葡萄酒不賣人。」

「我們願意用舊金山的行情來買。」大哥搖一搖錢包來強調，卻沒有聽見回音，視線鑽進暗夜裡搜尋著。「何必躲在黑影裡面呢？是不是怕我們？」

「不會，」渥爾姆說。

「那你們出來吧，以君子的態度講講話。」

「不願意。」

「你們是拒賣葡萄酒嗎？」

「沒錯。」

「如果我直接扛走一桶呢？」

渥爾姆思考著答案，片刻之後說：「那你當心卵蛋少一粒，哭著回家，朋友。」這時我聽得見墨里斯狂笑，最後那句是逗得他打從心靈深處歡樂，整個人樂得完全無法自已。查理微笑說：「渥爾姆和墨里斯喝醉了！」

藍眼兄弟集合在沙堤上交頭接耳。討論完畢後，大哥站開來，點著頭。他說：「聽起來，兩位今晚喝得可盡興啊，不過在太陽東昇之前，你們會體力不濟，精神濃沉到趕不走睡蟲。到時候，我們會再回來，兩位。而且，我們不但會扛走葡萄酒，也會要你們的命。」沒有人回應這句話，沒有笑聲，也沒有揶揄的反駁，大哥往下游邁出一步，下巴高舉，動作誇張而高傲。顯而易見，他的腦子裡充滿稱王的念頭。而他的言語確實是劇力萬鈞，使得山腳的歡樂搭檔一時啞然。但現在，我聽得見墨里斯與渥爾姆以急促的語氣交談著，起先音量偏低，不久卻扯開嗓門爭吵，言辭激烈而火爆。墨里斯以懇求的口吻喊話，清晰可聞：「渥爾姆，不要！」緊接而來的是渥爾姆的龍騎兵小左輪槍聲，我看見大哥臉部遭受致命的一擊而倒下。

轉瞬間，另外兩兄弟迅速臥倒，開始朝墨里斯與渥爾姆的方向開火，醉漢雙人組予以反擊，子彈毫無準頭可言，想必是低頭閉眼亂射一通。查理匆匆對我下令：「解決這兩人。如果渥爾姆死在他們手裡，我們的苦心就泡湯了。」我們居高臨下，對付兩位藍眼兄弟可謂易如反掌。不到二十秒，兩人已經陳屍沙地上，死在大哥的身旁。

槍聲的陣陣回音越過丘陵與樹梢，谷底傳出渥爾姆喔喔吼的戰呼。他們不知有人從旁相助，誤以爲藍眼兄弟死在他們的槍下，因此狂歡作樂起來。查理對他們喊：「渥爾姆，命中目標的子彈不是你們的，而是我們兄弟倆的子彈，聽見了沒有？」此言令墨里斯與渥爾姆的慶祝聲戛然而止，兩人再次吱喳研商，躲在樹叢與枝葉裡爭論、憂心。

「你們聽得見我，不要裝聾，」查理說。

「講話的是哪一個？」渥爾姆問，「是壞心眼的那個，還是比較胖的那個？我不想跟壞心眼的那個談判。」

查理看我。他以手勢叫我搭腔，我站向前去。我希望表現出果敢的神態，舉止認眞，可惜我感覺尷尬，查理也爲我尷尬。我清一清喉嚨。「哈囉！」我說。

「是胖子嗎？」渥爾姆問。

「我名叫伊萊。」

「你是比較胖的那個嗎？是比較肥壯的一個吧？」

我好像聽見墨里斯的訕笑聲。

「我是長得肥壯，沒錯，」我說。

「我沒有貶意。我自己也難推拒成桌的美食。有些人的肚子就是比較餓嘛，我們又莫可奈何呢？難道要我們餓肚子不成？」

「渥爾姆！」我說，「你醉了，不過我們有必要認眞談談正事。你認爲你有辦法嗎？或者墨里斯能談正事？」

他說：「你想討論什麼？」

「和上次一樣。我們想加入，一同進河裡努力。」

查理伸手出來，狠狠捏我一把。「搞什麼鬼？」他沉聲罵。

「發生了這場戰役以後，我們的立場改變了，」我告訴查理。

「改變什麼？我看不出來。他們仍然舉槍躲在暗地，等著射殺我們。」

「讓我先刺探他們的反應。我相信，我們可以在不流血的前提下順遂心願。」

查理往後挪，背靠樹幹坐著思考，咬咬嘴唇。他再比向山腳，要我開口，於是我說：「如果不肯商量合作的大計，渥爾姆，等於是逼我們出手。我以最高的誠意告訴你，我們不希望殺害你們兩位。」

渥爾姆訕笑。「是啊，你們要求分紅，如果我們不願意，你們逼不得已，只好殺人。你的提議有個漏洞，我們看得清清楚楚，希望你能從我們的角度來看。」

我說：「我提議的是，我們賺取營利的一部分。再怎麼說，假如我們要你死，何必替你們解決這幾個煞星？」

墨里斯說了一句我聽不清楚的話，由渥爾姆傳譯：「墨里斯說，他覺得左邊那個是他打中的。」

「才不是。」

渥爾姆噤聲半晌，我聽不見他與墨里斯交談的聲音。

「你們有人受傷嗎？」我問。

「子彈擦過墨里斯的手臂，有點灼傷，不過肢體仍然健全。」

我說：「我們有藥，能減輕灼痛。我們也有酒精能清洗傷口。今後我們可以一起下河幹活，保障兩位免受盜賊或不速之客的侵擾。考慮看看，渥爾姆。今天白天，我們本可一槍解決你們，卻沒有動手。假如我們要你的命，你怎麼活得到現在？」

又是沉默半晌，連悉嗦的耳語也聽不見。他們正在反省答案嗎？他們肯展開封閉的胸懷，接納嗜血至今的希斯特兄弟嗎？此時，一種聲音愈來愈明顯，起初我無法分辨是何種聲響；辨識出來後，卻又質疑自己是否聽錯，因為這種聲音與當前的氛圍太格格不入。原來渥爾姆正在吹口哨。他吹的是什麼曲子，我不清楚，只知道是我向來喜歡的類型，調性舒緩而哀傷，歌詞若非心碎便是死亡。口哨聲逐漸加大，渥爾姆從藏身處出來，邁向空地，橫越河狸壩的凸脊，踏上通往營地的沙堤。他是吹口哨的高手，曲調是吹得抑揚頓挫，在空氣中顫抖，淹沒在潺潺低吟的河水聲中，持續不間歇，不說一句話的查理站起來，開始走下山。我不知道計畫是什麼，他也不知道。渥爾姆不知道計畫是什麼，墨里斯也不知道。沒有計畫。但我發現自己也同樣下山去，沒有考慮以潛行的方式前進。渥爾姆這時正對著我們，抬頭望向山坡，尋找我們的身影，唇上的音符愈來愈婉轉、浪漫。他展開雙臂，動作彷彿演藝人員，彷彿想擁抱觀眾。

我們橫越水壩上岸。渥爾姆的口哨聲減小，我們面對面而立。他是個面貌狂野的人，比我矮整整一呎，散發酒臭與菸臭。他的肩膀與手臂單薄，臀部窄小，卻有一個圓滾滾的大肚子。他對我們絲毫不畏懼，顯示他不怕死，我非常欣賞他；我看得出來，由於渥爾姆站在空曠處吹口哨，查理因此也佩服他的勇氣與剛毅。渥爾姆伸出一手，先是伸向查理，然後伸向我，分別與我倆握手言和，鞏固合作關係。之後，三人有一段時間無言以對。墨里斯仍未做好交際的準備，繼續待在草叢裡，與威士忌相伴。

我們把火生旺，坐下來討論合作計畫。查理主張當晚就倒一桶配方入河，但渥爾姆反對，原因是他與墨里斯醉了，而且筋疲力竭。附帶說明的是，墨里斯總算從藏身地走出來，抱著受傷的手臂，希望顯得滿不在乎或豪邁，但大家看得出他對接納我倆仍有疑慮。我看著查理望著他，擔心查理對他輕舉妄動。幸好查理迎接他的態度毫無惡意，只打開雙手說，希望往日恩怨付諸流水。墨里斯握手的態度近似反射動作，然後看著我，聳聳肩，遞給我一只銀色的長扁瓶。他的八字鬍兩端凌亂，眼睛紅腫。他說：「我累了，渥爾姆。」渥爾姆以慈愛的眼神看著他。「今天的確很累人，對不對，好友？這樣吧，你去歇著吧。大家好好休息，明天早上四人再重振旗鼓。」墨里斯不再多說，鑽回帳篷。我喝了一口威士忌，把扁瓶傳給查理，他喝了一口之後轉傳渥爾姆。渥爾姆喝一小口，扭緊瓶蓋，把扁瓶收進外套口袋，意思是：今天喝夠了。他舔舔掌心，用來順一順頭髮，隨後拉直翻領。他醉得醺醺然，盡量保持莊重的態度。

三方研商之後決定，我倆淘金的成果可自留一半，其餘一半應歸渥爾姆口中的「公司」。

「『公司』代表你和墨里斯，」查理說。

「對，不過，利潤不會被拿去酒館揮霍，而是用來資助來日的探礦計畫，類似這一次，只是規模更大，成本也更高。我相信這次的成果會很豐碩，果眞如此，公司將會快速成長，最後能在幾個地點同時採礦。而且，如果有人能證明自己值得信賴，也會有擔負重任的機會。至於現在，我們何不暫且等著瞧，看看你和查理能否適應這場小事業，不至於劃斷我和墨里斯的脖子，好嗎？」

這是公道話，我心想。渥爾姆開始搔著腳踝與小腿的癢處，我問他：「你們昨晚淘到不少金子吧？」

他說：「我們當時對眼前的景象是樂不可支，所以大部分時間浪費在目瞪口呆、涉水、歡笑、彼此恭賀。不過，在金光退去之前的十五分鐘，我們努力撿拾的黃金相當於一整個月的淘金量。配方的確是生效了，比我預期的效果差不多或更好。」渥爾姆回頭望河，滿意於自己的成就，我看著他，一股強烈的羨慕感自心底升起。他憑著智力與勞力，如今開始收成，在財產和心靈上都有所收穫。反觀我自己，我走的道路相形之下是既無思想又無心無肺。查理也在端詳渥爾姆，只不過他的神情較少景仰的成分，多了一份深不可測的好奇心。渥爾姆似乎沒有注意到我們在觀察他，繼續敘事：「兩位，那是我今生見過最美麗的景象，好幾百塊金子，一顆顆被點亮，和燭火一樣耀眼。在河水和河沙裡來回撿拾金塊、扔進水桶，我認爲是我參與過最心曠神怡的工作。」他的目光炯炯有神，專注於回憶。我凝視著河水，想像著他描述的景象，不禁脊背發涼。他說：「等二十四個鐘頭，兩位便能親身見識。」

他再次伸手至小腿搔癢，這次動作更加激烈；我在火光中留意到，他的膚色已經加深，也有發炎和破皮的跡象。他見到我好奇的表情，點著頭告訴我：「對，我是疏忽了這一點。我知道配方具有腐蝕性，但我認爲有河水稀釋，不至於傷害人體。將來我們應該準備某種裝備來保護手腳。」墨里斯從帳篷裡喊他，他告退離去。他回來時，臉色陰霾，對我們承認說，墨里斯無法適應野外生活。「天知道我虧欠他太多，不過當初我在舊金山逼他扔下脂粉、香水，他那種表情眞詼諧。他是怎麼從奧勒岡城帶那一大堆瓶瓶罐罐和盒子過來的，讓我百思不解。」

「他的手傷情況如何？」我問。

「子彈只擦破皮而已，我看不出有什麼嚴重之處，不過他的士氣是大受打擊。兩位的加入讓他壓力深重，另外他的腿也讓他心煩，因爲他的灼傷比我嚴重。咦，你剛才不是提到你們帶藥過來嗎？如果兩位能主動醫治他，他的心情會安篤一些。」

查理派我回營地收拾行李，他則和渥爾姆商議合作的最後細節。敏步身負兩人的鞍囊與行李，由我牽著過來，這時查理已把藍眼三兄弟的屍體拖向營火，他的意向我一眼即知，但站立一旁的渥爾姆卻滿臉困惑。「拖進森林，不是比較省事？」他說，「明早醒來，我可不願看見死人臉。」

「太陽不會再照耀他們身上了，」查理回應，隨即把其中一具拖向火焰中央。

「你在幹什麼？」渥爾姆說。

「你們的燈油夠用嗎?」

渥爾姆豁然開朗。他去拿備用的燈油，我取出酒精與麻藥和他交換。他帶著藥品去照料墨里斯，我則協助查理處置屍首，以燈油從頭淋到腳，三人轟然大火興旺，重疊的屍體在烈焰的底部逐漸焦黑，我心想，不是想追求平靜的生活嗎?渥爾姆的臉出現在帳篷口，觀望著焚屍的畫面。他面露傷感。片刻之後，他自言自語：「我今天的經歷夠多了。」說完，頭縮回帳篷，我再次與查理獨處。

我看著他攤開毛毯，想問他此時心中作何感想，因爲我迫切想信任他，想認定他終於決定踏上合乎道德的正途，但我想不出合宜的措辭，也唯恐他的答案有違我的理想，更何況我也體力用罄了，頭一接觸地面，立時沉入無夢侵擾的死睡。

隔日醒來時，太陽已高照我的臉，河水聲嘩嘩入耳，查理不在我身旁。渥爾姆佇立在營火灰燼旁，僵著身子向下看，手裡半舉著一根長棍子，彷彿準備敲擊下去。他指著三兄弟之一被燒成灰黑色的顱骨，說：「看見沒？好，你看著。」他用棍子敲顱骨的頭頂，整張臉崩塌成骨灰。「這是文明人最後的獎賞。」他話中帶刺，因此我不得不問：「你不是敬畏上帝的那種人吧，渥爾姆？」

「不是。我希望你也不是。」

「是的話，我也不自知。」

「你害怕下地獄。話說回來，宗教不就是這麼一回事嗎？害怕去一個我們不想去的地方，在那個地方，我們再也不會被自殺這種東西偷走。」

我在心裡嘀咕，大清早的，我幹嘛提起上帝？渥爾姆把注意力轉回骨灰堆。「我猜，頭腦是被煮乾了？」他冥想著，「高溫把頭腦轉化爲水，水煮開了，化爲蒸氣，寶貴的器官最後只成一縷輕煙，隨風而去。」

「查理去哪裡了？」

「他陪墨里斯去游泳。」渥爾姆找到另一顆頭顱，再拿起棍子敲碎。

「他們一起去？」我問。

他朝上游望，說：「墨里斯喊腿痛，你哥說泡泡水可以減輕灼熱感。」

「他們走多久了？」

「半個鐘頭。」渥爾姆聳聳肩。

「可以帶我去找他們嗎？」

他說可以。他並沒有警覺起來，我也不希望驚動他，只想催他盡量加快步伐。我推說自己熱壞了，好想一同去游水消暑。無奈，渥爾姆非但不喜歡快走，而且是一遇小事便停下來解析。他一面穿靴子，一面問：「原始人本來赤腳走路，不知道什麼原因，怎麼開始用樹葉或皮革來保護腳丫子？很可能是被自己的部落放逐、去勢？」他笑了一笑。「大概是被石頭擲死吧！」我不知如何搭腔，但渥爾姆不需要我附和。一同往上游走時，他繼續高談闊論：「當然，在遠古時代，原始人的腳一定是長滿了硬之又硬的厚繭，因此穿鞋可能不是爲了護腳或應急，而是講求美觀。至少在氣候較暖和的地區是如此。」他指向翱翔附近的一隻老鷹，只見牠俯衝而下，從河裡攫走一條大魚，渥爾姆鼓掌叫好。

他的腿痛得難受，我主動伸手挽他，他道謝之後接下。沙地鬆弛難走，他再次要求休息，儘管我有燃眉之急，除非有必要，不願再耽擱，但我也不願說明急著走的原因。然而，渥爾姆推斷出來了，嘿嘿笑著問我：「你不完全信任你哥，對吧？」由於合作關係稚嫩，渥爾姆的友人身體羸弱卻與查理獨處，事態嚴重，他的表情卻只有淺笑，彷彿我們閒聊著鎮上最微不足道的閒話。

「他是個難以捉摸的人，」我顧左右而言他。

「我認爲，在你們昨晚出面解圍之前，墨里斯是眞心唾棄你哥。今天早上，他卻跟查理挽手散步，我願聽聽你的看法。」

「我不知道該怎麼說，只覺得這種行爲有違查理的本性。」

「你認爲他的協助是別有居心？」

「乍聽之下覺得驚訝罷了。」

渥爾姆停下來搔癢，我看得出他小腿上的膚色又加深幾度，水泡開始往膝蓋蔓延。他搔癢的力道也更重，指甲常摳起大片的肌膚。配方竟然讓皮膚發癢，破壞了他天衣無縫的妙計，我相信一定帶給他不少挫折感。實在奇癢難忍，最後他開始拍腿止癢，此舉似乎起了些許作用。他放下褲管，問我：「可是，你該不會眞的以爲查理會殺害墨里斯吧？」

「我不知道。但願不會。」他挽著我的手，繼續往上游前進。我說：「我承認，和你談這事，感覺確實非比尋常。」

他搖搖頭。「開誠布公是上上策，這是我個人的看法。你看，不是相安無事嗎？說實在話，墨里斯和我又能怎樣？我們是希望你們兄弟倆不會殺害我，不過話說回來，要剮要宰，決定權在你倆手上，對不對？」

「渥爾姆，你找來的成員是三教九流。」

他凝重地說：「靠不住，對吧？一個花花少爺，兩個惡名昭彰的殺手。」

我笑起來，渥爾姆問我有什麼好笑。「你，你變紫色的手腳。墨里斯和我哥。疊在火堆裡的三兄弟。我的馬跌下山摔死。」

渥爾姆能體認我的心情，駐足片刻，對著我微笑。「伊萊，你富有詩心嘛。」他說他能否問我一些私人問題，我准許他儘管問。他想知道的是：「我以前問過墨里斯相同的問題，現在也對你產生同樣的疑問：是什麼樣的因緣際會，你們開始效勞准將這種人？」

我說：「說來話長，不過基本上是，我哥很小就懂得動粗，因爲受到我們父親的薰陶。父親是個壞人。潛移默化之下，查理養成許多毛病，例如每次有人侮辱他，他不像一般人，不是動拳、揮刀就算數，非得把對方整死才過癮。出了人命，對方的朋友、父兄當然會找來算帳，冤冤相報。有時候，查理會發現寡不敵眾，所以找我來幫忙。我的年紀雖小，脾氣卻火爆，無法忍受我哥被人傷害。在那之前，他一直是個保護幼弟的好兄長。我一想到有人想對我哥不利，馬上會氣得失去理智。他的惡名愈來愈響亮，敵人的數量也隨之成長，因此更需要協助。久而久之，大家知道，欺負希斯特兄弟之一，等於是槓上兄弟檔。後來我們才發現，我們確實是具有殺生的天性。我不瞭解原因，有時候但願不是如此，可惜事實就是事實。正因如此，准將找上我們，願意在他的商行裡爲我們安插職位。起初，我們做的是催帳之類的差事，嚇唬人而已，沒有眞正動刀槍。但是，漸漸獲得他的信任之後，薪資也水漲船高，不久後，我們就一頭栽進去了。」渥爾姆凝神聆聽，臉色好嚴肅，我忍不住笑了。我說：「你對我的職業有什麼觀感，全被你的表情洩露一空，渥爾姆。我傾向於贊同你的觀感。無論如何，我已經和查理討論過，結論是，這次是我的最後一次任務。」

渥爾姆驟然止步，轉頭望我，一臉是失神、懼怕的表情。我問他怎麼了，他說：「我相信你想說的是：前一項任務才是你的最後一項任務吧？你不打算貫徹這次的任務，對不對？」

行經此地，河道轉彎，我們繞過之後，我抬頭看見查理一絲不掛，正涉水上岸去拿衣服，墨里斯則仰躺在他背後，在河面載浮載沉，渾身沒有動靜。查理轉頭向我們時，他的臉綻放笑容，舉手揮舞。這時我才看見墨里斯坐起來，毫髮無傷，也揮手對我們呼喚。我的心臟猛跳。我感覺熱血完全流失。我把注意力轉回渥爾姆，回答他：「赫曼，是我措辭有誤而已，我們再也不會效勞准將了。我以人格擔保。」

渥爾姆這時站在我面前，直視我的眼睛，神態同時傳達幾項訊息：穩重、擔憂、疲勞，但其中不乏一種能量，一種光輝，近似文火中心的那種光輝。是俗稱的群眾魅力嗎？我不清楚，只知道渥爾姆比一般人具有更多群眾魅力。

「我相信你，」他說。

我們走向河邊，墨里斯在河裡呼喚：「赫曼！快來呀！泡一泡眞的挺舒服的。」他的嗓音高亢，樂得飄飄然，擺脫拘謹嚴肅的態度，而且是眞心歡樂。「開心小毛頭一個，」渥爾姆說著，在沙地上坐下，被日光照得瞇眼的他抬頭說：「伊萊，有勞你幫我脫靴子，好嗎？」

入夜之後，我在營火前陪渥爾姆休息，等待天色全黑，尋金配方始能發揮神效。爲了消磨時光，他請我介紹生平大事，多挑一些出生入死的往事來聊，但我不但不願提，更想暫時遺忘自我。我反問他，他倒是比我更坦白。渥爾姆喜歡聊自己的事，但他的口吻沒有傲氣，也不會自我吹捧。我認爲他只是認爲個人經歷不同於常人，因此津津樂道。就這樣，他侃侃而談，坐下來一口氣道盡畢生事跡。

他於一八一五年誕生於麻州威斯富德，母親十五歲，分娩完畢，勉強走得動的時候便不告而別，留下小渥爾姆讓父親照顧。父親名叫漢斯，是德國移民，從事鐘錶業，擅長發明。「是一個思想家，徹夜解謎題也不喊累。可惜的是，個人的問題卻讓他百思不得其解，而他個人的問題是層出不窮。他的爲人嘛……難以相處。恕我賣個關子，我父親有幾種背離人性的習慣。」

「舉個例子吧？」我問。

「難以見人的習慣。在某一方面的邪念。太難以啓齒了。會讓你聯想到令人作嘔的景象。最好別提。」

「我能理解。」

「你不會瞭解的，而你應該慶幸不瞭解。我來解釋他離開德國的原因好了。就我所知，他走得匆忙，是趁夜逃亡，幾乎是耗盡家產才潛逃出境。一見到美國，他是立刻深惡痛絕，而且是終生痛恨。我記得，他看見楓紅遍野的麻州秋景，只是對地吐痰，罵道：『日月以自身的光芒照射此景，應該自慚才對！』柏林是個大都會，置身柏林的他如魚得水，移民美國的他有被罷黜的感覺，自覺遭人暗算，新環境對他敬重的程度不比老鄉。」

「他發明過什麼東西？」

「他替既有的產品發明實用的小功能，例如懷錶的錶面附帶一個羅盤。另外，他也專門為仕女設計一款，尺寸比較小，打造成淚珠形狀，塗成粉色系。在醜聞毀了他、被迫逃亡之前，他的待遇優渥，也廣受喜愛。來到美國，他穿著奇裝異服，半句英文也不會講，發現連他最不屑屈就的鐘錶公司也不願僱用他。隨著日子愈來愈貧苦，他的思想也變得黑暗，而他天生的思想原本就比正常人陰冷幾度。漸漸地，他發明的物品變得殘暴無度，變得毫無道理可言。最後，他把所有心血集中在改良苦刑、殺人工具上。他說，斷頭臺這種產品象徵人類不求長進，在美學方面怠惰失職。經他改良後，斷頭臺不僅能砍頭，連身體也會被切割成難以數計的整齊小方塊。他把這種縱橫切割的大鍘刀命名為Die Beweiskraft Bettdecke，意思是終結毛毯。他發明一種槍，有五支槍管，能五彈齊發，火力涵蓋三百度，可謂是槍林彈雨。使用者站在狹窄的發射臺裡面，也就是他所謂的Das Dreieck des Wohlstands，意思是繁華三角。」

「構想不賴嘛。」

「哪兒的話？除非你的對手有五人，各個站在每支槍管的正前方，否則簡直是自殺。」

「至少顯示他想像力豐富。」

「顯示他完全不把安全、實用性放在眼裡。」

「再怎麼說，他的構想很有意思。」

「這我不否認，只不過有時候──我當年十三歲──他發明的東西不太能讓我覺得有意思，反而會讓我打從心底害怕；我無法甩開的念頭是，他想拿我當實驗品，即使到現在，我敢說那份恐懼不完全是猜忌心作祟。因此，那年春天，有天早上，他悄悄打包離家，沒有留言也不道別，連兒子的頭也不摸一下就走。他後來自殺了，用斧頭，在波士頓。」

「斧頭？怎麼可能？」

「我不清楚。不過我接到的信明明寫著：謹此通告至親漢斯．渥爾姆於五月十五日以斧自戕之憾事。遺物隨後歸還。」

「也許他是被人謀殺。」

「我可不認爲。如果天下有誰能想辦法用斧頭自殺，那人一定是我老爸。我始終沒有接到他的遺物。我常常納悶，他死前仍不放手的東西究竟是什麼？」

「他抛下你之後，你怎麼過日子？」

「我獨守自家的小屋兩個禮拜，母親才回來。她站在門口，芳齡二十八，美得像一幅畫。她聽說我被棄養了，過來接我回去她定居的沃爾斯特。她說她生下我之後急著走，內心是愧疚到極點，但她說她當時被父親嚇怕了。父親太貪杯，動不動拿刀叉之類的東西威脅她。據我瞭解，他倆的關係應該是半推半就或是單戀。每次談起他倆共處的時光，她就忍不住作嘔。但是，事情已經過去，母子倆終於能重逢，高興都來不及了。在沃爾斯特的頭一個月，她一直抱著我痛哭。母子關係以這樣的場面開始，別無其他互動，我當時還懷疑她有沒有哭累的一天。」

「聽起來，她是個有愛心的女人。」

「確實是。我們母子共度了五年美滿的家庭生活。她的老家在紐約，親人過世之後留給她一筆遺產，所以我總是不愁溫飽，衣服總是洗得乾乾淨淨的。她鼓勵我求知，因爲我當時雖然年幼，對人間萬物幾乎抱持強烈的好奇心，包括機械工程、植物學、化學——這還用說嗎？遺憾的是，好景不長，隨著我長大成人，我是愈來愈像父親，外表和性情都酷似他。我讀書是愈讀愈著迷，幾乎寸步不離自己的房間。母親覺得這麼著迷有害身心，勸我出去走走，我卻大發一頓脾氣，把我們兩個都嚇壞了。我開始喝酒，起先不太多，卻能喝到口不擇言、以話傷人的程度，和我父親有得比。我母親以前嘗過這種苦日子，對我的舉止開始排斥，悲傷的她逐步對我冷淡，直到母子之間不再有溫情，最後我只有離家一途。我帶走一小袋錢，來到聖路易，或者應該說，我到了聖路易，錢已經花完了，不得已喊停。當時是冬天，我擔心不被凍死也會傷心而死，所以賣掉馬，和一個胖女人結婚。她名叫優妮絲，我不但不愛她，連喜歡都稱不上。」

「何苦和一個你不喜歡的人結婚呢？」

「她的小屋裡有好大一個大肚爐，熱烘烘的，像是地獄的煤爐一樣。從她的體態來判斷，她一定囤積不少糧食，足以讓我們兩人安飽到春天。你在笑，我不怕你笑。我跟你保證，我的動機只有這兩個：溫暖與營養。那時候的我渴求任何形式的安適，哪管對方是鱷魚，只要肯讓我睡牠的床，我也願意結婚。而優妮絲對我的溫情簡直可以和鱷魚相提並論。她既不溫柔也不嫵媚，可以說是『無媚』或是『反嫵媚』。簡直是一口深不見底的井，裡面裝滿仇恨和敵意。而且她是醜到不能見人，臭得像爛菜子。總而言之，她是一頭野獸。我賣馬的錢花光了，她也明白我沒有和她圓房的意思，於是把我趕下床，叫我睡地板。爐子吹出來的熱氣烤得我的正面半熟，背面卻被木板之間的冷風凍僵。此外，我原本指望能享用豐盛的晚餐，不久後希望泡湯了。優妮絲像一頭熊媽媽，把烤餅當成熊寶寶來保護，偶爾會給我一碗湯湯水水的燉肉，所以心眼還不算壞透了，不過碗裡的好東西是少得可憐，不瞪大眼睛還看不見呢。但是，外頭是天寒地凍，我決心是死也不走，在優妮絲家度完冬天再說。等到天氣緩和起來，我會搜刮她的東西，遠走高飛，躲進陽光裡——最後的贏家是我。可惜，我的妙計被她識破了，在我動手之前將我一軍。有天，我從酒館回家，發現餐桌前坐著一個兇巴巴的壯漢，吃著滿滿一盤烤餅。我馬上識相，祝福他們兩位，轉頭就走。」

「風度翩翩。」

「過了一個鐘頭，我掉頭回來放火燒小屋。我躲起來，拿著火柴盒，正要點火，不料被壯漢逮個正著，狠狠踹我一腳，我竟然被踢得騰空而起。優妮絲從窗口看見了，哈哈笑了好久，這是我頭一次見到她笑。我敘述起來覺得丟臉，不過在身心受到重創之後，我對未來不再憧憬，有一段時間淪爲市井小賊。短短幾個月前，我衣食無憂，有書可讀，有家可住，幸福美滿到了巔峰，轉眼之間，無緣無故的，我被迫摸黑闖進穀倉，鑽進牛糞片片的乾草睡覺，以免被凍死。我對自己說，赫曼，全世界對你伸出拳頭，打得你站不起來了！我決心反擊。」

「你偷什麼東西？」

「一開始，我偷的是基本的維生用品，偶爾在這裡偷一條麵包、去那裡偷一床毛毯、一雙毛襪，全是不起眼的東西，丟了也不會有人注意。不過，我愈偷，膽子愈大，賊功練到來無影去無蹤，自負滿滿，也變得貪心。又過了一段時間，我開始無所不偷，見什麼偷什麼，只爲了滿足作惡的快感。我連我想不出用途的物品也偷。一雙女靴。一個嬰兒搖籃。有一次，我從屠宰場跑出來，懷裡多了一顆牛頭。偷牛頭做什麼用？牛頭能發揮何種用途？後來我嫌太重，把牛頭丟進河裡，牛頭飄浮了一陣，後來撞上岩石沉下去。偷竊變成了一種心病。我認爲，我當時把偷竊視爲復仇，讓不必孤苦挨餓受凍的所有人都有苦頭可吃。大約就在這階段，酒魔開始上身，盤踞我的肉體和心靈，一步一步向下沉淪。」

「我爸生前也貪杯。現在的查理也是。」

「至今仍然纏身的是酒魔，也許會糾纏到我死爲止吧。戒酒當然是上策。我已經體認到喝酒的問題。我知道，酒不適合我。爲什麼不戒？何不索性發誓滴酒不沾？戒酒未免太講道理了，實在太講求理性了。唉，酒的確能讓人沉淪，這一點是無庸置疑。就這樣，日子一天天過去，過了幾個月，我愈變愈髒，愈來愈墮落，身心都一樣。你應該碰過有些時運不濟的人，他們指甲修剪得整整齊齊，引以爲傲，雖然家境窘困，照樣每星期泡一次澡。他們定期上教堂做禮拜，耐心坐著，靜候時來運轉的一天，毫無一絲怨懟，鬍子也梳得平整。我不是那種人，而且是正好相反。我愈來愈喜歡汙穢，變得只想沉溺在汙穢的環境裡打滾，生活在裡面。我的牙齒掉了，好高興。頭髮整簇整簇脫落，我好開心。總而言之，我成了本村頭號的狂人白痴，問題是，所謂的村子不是茅屋構成的部落，而是美利堅合眾國。最後，我沉迷在一種想法裡，堅信不移，自以爲全身內外全是人糞。」

「什麼？」

「我自認是糞便組成的活軀殼，骨頭是變硬的糞便，血液是液態糞便。別叫我闡述了。這種想法連我也一輩子無法解釋。如果我沒弄錯的話，我當時罹患壞血症，再加上酗酒與精神亢進，才會產生那種詭異的想法。」

「活生生的糞便軀殼。」

「我當時一想到就開心。我當時最常做的消遣是擠進人群，挑選無人陪伴的女子，對她們裸露的手臂伸出魔爪。當時最令我滿足的景象是髒手接觸玉手。」

「你大概不太受歡迎吧。」

「我是熱門話題啊。不過社會對我的觀感不佳。幸好，我很少在同一個地方逗留太久，還不至於成為巷弄傳奇。無論我是不是瘋子，我並不傻，有自知之明，出擊之後趕緊開溜，以免橫禍上身。我會偷馬，騎到下一個市鎮，重新為非作歹。我的日子過得穢褻、醜陋，幹下最齷齪的罪過，只是半死半活，行屍走肉，我想當時的我是在等死，希望一死超脫。後來有一天，我早上醒過來，發現自己置身一個怪到極點的地方。你願意猜猜看嗎？別猜監獄。」

「我正想說呢。」

「我這樣說吧，我醒來的時候，一顆頭裡裝滿了全世界最惡毒的威士忌酒蟲，而我躺在民兵隊的行軍床上。我已經洗過澡，鬍子被刮乾淨，頭髮理過，身上是軍人制服。起床號在我耳邊嘶吼，我差點因為驚嚇過度、六神無主而暴斃。接著來了一個滿面春風的軍人，他握住我的手臂大叫：『起床了，赫曼！早點名膽敢再缺席一次，你等著被關禁閉！』」

「發生了什麼事？」

「我自己也急著搞清楚。不過，你先為我設身處地想。如果換成是你，你會怎麼找答案？」

「大概會問人。」

渥爾姆裝出嚴肅的神態說：「請教這位仁兄一下，我是怎麼加入民兵隊的？這只是枝節小事一樁，可我硬是丈二金剛摸不著頭腦。」

「這樣開話匣子確實彆扭，」我承認，「不過，你也別無他法了。總不能索性從軍吧。」

「我的確是決定從軍了，而且是當個好兵。伊萊，你必須瞭解，當年的我是精神渙散到了極限。醉倒了，我會一兩個小時不省人事，有時甚至死一整個晚上。但是，在民兵隊裡，其他士兵似乎和我很熟，想必我已經加入好一段時日了，我怎麼連一個印象也沒有？我決定不動聲色，跟著大夥兒作息，慢慢理解出答案。」

「理解出來了嗎？」

「全是那個滿面春風的傑瑞麥亞搞的鬼。每隔一些日子，他閒得沒事做，喜歡進市區逛逛，去找一個最墮落的雜碎，對他猛灌酒，旁敲側擊出個人背景，等他醉到無法行動，再把他拖回軍營，替他穿上軍裝，把他抱上床。我就是這樣進軍營的。」

「發現自己是被拐進民兵隊，你不氣炸了才怪？」

「還好。因為我發現的時候，已經愛上軍營生活。民兵隊在許多方面改善了我的人生。我被強迫定時洗澡，起先我不太喜歡，卻還是忍受下來，而恢復盥洗的習慣之後，糞便妄想症也不藥而癒。我三餐吃得飽，行軍床睡得舒適，軍營夠溫暖，晚上通常至少有一點酒可以喝。我們常打牌、唱歌。那群軍人是團結的好弟兄。其實可以說是被外界孤立的一群孤兒，聚在一起生活，沒有太多事可做。就這樣，平凡無奇的日子過了六、七個月，我開始想辦法離開，這時我運氣不錯，認識了一位姓布里格茲的中校。你我有幸坐在這裡，等著淘金，全拜中校之賜。」

「爲什麼？」

「我慢慢說明。有天晚上，我路過他的軍官寢室。他的門通常不只是關著，而且裡面以門閂反鎖，那一夜卻開著一道縫。我和很多士兵一樣，對他產生好奇，因爲一般的軍官不是大吼大叫，就是忙著分派任務，布里格茲則是害羞自閉，白髮蒼蒼，身材單薄，眼神是心事重重，永遠封閉在他的房間做只有上帝知道的私事。在民兵隊裡，神祕的事情很少，我忍不住想去調查看看。我打開門，向裡面偷窺。伊萊，你猜一猜，我看見什麼？」

「不知道。」

「隨便猜。」

「我眞的不知道，赫曼。」

「你不太喜歡亂猜，對吧？好，那我自己說。我看見中校，自己一個人站著沉思，身上穿著一件乾淨俐落的棉質罩衫，眼前的桌上有酒精燈和燒杯，以及各式各樣的實驗室用品。他房間四周散放著無數厚重有學問的書籍。」

「他是化學家？」

「業餘化學人。我後來知道，他玩起化學來並不積極。不過，我一見到他的實驗器材就著迷了。我糊糊塗塗走了進去，站在實驗器材之間，好像被催眠了，看得目不轉睛。這個時候中校注意到我，臉紅起來，對我咒罵，連連譴責我不該擅闖軍官寢室，命令我離開。我乞求他寬恕，但他聽不進去，還把我推出門。那一晚，我輾轉難眠。與書籍和器材同處一室，喚醒了我對學習新知的渴望。我激動得像發燒，最後起床，在燭光下寫信給中校，說明我的經歷和我父親的過去，簡直是要求他接納我當他的實驗助理。我把信從他門下塞進去，隔天早上他叫我過去。他是心有疑慮，但他一旦瞭解我態度認眞，知識不淺，立刻和我商量出合作的計畫。我願意協助他進行實驗，代價是允許我使用器材和書籍，而且他應該准許我進他的房間做我自己的實驗一段時間。我欣然結束晚上打牌的日子，不再與袍澤共飲波本，不再輪流敘述下流的事跡，而是著手創造一座野心相當大的實驗室，至少以民兵隊的資源而言是如此。憑著我個人的直覺，也拜中校圖書室裡碰巧有的書籍之賜，我被指引到金光的領域。」

渥爾姆歇口，爲自己倒一杯咖啡。他要倒一杯請我，但我婉拒。他啜飲一小口，繼續敘述往事。

「我已經有多年未曾讀書。多少年了？那麼多年來，我不斷虐待自己，體力和腦力早已沒有分量可言。我重返書香世界的第一個晚上，一坐下來翻開書本，開始擔心腦袋恐怕認不出字了。因爲我想，人腦畢竟是一種肌肉，要經過訓練才能發揮腦力，對吧？結果，令我驚喜的是，我的大腦瞞著我，這些年來一直自我改進，等著我有朝一日撣掉灰塵，再拿出來善用。這一天終於來了，我的頭腦彷彿唯恐我再把它束之高閣，對著每一本書的每一頁猛啃，發揮腦力，生機盎然。我是使出渾身解數來惡補。幸好有這幾個月的埋頭苦讀，尋金配方的靈感一來，我才有辦法付諸行動。這靈感來勢洶洶，像一顆巨岩撞擊我的胸口，我是眞的被打得坐在椅子上。可憐的中校不清楚我哪根筋斷了。我講不出話來，然後跳起來找墨水和筆，整整寫了一個小時，不肯離座。」

「他對你的想法有什麼看法？」

「我不知道，因爲我從未告訴他——爲了這事，他永遠不肯原諒我。我不是信不過他，而是我不認爲天下有誰能緊守這份機密。這份祕方沉重到無人能承受。想當然耳，他聽了勃然大怒，把我趕回軍營。我盡量自行研究配方，可惜太困難了，因爲弟兄老是藏我的筆記或拿去塗鴉，於是我開始起草逃兵計畫。有一個同寢室的弟兄搶先我一步，逃兵之後被抓回來，當天就被槍斃，所以我也斷了逃兵的念頭。最後，我是急慌了，擔心尋金配方的構想會無疾而終，於是我求助於當初拐我入民兵隊的傑瑞麥亞。我告訴他：『傑瑞麥亞，我想離開這裡。告訴我，求求你，我應該如何是好？』他把雙手放在我的肩膀上說：『你想走的話，轉身就可以走，因爲赫曼，你其實不在民兵隊的編制裡。』原來，我並沒有正式從軍，沒有簽署過任何文件。那一晚，弟兄爲我舉行歡送會。我早上離營，在附近成立一個小實驗室。我費了將近一年的時間，不斷嘗試錯誤，才得到理想的結果。最初，我能點亮黃金，但亮光是一閃即逝。後來我設法延長金光的壽命，卻發現金子變成灰色。有一次，實驗不愼失火，我的小屋半毀。如我所說，過程並不輕鬆。最後我總算滿意了，正好加州傳來發現金礦的消息，於是我走奧勒岡拓荒道西進，抵達奧勒岡城，找上你的老大准將。接下來的事情，我相信你已經知道了。」

「差不多。」

渥爾姆伸展手腳，朝天望一望，轉頭說：「墨里斯，你覺得怎樣？天色夠暗了嗎？」

墨里斯大聲回應：「再給我們一分鐘，赫曼。這可憐的傢伙被自己逼進死角了，我正等著進攻，給他致命一擊。」

「咱們走著瞧，」查理說。

兩人正在帳篷裡打牌。

四人來到河邊，一同在夜色中褪去長褲，營火在背後熊熊燃燒。我們一人喝了三杯威士忌，因爲我們的共識是，三杯正好能抵禦河水的寒意，卻不至於妨礙辦正事，也不會影響事後回憶的能力。河狸老大懶懶坐在水壩上，審視著我們，以後腿搔癢，動作如狗；配方也殘害到他的肉體了。然而，他的夥伴哪裡去了？可能躲起來休息了。我赤腳踏進河水，緊張得笑起來卻極力壓抑，總覺得縱情歡笑不太對勁，或是太冒失。針對何人何事？我不清楚。但我的印象是，四人屏息行動，態度大致相同，原因同樣是朦朧不明。

木桶之一已經被滾到岸邊，桶蓋已掀開，等人把配方倒進河水。我嗅到一股配方的臭味，胸腔灼熱一陣。墨里斯站在河水的邊緣，以畏懼的神色看著河水。

「你的腿怎麼樣，墨里斯？」我問。

他看著小腿，搖搖頭，以「不好」來回應。

渥爾姆說：「我正在煮一鍋水，準備了肥皂，上岸之後可以馬上刷洗手腳。墨里斯和我上一次忽略了這一點，才會有現在的麻煩。」他轉向墨里斯說：「你能再忍受一晚嗎？」

「速戰速決也好，」墨里斯嘟噥著。疹子已經蔓延到他的大腿，不但被搓破皮，豆大的水泡四起，粒粒充滿淡褐色的液體，在重力的影響下，水泡微微下垂。他站得很勉強，跛足來到水邊，我心想，何必讓他再吃苦呢？「墨里斯，」我說，「我想你今晚還是不要上工吧。」

「白白讓你們坐收好處嗎？」他訕笑著，語氣卻顯得微弱，沒有透露任何詼諧之意。他怕了，渥爾姆很快支持我的想法。「伊萊說的對。你暫時坐下來休息吧。我撿到的金子會分你一部分。」

渥爾姆和我望向查理。他的慈善心表現得比較慢，但最後他也點頭說：「我也是，墨里斯。」

「我也是，」我附和。

「可以了吧？」渥爾姆說。

墨里斯遲疑著。他的自尊心被喚醒了，他不肯退出。「如果我只在淺水區撿呢？」

「這個建議不錯，」渥爾姆說，「可是，你恐怕會終身殘廢。還是坐下來休息吧，讓我們去忙。下一次你可以加倍撿，可以嗎？」墨里斯不吭聲，只是站得遠遠的，以落寞的神態望著沙地。渥爾姆打起精神說：「上一次，金光集中在配方倒進去的這一邊，如果你能坐在水壩上面，拿樹枝去攪一攪水，或許能擴充金光的範圍。」

墨里斯欣然接受這建議，我們替他找來一根長樹枝。渥爾姆牽著他的手臂，帶他在水壩中間坐下，把河狸趕回河水裡，繼續走到對岸他想集中撿拾的區域。這時他叫查理和我把第一桶倒進河裡，不忘警告我們小心，別讓配方沾到皮膚。「被水稀釋過的配方已經夠毒了，純配方有可能在你身上燒出一個洞。」第二桶放在上游二十碼的岸邊，他指過去。「第一桶一倒完，馬上衝過去倒第二桶。」

「那第三桶呢？」查理問，「一次全倒完，不是比較省事？」

「倒兩桶已經是極限了，」渥爾姆回答。

「可以在今晚結束的話，明天早上就可以離開，帶墨里斯去找大夫。」

「到時候，大家都需要找大夫。查理，請你專心一點。你們倒完第二桶之後，我們請墨里斯開始攪拌。你們一看見金光，馬上提水桶去撿，動作要快！」

查理與我在木桶前蹲下，把桶子抱起來。我忽然緊張起來，手震顫得厲害，肩膀是又抽又抖，我心想，上一次有這種感覺，是在第一次陪女人上床的那一夜。是同一種神聖又亢奮的悸動：我暈眩得難以自持，期待著河水大放光明。查理注意到我在顫抖縮頭，問我：「你沒事吧？」我說我應該還好。我握緊木桶的底緣，踩住堅實的沙地，數到三，慢慢把沉甸甸的木桶抬起來，開始效法螃蟹走路，小心翼翼踏進流水。水冷得查理打哆嗦，接著他笑了，也逗得我笑起來，兄弟倆停止動作片刻，以便一同歡笑。明月與晶瑩的星斗高掛在我們頭上。配方在木桶裡搖晃著，沖刷著，表面是黑色加銀色，而河面也是黑色加銀色。我們傾倒木桶，濃濃的液體從桶口傾瀉。從前有過如此膽大妄為的感覺嗎？我不記得了。

從配方開始流瀉的一刻開始，我們一步步向後退回沙岸。臭氣和蒸氣從桶口搖晃而出，再一次鑽進我的鼻孔與肺臟，臭味濃烈，讓人難以招架，我乾嘔一陣，穢物差點湧出咽喉。灼氣侵襲我的眼珠，我剎那間淚水汪汪。

我一回到岸上，我們扔下空桶，衝向上游的第二桶，重複先前的動作，然後站上岸來等候。在對岸，渥爾姆指示墨里斯開始攪拌，無奈體力不濟的墨里斯動作不夠快，渥爾姆自己也找來一根樹枝，竭盡全力快速猛拍水面。我聽見背後有聲響，轉頭發現查理拿著手斧，他正想撬開第三桶。

「你在幹什麼？」我問。

「全部倒掉算了，」他說著掀開桶蓋。

渥爾姆注意到他的動作，隔岸喝斥：「住手！」

「全部倒掉，一了百了！」查理說。

「住手！」渥爾姆大叫，「伊萊，阻止他！」

我走過去，但查理已經自己抬桶起來，搖搖擺擺走了幾步，重心不穩，踉蹌一下，濃濃的液體從桶口溢出來，潑灑到他的右手背。短短幾秒，毒液開始腐蝕他的肌膚，他在水邊丟下木桶，讓流水把桶裡的配方漂送至水壩。

查理痛得彎腰，下頷繃緊，我握起他的手腕，檢查傷勢。他的整片手背有不斷隆起的水泡，一直延伸到手腕，我居然看得見水泡膨脹、縮小，彷彿它們在呼吸，宛如牛蛙鼓起咽喉。他不害怕，只是氣憤，鼻孔擴張如牛鼻，唾液流至下巴，形成一串綿長而具有伸縮性的帶狀物。我認為他的目光亮麗，在火光中投射出的模樣象徵叛逆，呈現出清澄的仇恨。我從營火端起熱水過來沖洗他的手，然後找一件襯衫來為他包紮。渥爾姆不知道我們正在忙什麼，也不知道查理發生意外。「快一點，你們兩位！」他呼喚，「看不見嗎？快一點過去那邊！」

「你提得住水桶嗎？」我問查理。

他想握拳，劇痛卻使得他的額頭皮膚打摺。他的指尖從包紮布探出來，已經開始腫脹，我想到，他慣用這手射擊——我猜配方一溢灑出來，他立刻想到這一點。「我握不起來，」他說。

「你還能幹活嗎？」

他說他自認應該可以，我提一個水桶過來，將提環套進他的手，讓他用前臂勾著。他點頭，我自己也提起另一桶，兩人轉身，面對河水。

查理受傷，我倆一時忙不過來之際，配方已經發揮作用，金光變得燦爛至極，我不得不遮眼。河床完全被金光照亮了，照得每一粒石子、每一顆長著青苔的河岩無所遁形。剛才冰冷沉寂的金屑與金塊，如今綻放最精純的黃橙光芒，清晰如天上繁星。渥爾姆忙得不可開交，一手不停撈，頭左顧右盼地尋找較大的金塊。他按部就班撿拾，動作充滿智慧，講求效率。河水的光線照亮他的臉與眼，顯露至高無上、超脫俗世的歡樂。墨里斯已經累了，再也攪不動，把樹枝插在水壩上，當成拐杖倚靠著，凝望水面，神情鎮定，近似麻藥作用下心滿意足的模樣。我看著查理。他的臉皮已舒緩鬆弛，痛楚與憤怒俱消，早已淡忘，我看見他吞嚥一下，喉結跟著下降，傻眼了。他直視我的眼睛。他對我微笑。

在講究事實與數字的靜態世界裡，金光維持了約莫二十五分鐘，但我們拾金的時間既不長也不短，而是離奇逸脫出時間的限制或概念——我們置身光陰之外，這才是我的感受。我們的經驗太不尋常了，簡直像昇華至一種虛無的境界，分與秒的差別不只是無關痛癢，而且根本不存在。這份感覺，以我個人而言，不只從堆積成山的金塊產生，也來自一份感想：此次的體驗誕生自一個人舉世無雙的頭腦。儘管我從未思考過人類的概念，也未曾思考過身爲人類快不快樂，現在的我確實以人腦爲傲，敬佩人腦的好奇心以及人腦百折不撓的精神。我頑強地慶幸活著，慶幸身爲我自己。水桶裡的金塊放射出密集的多道光束，周遭的樹幹與枝葉全沐浴在河光中。一陣暖風向下襲來，吹過河谷，輕拂水面，親吻我的臉，撥動我眼睛上的髮梢。此時此刻，在時光動線的這一點，我體驗到此生最歡暢的感覺。日後的我回首，總覺得當時是歡樂過度了，總覺得凡人無權接觸到那種酣暢的滿足感。在往後的日子，即使我感到快樂，與當時的快樂兩相對比，總覺得相形失色。無論金光帶來多少歡樂，終究好景不長。此刻一過，萬事立即急轉直下，情況是黑暗、差錯到意想不到的境界。此後發生的每一件事不啻爲形式互異的死亡。

在水壩上的墨里斯站起來，想走回河岸，不愼失足，墜入河水最深的地方，全身沒入水面，不見他游上來。金光此時已經停止閃耀，查理與我坐在營火邊的沙地上，急忙以渥爾姆準備的肥皀與熱水刷洗手腳。在此必須說明的是，我的身體直接碰觸毒水的部位起先只有極細微的不適，因爲冰冷的河水痲痺了肌膚，亢奮感與加速的脈搏也蒙蔽了知覺，所以沒有察覺異狀。等到金光歸於沉寂，一種逐漸擴大的灼熱感才發威，成爲我全心關切的焦點。這時我的動作是盡可能地快，沖、刷、洗著手腳。查理的速度只有我的一半，我洗完自己之後過去幫忙他。我剛洗完他的腿，這時聽見墨里斯驚叫，舉頭望見他跌跤，身體正在水壩與水面的半空中。

查理和我奔向岸邊，此時渥爾姆已經來到水壩中間，右手提著沉重的水桶，兩眼無助地凝視水面。墨里斯的樹枝仍插在水壩上，查理對渥爾姆喊，拿樹枝去讓他拉，但渥爾姆似乎沒有聽見。渥爾姆把水桶放在腳邊，臉色陰沉沉。他跨出一大步，從水壩縱身躍入毒水。他抱著墨里斯破水而出，墨里斯渾身癱軟但仍有呼吸，眼皮閉著，嘴巴張開，水正從舌頭上流進嘴裡。

兩人上岸之後，查理和我靠過去想救人，但渥爾姆嚷嚷，叫我們不要碰他們的身體，因此我們只能旁觀。他們兩人躺在沙地上喘息，體力透支，我奔過去提熱水鍋過來岸邊。我先朝墨里斯澆水，他呻吟起來，然後我轉淋渥爾姆，他向我道謝，但一鍋水兩三下用罄，兩人亟需徹底刷洗，於是查理與我合力拖著傷患往上游走，來到毒水的範圍之外，讓他們躺進淺水灘。我拿著肥皂，跪在他們身邊，又刷又洗，叫他們放心，無奈兩人的苦楚是有增無減，喊痛聲愈來愈慘，接著是痛得打滾、繃緊身子、直打哆嗦，猶如被小火慢烤，而我認爲，他們的感覺確實是慘痛如焚身。

我們把兩人拖回岸上，取出僅剩不多的麻醉劑，擦拭兩人的臉與頭皮。他們的眼球已被一層灰白色的眼翳覆蓋住，墨里斯說他看不見東西。接著，渥爾姆也說他失明了。墨里斯開始抽泣，渥爾姆摸索著過去牽他的手。就這樣，兩人手牽手躺著，哭著，呻吟著，意識逐漸飄散，隨後又霎然提神，同聲慘叫，彷彿默默協調過喊痛的時機。我偷偷對查理使一個眼色，意思是：怎麼辦？他偷偷的回應是：聽天由命。我認爲他的想法正確。除了賜死之外，萬能的我倆對他們是束手無策。

破曉時分，墨里斯斷氣了。查理和我把他留在岸上，把渥爾姆搬進他的帳篷。他囈語連連，我們把他安置在小床上時，他說：「撿多少了？墨里斯？現在是幾點？」查理和我沒有回答的意思，只是悄悄離開帳篷，隨他去睡覺或斷氣。雲朵低垂，我們睡在營火邊，一覺睡到下午。天開始下著毛毛細雨時，我坐起來，立刻察覺兩件事：墨里斯已經不是餘溫尚存，而是一具死寂的屍體，全身僵硬、冷漠、無血色，狀似輕盈或無重，形同一塊漂浮木，比較不像人。我注意到的另一件事是，河狸家族已游出河面，全死在營地邊緣的岸上，九隻在沙地上一線排開，帶有些許裝飾的意味，但也讓人心底發毛或望之卻步。他們趴在地上，眼睛閉著，老大趴在中間，稍微超前。這群河狸該不會趁著兄弟倆熟睡之際，從河裡悄悄揮軍而來吧？小腦袋裡，該不會打著圍毆我倆的主意吧？我們調製邪惡的毒液毀了他們，他們也想毀了我們？我不願如此胡思亂想。萬幸的是，這些問題永遠無解。

墨里斯叛離准將，改邪歸正，幾天之後就慘死，我心裡挺捨不得的。我在想，不知他臨終時刻是否自覺該死，不知他是否因擅離職守而悔不當初，不知他是否內疚，是否含恨而終。我希望以上皆非，繼而一想，又認為他臨終前可能悔恨交加，因此我痛恨起邪性深遠的准將。我以畢生最熾熱的仇恨來恨他，痛下一個決定。這決定對我並無寬慰的作用，但我知道，總有一天會的，因此我得以暫時擱置此事，只不過一股怨氣殘存不散，怨的是榮光與共的這一夜，竟以怪誕與敗筆交織的畫面收場。

我站起來，檢查自己的腿。幾小時之間，我漸入夢鄉之際，我擔心醒來會發現大水泡布滿雙腿的慘狀，幸好情形並非如此。自大腿中段以降，皮膚近似被驕陽肆虐過一下午的曬傷，有微燙的觸感，也有少許不適，但絲毫不像墨里斯昨天的傷勢，因此我不相信自己的狀況會惡化下去。

查理仰躺著睡覺，睜著眼皮，勃起的下體撐起長褲正面。儘管我不願探究他的生理情形，卻知道這代表他身體健康。我心想，喜訊會以何種奇怪的形式報到，誰曉得呢？我拉開他的褲管，發現他的腿和我的情況差不多，腿毛脫落一空，表皮發紅，但仍屬健全。然而，他的手傷是加倍惡化，發紫的手指脹得肥嘟嘟，隨時有爆破的危險。見此景，見河狸和墨里斯的死狀，我感到寂寞，但願能喚醒查理來聊天，但我決定最好讓他多歇息。

我突然想起，離開舊金山之後，我一直沒有清潔過牙齒。我來到上游，蹲在水邊，刷洗舌頭、牙齦、牙齒，對著水面吐出泡沫，看著泡沫如霰彈劃破水面。我聽見渥爾姆的聲音，回頭望向帳篷。「赫曼？」我喊，但他不再作聲。我走向河狸陳屍處，拎起尾巴，一隻隻扔進水壩以南的河裡。他們的體重超出我的預期，尾巴的觸感也不像生物的肢體，反而近似人工產品。查理已經坐起來，看著我扔掉最後幾隻。儘管拋河狸屍的行為不常見，他卻不表意見，表情顯得有點無聊。他忘了手傷，舉手想拍一隻停在臉上的蒼蠅，手指互碰時痛得他蹙眉頭。我甩掉最後一隻河狸，回去陪他坐。他想解開襯衫做的繃帶，但乾布已與黏稠的皮肉膠著，剝開布時連帶扯下手指與指關節的一片皮。他看起來並不痛，或者應該說，不比手傷本身來得痛，但剝皮的景象令他驚恐而反胃，我也有同感。我建議，我們還剩下一點酒精，整隻手先浸泡一下，然後再剝布，他說他寧可等到飯後再說。我為我倆準備一頓簡單的早餐，只有咖啡和豆子。我端一盤給渥爾姆，但他仍在睡覺，我沒有叫醒他。他全身上下非紅即紫，腿上的水泡已經暴增一倍，全數破掉，在皮膚上覆蓋一層黃褐色的液體。他的腳趾發黑，身體散發出一股死氣；我估計，他活不過日落。我從帳篷回來，看見查理正把酒精倒進渥爾姆的鍋子，另一鍋是水，在營火上煮得沸騰騰，而在滾水裡翻轉的是一件棉衣。他說，衣服是他剛從墨里斯的鞍囊裡拿來的，然後他看著我，等著我責備，而我當然是無話可罵。他把傷手浸入酒精，額頭冒出粗粗一條Y字形的青筋。他想慘叫卻沒有喊出來。疼痛消退了，他把手舉到我面前，我幫他剝掉包紮布。一如剛才，皮膚黏著布脫落，我看得出他的手是廢定了。查理看在眼裡卻無言。我拿著樹枝，把墨里斯的襯衫從滾水裡撈出來，冷卻後用來包紮傷手，這一次連手指也裹住，眼不見為淨，以免見了想到整隻手的命運。

我決定埋葬墨里斯，地點選在離河稍遠，在沙岸與土壤交接之處。我的工具是一支短柄鏟子，費了數小時才完工。當時的我無法理解，至今也仍無法理解的是，既然有長柄圓鍬，何必發明這種工具？一鏟一鏟挖掘，是實實在在的自我凌虐。我單獨奮鬥著，查理只幫我把屍體拖至墓穴。多數時候，他遠遠枯坐著發愣，兩度往上游走出我視線的範圍。我沒有要求他待下來，屍體入土之後他不走，接著幫我填土。

墨里斯的日記仍在我們手上（他在世時，我們爲何不物歸原主？答案是，一時沒想起），我猶豫要不要讓日記陪葬。我徵求查理的意見，他說他沒意見，最後我決定保留日記。我的想法是，他的心路歷程獨一無二，入土之後不見天日多可惜，應該留在世上供人瞻仰、傳頌。墨里斯的屍體扭曲，躺在土坑裡，容貌粗野，氣氛淒涼，渾身髒臭發紫，面目可憎。它不再是墨里斯了，但我把它當成墨里斯來傾訴：「對不起，墨里斯，我知道你的心願是辦得時髦隆重一點。呃，你在世時表現過人的風骨，令我們衷心佩服。謹此致上我們兄弟倆的敬意，算是我倆微薄的心意。」我的演說沒有讓查理動容。我不確定他的注意力是否夠集中，可能沒有聽進去吧。我擔心我是講得過分戲劇化了。不消說，當眾演說並非我的家常便飯。我想起梅斐德的簿記致贈的信物，從外套口袋掏出來，撒向墓穴，送給墨里斯——我的想法是，爲他揮灑一許華麗也好。絲帶打開來，飄落在他的胸口，亮麗、湛藍、高尚。我問查理，要不要做個十字架插著，他叫我去問渥爾姆。我進帳篷，發現渥爾姆醒著，有些許意識。「赫曼，」我喊。他眨一眨乳白色的眼睛，往我大致上的方位「看」。他問：「誰啊？」

「是我。伊萊。你感覺如何？聽見你的聲音，我好高興。」

「墨里斯在哪裡？」

「墨里斯死了。我們已經在河岸埋葬他了。你覺得我們應不應該爲他插十字架，或者埋葬就好？」

「墨里斯……死了？」他開始左右搖著頭，然後輕輕哭了起來，我退出帳篷。

「怎樣？」查理問。

「我稍後再問他。」

我心想，大男人哭哭啼啼的，我已經受夠了。

昨晚四人努力的成果，再加上墨里斯與渥爾姆第 次的斬獲，湊合成幾乎滿滿一水桶的金塊，象徵一大筆財富，我差點拎不動。我叫查理來拎拎看，他卻說不要。我告訴他說，非常重喔。他說他相信我。

考量到現實，而且心思無可避免地展望未來，我開始覬覦墨里斯的坐騎。他是一匹健壯的馬。我甩開一絲歉疚，把自己的馬鞍放上去，在淺灘來回騎乘。他的腳程平穩，近乎紳士。我對他沒有特殊的感覺，只覺得相處的時日一多，應能漸漸培養出感情。我決定以溫情、砂糖、信賴來贏得他的心。「我想收養墨里斯的馬，」我對查理說。

「喔，」他回應。

渥爾姆的狀況太差，無法上路。即使能帶他走，我也不認為他有救。我靠近他時，他幾乎沒有意識到我的存在，但我不願他孤苦無依而死。查理提及，我們仍未取得祕方的成分，我說我明白，同時問他認為應該怎麼辦，人已經半死，難道非要拷問出每一條指示、每一份原料才甘心嗎？他以嚴峻的口吻說：「別用那種口氣跟我講話，伊萊。我為了這任務損失了慣用的右手。我只是把想法說給你聽罷了。畢竟，渥爾姆很可能希望把配方傳給我們。」說這句話時，他轉開視線。我從未聽過他以這種語調說話，即使在童年也沒有。我竟然覺得他的語氣像我。就我的記憶所及，他從來沒有害怕過，現在卻怕了，不知道這意味著什麼，也不知道如何應付。我告訴他，對不起，不應該為了配方譏諷他，他接受了我的道歉。渥爾姆呼喚我的名字，查理和我一同進他的帳篷。「什麼事，赫曼？」我說。

他仰躺在床上，眼睛瞪著帳篷的最高點，胸腔起伏急促得不合常態，吃力地咻咻喘息。他告訴我：「我準備口述墨里斯的墓誌文。」我拿紙筆，跪在他身邊。我請他開始說，他點頭，清清嗓子，對空吐痰，一口濃痰垂直升空，悠然畫出一道弧線，降落在他額頭的中間。我認為他沒有注意到，或者是根本不在意，無論如何，他並沒有伸手擦臉，也沒有要求旁人相助。他說：「正人君子與摯友墨里斯長眠於此，生前深諳文明生活之精緻品味，但也從不推卻縱情冒險或勞力的機會。他死時是個自由人。老實說，稱得上自由自在的人並不多。多數人終生庸碌，制限於自身的恐懼與愚昧，無膽冷靜反思自己踏錯的路。路走錯了，多數人照常走下去，不滿意卻從不去理解原因，不知如何踏上正途，死時心臟裡只有廢物與殘血——被稀釋過的虛血——而他們的事跡是一文也不值，各位終將瞭解此話的真諦。多數人說穿了是低能人，墨里斯卻不同。他應該多活幾年的。他能貢獻的仍有許多。如果這世上真有上帝，上帝是狗娘養的。」渥爾姆停頓一下，再吐一口痰，這次偏頭吐向地面。「這世界沒有上帝，」他說，閉上眼皮。我不知他是否希望最後這句列入墓誌文，而我也沒有問，因爲我不打算轉載這段演說，原因是我看得出來，他的頭腦已經迷糊了。但我對渥爾姆承諾會據實寫下，我相信這話令他寬心。他向查理與我致謝後，我們離開帳篷，去營火旁邊坐著。

查理握著傷手的手腕說：「我們該走了吧，你不覺得嗎？」

我搖搖頭。「不能扔下渥爾姆孤零零地死。」

「他可能拖好久才死。」

「那我們就一直等下去。」

此事的討論到此爲止；這也是兄弟新關係的開端。遠遠帶頭走在前面的人再也不是查理，而笨手笨腳、亦步亦趨的人再也不是我。兄弟的角色並非互換，而是崩毀。事後，即使到今天，我倆仍謹慎看待這份手足關係，彷彿擔心惹惱對方。先前的兄弟溝通方式已瞬間消失了，原因何在，我難以斷言，只知道像燭火被捻熄一般。當然，舊關係一結束，我立時開始惆悵懷念起來，至少就理論上而言，或者在黯然回首時。但以下的問題時常浮現我的腦海：藝高膽大的哥哥哪裡去了？我說不上來，只曉得他走了，至今未歸。

然而，爭論過後，我們其實不必久等，渥爾姆只撐幾個小時就過去了。夜幕低垂後，查理與我躺在火邊，感覺怠惰，心情凝重，這時聽見渥爾姆以氣若游絲的嗓音說：「哈囉？」查理說他不想去，於是我獨自進帳篷。

渥爾姆正在喘最後一口氣。他有自知，感到害怕。我心想，他會在最後關頭信神、祈求上帝盡速引他升天嗎？但他沒有，不信教的他意志太堅貞，不會在最後一刻懦弱低頭。他想說話的對象不是我，而是墨里斯，因爲他忘記墨里斯已經早走他一步。

「他爲什麼不來？」渥爾姆噓著氣。

「他今天早上死了，赫曼，你不記得嗎？」

「墨里斯？死了？」他的額頭皺成手風琴，嘴唇張開，固定成悽苦狀，我注視著閃著血光的牙齦。他轉頭過去，斷斷續續地吸氣，彷彿氣管不通順。我的腳移動了一下，他轉頭面向聲音的出處，問：「誰在那裡？是墨里斯嗎？」

我告訴他：「是墨里斯。」

「唉，墨里斯！你剛才躲去哪裡了！」他語氣是內心深處如釋重負，深受感動。我的喉頭不禁緊繃，情緒難扼。

「我去撿柴薪。」

渥爾姆活躍起來：「什麼？柴薪？撿拾燃料？這主意不錯。我們今晚可以集中所有設備，一起燒掉，更容易藉火光來整理我們的財寶桶。」

「是很容易，」我附和。

「其他人呢？」他問，「他們跑去哪裡了？那個查理，不太喜歡幹粗活，我注意到。」

「對，他比較喜歡乘涼。」

「不太喜歡整理環境，對吧？」

「對。」

「不過，和他相處一陣，他其實是個好人，你沒辦法反對吧？」

「他是個好人，赫曼，你說的對。」

「另外那個伊萊，他去哪裡了？」

「在外面，不知道去哪裡了。」

「去巡視了吧？維護營地安全，對吧？」

「他在漆黑的地方。」

渥爾姆壓低聲音說：「唉，不曉得你的看法怎樣，我其實變得很欣賞那一個。」

「對，我知道他也欣賞你，赫曼。」

「什麼？」

「我說，我知道他也欣賞你。」

「你的口氣有一點點吃醋吧？被我聽出來了。」

「沒有！」

「我受寵若驚啊！這麼多人，圍繞在我身邊，各個是善良又正直。長久以來，我一直覺得自己是被放逐的人。」說到這裡，他噘起嘴唇，表達五味雜陳的傷感，同時閉上眼皮，淚珠從緊閉的眼角膨脹，我以拇指拭去。之後，渥爾姆的眼睛一直閉著，再也沒有睜開。他說：「墨里斯，萬一我挺不過今晚，我要你傳承那份配方。」

「快別想這件事了。你現在應該專心休養。」

「我想到一個點子。如果下水之前，皮膚上塗一層豬油，應該能減低傷害。」

「這點子不錯，赫曼。」

他喘一口氣。他說：「唉，我覺得我們認識好久了！」

「我也有同感。」

「害你差點賠上一條命，我很抱歉。」

「我現在康復了。」

「我是想救你。我以爲我們可以交交朋友。」

「我們是朋友。」

「我是，」他說，「我是。」他張大嘴巴，腑臟深處傳來一種異樣的聲響，彷彿體內的硬物碎裂或折斷。什麼聲音？想必是沒有弄痛他，至少他沒有喊疼。我一手放在他的胸膛，感覺他的心臟顫動幾下，隨即下沉。一股氣從他的嘴裡擠出來，他的身體向上一拱，然後靜止，赫曼・科密特・渥爾姆的生命之鐘到此停擺。他的右手從床上墜落，我把它提回床上，它又掉下來，我這次任它垂著，離開帳篷。我發現查理坐在營火邊，坐姿和我離開他的時候一樣，只有一項明顯的差異。

營地多了六名印第安人，隨處走動著，搜刮我們的行囊，查看馬驢，四處搜索著值得掠奪的財產。我一掀開帳篷，一名手持步槍的印第安人立刻以槍管比劃，命令我坐到查理身旁，我乖乖坐過去。我和查理身上沒槍，兩條槍帶掉在馬鞍下面的地上。這是我們露宿郊外時的習慣。然而，即使查理身上有槍，我不知道他會不會拔槍反制。他坐在一旁，凝視著火焰，偶爾朝印第安人瞄一眼，不願與他們打交道。

金桶放在我倆之間，查理以他的帽子覆蓋住。若非他警覺得早，印第安人可能早已發現。但現在，持槍的印第安人看見戴帽子的水桶，起了疑心，走過來，拋開帽子，神情並無笑意，而且持續板著臉，即使發現金塊也無動於衷。但他覺得這項發現夠重大，叫同伴丟下搜刮的動作，一起過來瞧瞧。大家集合在營火邊蹲下，看著金屬桶裡的物體。其中一人笑起來了，其他人不高興，叫他——如果我沒有會錯意的話——安靜。另一人看著我，對我粗聲粗氣，我猜他問我金子是哪裡來的。我指向河，他輕蔑地瞪我。印第安人倒出金塊來平分，把金塊收進各人的牛皮袋子，分完爲止。然後大家站起來，不知在討論什麼正事，對我和查理指指點點。持槍的印第安人走進渥爾姆的帳篷，驚呼失聲。現在回想起來，驚呼的動作和印第安人的習慣極不搭調，但他的確是驚呼失聲。他像老太婆一樣驚呼，差點跌出帳篷，一手捂嘴，圓睜的眼睛充滿驚恐與憤慨。他警告同伴後退，遠離這片營地，往河邊撤退。他描述帳篷裡的情景，眾人轉身就逃，竄入暗夜中。我覺得奇怪，槍、馬、人命俱在，他們怎麼說走就走？但我想想，他們可能認定我們感染了瘟疫或痲瘋病，或者覺得奪走金塊就滿足了。

「渥爾姆死了，」我告訴查理。

「我想睡覺，」他說。

果然，他說完倒頭就睡。

我在上午埋葬渥爾姆，查理不幫忙，只是又耍著脾氣，旁觀入土的過程。渥爾姆只有一行囊，裡面是他的日誌和筆記。我翻找配方的內容，可惜無法瞭解他寫下來的任何資料，主因不是我對科學、化學懵懂，而是他的字跡潦草得讓人望文興嘆。最後，我死心了，把所有冊子疊在他的胸膛，開始填土。這次我不發表演說，把渥爾姆葬在墨里斯的旁邊，決定兩座墳墓都不立墓碑。日後，我悔不當初，但願當時能記錄兩人推心置腹的情誼，也褒揚他們的成就。但我當時心情鬱悶，隱然有中邪的感受或思路受阻，一心想走，因此墓穴一填妥，查理與我跳上馬離開，帳篷立在原位，任營火繼續冒煙。我回頭望營地，心裡想著，我永遠不會成爲領導人，也沒有成爲領導人的志趣，更不願被人領導。我心想：我想領導的人只有我自己。營地剩下渥爾姆的坐騎以及兩隻驢子，爲避免他們餓死，我解開他們的繩子，馬站在原位不動，驢子尾隨過來，我只好對著他們的上空開一槍，嚇得他們往下游奔竄。驢身上沒有任何東西，看不出飼主的跡象，粗短的驢腿跨步飛快而有效率，宛如幻境。

我們朝西北前進。三日之後抵達梅斐德鎮。行進過程中，查理與我幾乎無話可講，即使對談，態度也是恭恭敬敬，沒有惡言相向的現象。我相信，他滿腦子在躊躇著來日的人生走向，而我也差不多有相同的煩惱。回首過去這幾天，我告訴自己，這次任務果眞是最後一次的話，在如此轟轟烈烈的結局鞠躬下臺也無憾。我決定，只要我一有機會，如果母親仍健在，我會立刻啓程去探望她。我模擬了許多向她求和的語句，最後場景皆是她伸出扭曲的手臂，勾住我的脖子，親吻鬍子與眼睛之間的臉頰。想到這裡，我的心情變得平靜。儘管近日屢屢遭橫禍，騎馬至梅斐德鎮的路上是事事順心。前往梅斐德鎮的路走了大約一半時，我對查理說：「你的左手仍然比多數人的右手敏捷。」

「多數人並不是所有人，」他回應，隨後兩人默默騎著馬。

對於印第安人奪金一事，我的感想複雜。金塊落入他人手裡，從某個角度來看，似乎是恰如其分的後果——我提桶測重時，不是有一絲悔恨扯動著我的心嗎？但我懷疑，假如梅斐德鎮的爐底沒有藏著一堆金條等著我們，我應無法大而化之。我改轍易途的志願有賴那批金條來實現。因此，當我們來到鎮郊一、兩哩之外，我嗅到煙味，心頭產生一股最強烈的恐懼與憂慮。查理與我最後抵達旅店時，我的心情已不再是擔憂，而是演變成怒火，緊接著化成含悲接受事實。旅店已經被火夷爲平地，周圍的建築也無法倖免。在殘垣斷壁之中，我瞧見已經傾倒的大肚爐。我踏過灰燼與焦黑的木頭，心知金條已經不見了。當我發現難以挽回的事實時，我回頭向查理大聲說：「什麼也沒有了。」查理彎腰駝背坐在敏步上，停在馬路中間，路面被太陽暴曬成白色。

「酒，」他高呼回應。這話回得明理而體貼，是查理難能可貴的一句佳言。無奈旅店已化為灰燼，無酒可賣，我們也找不到坐下來喝得大醉的地方，只好去藥店買一瓶白蘭地，效法市井流氓，在大馬路上仰頭喝個夠。

我們坐在旅店殘垣對面的走道上，望著灰燼。火已經熄滅幾天，但仍有幾縷幽靈蛇一般的殘煙裊裊升空。喝完半瓶，查理說：「你認為是梅斐德幹的好事嗎？」

「不然還有誰？」

「那天，他一定是根本沒走，而是躲起來，等我們離開才縱火。最後的贏家是他吧。」我承認是，查理接著說：「我在想，你的姑娘去哪裡了？」

「我倒沒有想過。」我一時自覺訝異，想想卻不足為奇。

有人從路上走過來，我認出他是哀泣男。他牽著馬，依然是串串淚珠滾落臉龐。他沒有看見我們，或是不肯注意，只自顧自地喃喃低語，一副飽受打擊之後六神無主的模樣，引起我強烈的反感。我拾起一塊石頭扔過去，石子擦過他的肩膀，他望向我。我說：「給我滾開！」我不明白我為何如此討厭他，態度宛若追趕啄食屍體的烏鴉。我確實是醉了。哀泣男繼續哭著走。「我不知道接下來怎麼辦，」我向查理承認。

「最好暫時別去傷腦筋吧，」他建議。接著，他以出神的語調說：「哇，你看，誰來了？我的真愛。」前來的人是他的妓女。「哈囉，無名氏，」他快活地說。妓女在我們的面前站定，意志消沉，脂粉未施，紅著眼睛，衣服的邊邊髒了，雙手抖著。她一手向後舉起，朝我的臉拋擲物品。我發現是我交代她轉交簿記的錢，一百元硬幣散落滿地。我低頭看著硬幣，哈哈笑了起來，儘管這意味著簿記已死。我心想，可見我愛的不是簿記，而是愛上「她愛我」的這份意念，愛上的是我不再孤單的想法。追根究柢，我心中毫無悲悽。我看著妓女，對著她哀傷的臉孔說：「妳想怎樣？」她吐一口痰，轉身離開。我把地上的硬幣撿起來，一半分給查理，見他翹起小指，以高雅的姿態將硬幣塞進皮靴。我也把硬幣塞進自己的皮靴，兄弟倆相視大笑一場，彷彿眼前的情景是現代喜劇的登峰造極之作。

此時，我們一屁股坐在土地上，酒瓶已近全空。我本來以爲我們將就此醉倒路面，席地而睡，不料查理的妓女去召集來一大群同行，把我們團團圍住，低頭看著我們，表情憤慨。梅斐德走了，旅店也遭焚毀，她們全落得三餐不繼，香水味不再盤旋頭上，服裝不再乾爽，再也無福漿燙得妥貼。她們開始對我和查理出言不遜，批判我倆的品格。

「混帳一對。」

「看看他們，在地上躺成那副德性。」

「看看那一個，肚子好大。」

「另外那個，好像傷了一隻手。」

「再也不會有馬廄童工死在他手下了。」

陷入七嘴八舌之中，查理以困惑的語氣問我：「她們有什麼好生氣的？」

「她們的老大被我們攆走了，記得嗎？」我對眾妓女說明：「旅店又不是我們放火燒掉的，放火的人是梅斐德。至少我認爲是他。不過我敢確定，縱火者不是我倆。」然而這話是火上添油。

「你不要亂批評梅斐德！」

「梅斐德又不壞！」

「他發我們薪水耶。」

「也給我們房間住。」

「他是個混帳，沒錯，不過他可惡的程度還不及你們的一半。」

「你們兩個是眞正的混帳。」

「是眞材實料的混帳，沒錯。」

「我們應該怎麼對付這兩個混帳？」

「這兩個混帳。」

「一起打！」

眾妓女一湧而上，將我們強壓在地上，我聽見人牆的另一邊傳來查理的笑聲，起初我也覺得逗趣，隨後發現自己全身無法動彈，趣味轉爲怒氣，眼睜睜讓妓女進出我的口袋，掏空所有錢。我這時開始掙扎，查理也是，對著妓女破口大罵，但我們反抗愈力，眾妓女似乎更加起勁。聽見查理痛得驚叫時，我才眞正心慌——他的傷手被他的妓女以鞋跟踩住了。我隔著她的衣服，對準她最靠近我的部位咬下去。我咬到她的肥肚子，滿口酸臭。她勃然大怒，從我的槍套拔出手槍，指著我眉毛上方，我乖乖靜躺著，不敢動，見到她眼裡仇深似海，我做好心理準備，等著槍管的黑洞深處爆發耀眼的白光，幸好我命大，眾妓女鬧夠了，不說一句話，從我們身上站起來，帶著我們的手槍和財物離開。所幸她們略過皮靴，沒有搜出我們剛才塞進去的一百元。

插曲
之二

在近乎空城的梅斐德鎮，我昏睡在泥土與豔陽之間，醒來時太陽已西下，上次巧遇的那位怪女孩站在我面前。她換了一件新衣裳，頭髮剛洗過，結著一大朵蝴蝶結，雙手嬌滴滴地交握胸前，神態是緊張又期待。她注視的人不是我，而是我身邊的查理。「是妳啊，」我說。她比著「安靜」的手勢，然後指向查理。查理握著廣口瓶，裡面裝滿水，瓶底有旋渦，帶動黑色顆粒團團轉。我看見女孩的手背有黑色粉狀物，與上次相同。查理舉瓶就口，我連忙打掉瓶子。瓶子摔進泥巴坑，沒有摔碎，裡面的水流掉了。女孩對我做出悶悶不樂的神情。「為什麼那樣做？」

我說：「我一直想問妳一件事，和妳先前說過的話有關。」

她若有所思地瞪著瓶子，說：「跟我先前講過的**什麼話**有關？」

「妳說我是一個受到保護的人，記得嗎？」

「我記得。」

「我仍然受到保護嗎？請妳告訴我。」

她望著我，我知道，答案瞭然於她的心，但她不開口。

「我受到保護的程度有多少？」我追問，「永遠嗎？」

她張開嘴巴，旋即閉上。她搖搖頭。「不告訴你。」她轉身離去，裙襬翩然起舞。我左右看看，想找石頭扔向她，可惜沒有一顆伸手可及。查理依舊望著泥地上的廣口瓶。「我渴得半死，」他說。

「她想要你的命，」我告訴查理。

「什麼？她？」

「我上次看過她毒死一條狗。」

「可愛的小姑娘，怎有可能做那種事？」

「心術不正，尋開心吧？我猜。」

查理瞇眼望著逐漸翻紫的天空，頭躺回地面，閉上眼睛說：「問天吧？」然後笑笑。一兩分鐘之後，他睡著了。

插曲之二結束

在傑克遜村，大夫為查理截肢。

來到傑克遜村之前，查理的疼痛已經減輕，但傷手的皮肉已見腐爛，非切除不可。這位大夫姓克雷恩，上了年紀，反應依然靈敏。他在翻領上別著一朵玫瑰花，我從一開始便認定他是重視原則的人。舉例而言，當我和查理提及財務窘境時，他只揮一揮手，彷彿論酬勞有傷大雅。手術之前，查理取出一瓶白蘭地，想在大夫動刀之前自我迷醉，但大夫不准，因為酒精容易導致失血過多。查理說，沒有差別，他執意灌醉自己，誰也攔不住他。最後我把克雷恩大夫拉到一旁，請他瞞著查理，為查理施打麻醉劑。克雷恩懂得此計的奧妙，成功麻醉查理，之後是諸事順利。手術在克雷恩自家的起居室燭火中進行。

爛肉已蔓延至手腕，克雷恩因此在前臂的中間下刀，拿著長鋸來斷骨。他說這種鋸子是特別為斷骨而設計的。鋸畢，他的額頭汗水閃耀。他不小心摸到鋸子，被燙到了。他準備了一個水桶，放在鋸骨處的正下方，可惜克雷恩不是失去準頭，就是桶子擺錯位置，斷手最後掉在地板上。他忙著醫護傷口，無暇撿拾，於是我過去撿起來。斷手是意外輕盈，血不斷從開口湧出。我握著手腕處，提到桶子的上空。倘使這隻手仍附著在查理身上，我絕無機會如此握著，一陣異樣的滋味上心頭，我不禁臉紅。我不覺然以拇指撫摸手背上的黑色粗毛，心生一股親近查理的感覺。我把斷手直立在水桶裡，然後拎到起居室外，因爲我不願查理醒來觸景傷心。手術後，他躺在起居室中央的一張高腳床，傷口包紮著，精神恍惚，克雷恩鼓勵我出去透透氣，因爲查理再睡幾小時才會甦醒。我感謝他，步出他家，走向市區的邊緣，進入我上次光顧過的那家餐館。我坐的是同一桌，過來招呼的侍者是同一位。他認出是我，以諷刺的口吻問我，是不是又想吃一頓帶葉蘿蔔餐。我剛目睹手術過程，查理的點點血漬印在我的褲管上風乾，我絲毫沒有食慾，只想來一杯淡啤酒。「你該不會連正餐也戒掉了吧？」他對著自己的八字鬍哼聲。我被他的語氣惹毛了，罵道：「本大爺是伊萊・希斯特，你這個妓女養的，再不趕快伺候我，當心我現場斃了你。」這話終結了侍者冷眼斜視的態度，之後他變得謹愼而恭敬，端著啤酒上桌的手戰戰兢兢。以如此粗俗的態度罵人不合乎我的本性；事後，我一面走出餐館一面敦促自己，一定要再學習鎭定、祥和之道。我心想，我準備一整年的時間來休養身心！我的決定如下：以十二個月的空檔來休息、反省，追求心如止水的境界。本人有幸在此宣布，我最後達成了這份心願，而且全程令我沉浸在溫馨喜悅之中。但在這段夢想人生實踐之前，我知道，仍有最後一件正事待我完成，只能由我一人執行。

我們在晚上十點抵達奧勒岡城外的家中。我發現門的鉸鏈被踹壞了，所有家具非倒即毀。我走到後面的房間，發現查理與我的積蓄不翼而飛，並不訝異。原有兩千兩百多元的財產藏在鏡子後面的牆裡，現在已成空氣，徒留一張紙。我拿起來，內容如下：

親愛的查理：

我是個混帳，我拿走了你的$，一元不留。我醉了，但等我醉醒以後，我照樣不會還給你。我也拿走你弟弟的$。我對不起你，伊萊，你不是斜眼瞪我的時候我還滿欣賞你的。我要帶著這筆$走到海角天涯，你們想找我，儘管來找，保證是白忙一場。反正你們一向懂得生財之道，再賺就有。以這種方式來道別太丟臉了，不過我從小就這樣，事後甚至不會覺得過意不去。我的血或腦子或主導心性的什麼器官一定有毛病。

——瑞克斯

我把信摺好，放回牆上的洞穴。鏡子已經被摔碎，我以靴子撥弄著碎片。我不是在想事情，而是等著想法或感覺浮現。想法遲遲不來，我不再等，走出去把查理從馬背上拉下來。克雷恩開了一小瓶嗎啡滴劑給查理，因此歸途全程中他泰半是木頭人，我不得不偶爾將他綁在馬背上，以繩子牽著。有幾次，他赫然理解自己缺了一隻手，神智霎然清醒。他經常遺忘殘廢一事，注意到斷手時是既震驚又哀愁。

我牽著他走進他的臥房，他爬上那張傾斜而毫無鋪褥的床墊。在他又不省人事之前，我告訴他，我要出去一下，他沒問我要去哪裡。他哪有精神關心？他的上下齒咯一咯，舉起包紮起來的斷手揮一揮。我留下茫茫然的他，任他去昏睡，自己在家門口駐足片刻，審視殘破而寒酸的家當。我對這個家始終缺乏強烈的情懷，如今環視著沾有紅酒漬的寢具、破裂的杯盤，自知再也不會在這裡過夜了。我騎著馬，一小時之後進入奧勒岡城的鬧區。我的意志堅決、清朗、專注。我已經連續趕路數日，肢體卻毫無疲勞或不聽使喚的現象。我無所畏懼。

准將的宅邸全黑，只有頂樓的房間半亮不亮。一輪明月高掛，豪華的准將公館外圍有一株西洋杉老樹，我躲藏在樹蔭下刺探，看見一位女傭從後門出來，腋下夾著空臉盆。她不知爲何生著氣。她的小屋在公館外面，她一面走回家，一面暗暗咒罵著。我守候十五分鐘，等她出門。見她遲遲不出來，我彎腰橫越院子，潛向准將公館。她忘了鎖後門，我直接潛入廚房，裡面靜悄悄而涼爽，陳設井然有序。准將對女傭做了什麼壞事？我再往她的小屋偷瞄一眼，一切安靜如常，差別只有她燃著一隻白蠟燭，插在窗口。

樓梯鋪著地毯，我拾階而上，來到准將臥房外駐足，聽見門內的他正在責備、侮辱某人。我不清楚對方是誰，只聽見他喃喃道歉，分辨不出他的身分，也聽不出他做錯什麼事情。他被罵夠了，離開房間，步步接近我，我縮進門與牆壁之間的角落。我沒有手槍，只帶來一把鈍短刀，據說這種刀的名稱是栓刀。我把栓刀握在手裡，舉起來。門朝我的臉打開來，男人直接下樓梯，不知我躲在門後。他走後門離去。我悄悄來到走廊盡頭的窗口，觀察他的動向。我看見他進入女傭的小屋。他的臉出現在小屋的窗前，怒視著准將公館，隱身暗處的我看得見他受傷的眼神。他的醜臉寫滿了暴戾的一生，在窗前的站姿卻顯露飽受欺壓、屈從、無能自衛的苦楚。他吹熄燭火，小屋暗下，我潛回走廊的另一端。房間門依然開著，我走進去。

准將的房間盤踞公館的整片頂樓，空間廣闊，不以牆壁來隔房，反而以家具的組合方式來分區。室內的環境昏暗，只有少數幾盞臺燈或火光搖曳的燭台。遠處的一角立著中國式的折疊屏風，裡面升起一團藍色的雪茄煙霧。准將在說話，我聽見聲音，愣了一下，以為他身邊有人。但我仔細一聽，發現別無旁人，因此推想他在自言自語。他坐在澡盆裡，正在發表假想演說。我心想，泡澡到底具有何種魔力，怎能經常讓人對空獨白？我握緊栓刀走過去，循著一道地毯走，以免打草驚蛇。我繞過屏風，高舉栓刀，準備一刀刺進裸身准將的心臟。但他的眼睛以一張棉布蒙著，我的手慢慢垂下來。此人的影響力遍及全國各個角落，現在醉醺醺的，坐在銅澡缸裡，軀體無毛，胸部乾癟見骨。雪茄的菸灰拖得冗長，搖搖欲墜。他以纖細的嗓音說：

「各位紳士，有個眾人常問的問題，我今天提出來請教人家，看看你們是否知道答案。這問題是：成就偉人的條件是什麼？有些人認爲是財富；有些人認爲是人品；有些人則認爲，永遠不發脾氣的人就是偉人；有些人說，熱忱崇拜天主的人就是偉人。全錯。本人在此公布明確的答案，希望各位今天聽了之後心領神會，常記心頭，總有一天會明白我的意思。沒錯！我是希望栽培各位成爲偉人。」他點點頭，舉起一手，向虛幻的掌聲致意。我再走近一步，刀子舉到他的臉前。我知道，機不可失，應趁現在下手，但我又想聽聽他接下來的話。他放下手，長長吸一口菸，菸灰被震掉了，滋的一聲入水。他估計菸灰墜落的地點，以手指潑潑水。「謝謝各位，」他說，「謝謝各位，謝謝。」他停頓一下，吸進滿腔空氣，加重語氣高聲說：「作爲一個偉人，必須能正確判斷出物慾世界的空虛處，以自身的精華灌注其中！偉人必須憑著純粹的意志力，在匱乏的地方創造財富！換言之，偉人必須能無中生有！共聚一堂的各位紳士，舉目望周遭，必能體認我聲明的這一點：這世界確實是空無一物！」

我箭步上前，抛開栓刀，握住他的肩膀向下壓，直到他的頭沒入水面。他立刻拍水掙扎、咳嗽、抽噎，發出近似呵吱、呵吱、呵吱的聲響，在澡缸壁之間來回震盪，震得我兩腿酥麻，連身軀也受到影響。准將的求生本能被喚醒了，掙扎變得加倍激烈，但我以全身的重量壓制他，他被緊鎖在澡缸中。我感覺力大無窮，正氣凜然，天塌下來也無法阻擋我完成這份使命。

他的洗臉布掉下來，眼睛在水面下瞪著我，雖然我不想看他，卻覺得不面對他說不過去，因此回瞪他。我驚訝的是，他的表情只有害怕，一如其他人臨死前的模樣。他認得我，但別無其他表情。我猜我確實希望他在死前認出我，讓他遺憾生前待我不夠公道，但我無閒暇聽他後悔。實際說來，我認爲他的腦海或許爆發出五彩繽紛的景象，隨後是無盡的空虛，有如暗夜一場，或者像所有暗夜混合在一起的景象。

准將死了。之後，我把他的頭拉出水面一半，布置成他酒醉溺水的假象。他的頭髮貼在額頭上，雪茄在臉的附近漂浮，死狀毫無尊嚴可言。我從正門出去，騎馬回家去。我發現查理仍在沉睡，沒有心情遠行。我不顧他聲聲抗議，推他下床，把他綁上馬背，一同騎向母親的家。

終曲

破曉的天際放送銀光，露珠重得讓長草直不起腰桿。查理用完了嗎啡，正趴在敏步的寬馬背上打鼾，這時我們騎上前往母親家的小徑。睽違多年，我唯恐老家已成廢墟，也不知母子相逢該如何應對。房子映入眼簾時，我發現房子剛粉刷過，後面增闢一個房間，菜圃耕種得整齊，插著一支稻草人。我覺得稻草人有點眼熟，認出它身上是父親的舊外套，帽子與長褲也是父親的遺物。我跳下墨里斯的坐騎，走向稻草人，查看口袋，只發現一支用過的火柴。我把火柴放進自己的口袋，然後步向正門。我緊張得不敢敲門，因此呆呆與門對看，佇立半晌。幸好母親剛才聽見有人上門，因此過來應門。她穿著睡袍。她看著我，臉上沒有一絲驚訝，然後往我的背後望。

「他怎麼了？」母親問。

「他的手受傷了，而且走累了。」

她聽了豎目橫眉，然後叫我在門廊上稍候，解釋說她不喜歡別人看她上床。但我早知道她的習慣，所以告訴她：「我等妳叫我再進門，母親。」她走開來，我跳上門廊欄杆坐著，兩腿晃呀晃，上上下下端詳房子的大小細節，看得心軟、心痛。我望向癱在馬背上的查理，回憶老家的兒時景象。「不全是不堪回首的景象，」我對他說。母親喊我的名字，我走進屋內，往後面去，進入增建的房間，看見她躺在高腳銅床上，寢具是柔軟的棉製品。她的雙手在棉被上面遊走。「我的眼鏡在哪裡？」她問。

「插在妳的頭髮裡。」

「什麼？喔，在這裡。好。」她戴上眼鏡看著我。「你回來了，」她終於說。她皺起臉皮問，「查理的手怎麼了？」

「他發生意外，毀了（譯註：lost，字面上的意思是「搞丟了」）。」

「忘記擺哪裡了，對吧？」她搖頭喃喃說，「把自己的手當成芝麻小事或礙事的東西。」

「對我或對他，這都不是小事。」

「手怎麼斷的？」

「先是灼傷，後來發炎了，大夫說，如果不動手術，最後會害死他的心臟。」

「害死他的心臟？」

「是大夫自己說的。」

「真的是他的用語嗎？」

「差不多是這意思。」

「嗯。手術很痛吧？」

「眞正截肢的過程裡，他沒有知覺。他現在有灼燙的感覺，傷口會癢，不過他有嗎啡可用，所以還好。他應該很快就能痊癒。我注意到，血色已經回到他的臉上。」

她清一清嗓子，然後再清，頭開始滴答點著，彷彿在斟酌心中話。我懇請她有話直說，她的回應是：「呃，不是說我不樂見你回家，伊萊，我是眞心高興。只不過，你好久沒有回家來看我，怎麼會忽然回來呢？可以說說原因嗎？」

「我有一股想接近妳的需求，」我告訴她，「這種感覺非常強烈，我招架不住。」

「好，」她點著頭說，「那我再請你說明一下，你到底在講什麼？」

這話逗得我笑了，但我繼而看見她認眞的表情，於是我盡力誠實回答：「我的意思是，在一項漫長又艱難的任務接近尾聲的時候，我突然不瞭解爲何母子不能靠近一點，畢竟我們以前一向親近，妳和我，甚至包括查理在內。」

她似乎不太重視這話的內涵，或者是她不願相信。她似乎想改變話題，問道：「這些年來，你的脾氣怎樣？」

「有時候會發作出來。」

「紓解的方法呢？」

「我仍在用。偶爾會用來自我紓解。」

她點點頭，從床頭櫃取來一杯水，喝完後，她以睡袍的衣領來輕輕拍臉，袖子因而下滑，我看見她手骨歪斜的地方。骨折的那天，接骨的醫師沒有接妥，因此手臂永遠伸不直，舊傷看來仍有不舒服的時候。我一見到她的舊傷，自己的手臂立即感覺到一種莫名其妙的痛，是俗稱的憐憫痛。她看見我的眼神，對我微笑。她的微笑好美——母親年輕時是知名的大美人。她以欣悅的語氣說：「你知道嗎，你的長相沒變。」

這話從她的嘴裡出來，我心頭一輕，那份感覺難以言喻。我告訴她：「每次看見妳，我也有同樣的感覺。我只有在離家的時候迷失自我。」

「那你應該留下來。」

「我願意留下來。我太想念妳了，母親。我經常想到妳，而我相信查理也一樣。」

「查理只想到他自己，心頭哪容得下別人。」

「他的心難以掌握，老是脫韁。」啜泣的衝動在我的胸腔成長，被我硬壓下去，澆熄。我吐一口氣，把持住自己。我以冷靜的語氣說：「把他丟在外面恐怕不太好。我可以帶他進來嗎？」我沉默片刻，等待母親接腔，但她一直不語。我只好告訴她：「我們一同闖蕩過許多場面，查理和我。我們見過多數人終生難見的事物。」

「這很重要嗎？」

「既然結束了，感覺是很重要。」

「為什麼說結束了？」

「我已經闖蕩夠了。現在的我想追求多一點靜態的生活。」

「那你是找對地方了。」她對著周遭比了一圈，問：「修繕過的地方很多，你看出來了嗎？我一直等你誇獎——什麼都可以。」

「每個地方看起來都美觀大方。」

「你有看見菜圃嗎？」

「很不錯。房子也是。妳也是。妳身體的狀況如何？」

「時好時壞，有時不好不壞。」她想一想，補充說：「多數時候是好壞參半。」

有人敲門，進房間的是查理。他脫下帽子，以殘肢頂著。「哈囉，母親。」

她望著大兒子半晌。「哈囉，查理，」她說。見她遲遲不移動視線，查理轉向我：「我本來不知道這裡是哪裡。房子看起來好眼熟，我卻一時糊塗。」他低聲說，「那個稻草人，你剛看見了嗎？」

母親坐著看我們，臉上掛著近似笑容的表情，但她的微笑帶有傷感，感覺遠在天邊。「你們兩個餓不餓？」她問。

「我不餓，母親，」我說。

「我也不餓，」查理說，「不過，不麻煩的話，請妳准我洗個澡。」

她說請便，查理謝謝她，轉身要離開，來到門口時，面對我站著，他的表情是純真而自然，我心想，殺氣已從他全身流罄了。他走後，母親說：「他看起來倒是變了。」

「他需要休息一陣。」

「不對。」她輕拍胸口，搖著頭。我解釋說，他斷的是用槍的一手，這時她說：「希望你們兩個不指望我惋惜。」

「我們不敢奢望，母親。」

「是嗎？看來，你們兩個都指望我供應吃住。」

「我們會去找工作的。」

「什麼樣的工作？」

「我考慮過，可以開一家商行。」

她說：「你是說，你想找一家商行來投資？你的意思，該不是去商行上班吧？面對所有顧客，回答他們的問題？」

「我憧憬自己能開一家。妳能想像嗎？」

「老實說，我無法想像。」

我嘆息。「重點不在我們投身的行業。金錢來來去去，是身外之物。」我搖搖頭。「這事不重要，妳也知道錢不重要。」

「好吧，」她的態度軟化了，「你和你哥可以睡小時候那間。如果你是真心想住下來，我們以後可以再增建一個房間。我說『我們』，指的是你和查理。」她伸手取來一面小鏡子，舉在臉前，順一順頭髮，對我說：「你倆仍團結在一起，我應該算高興吧。你們從小一直分不開。」

「我們的團結心破碎過、癒合過許多次。」

「促成你倆團結的人是你們父親。」她放下小鏡子。「在這方面，我們可以感謝他。」

我說：「我想去躺一下了。」

「要不要我叫你起床吃午餐？」

「妳想煮什麼？」

「燉牛肉。」

「沒關係，母親。」

她愣了一下。「你是說，沒關係，不必叫我起床？或者是沒關係，叫我起床？」

「請叫我起床。」

「好吧。你去歇息一下。」

我轉身走出房間，望向走廊。正門開著，一派純白的日光照耀進門。我走出母親房門，好像聽見她在講話，轉身看她，發現她以期待的眼神看我。「妳沒事吧？」我問。「妳剛才喊我嗎？」她點頭，我走向她，在床邊站住，她舉手過來，握住我的手指，接著把我拉過去，雙手順著我的手背向上遊走，動作猶如攀繩索而上。她以雙臂勾住我的頸子，親吻我眼下的臉龐。她的嘴唇溼冷。她的頭髮、臉孔、頸子散發床榻味、肥皂香。我離開她的房間，走向兄弟的老房間，在地板上的床墊躺下。房間雖小，感覺卻舒適而清潔，我明白此處適合棲身一段時日，雖有缺點卻顯得十全十美。哪一次落腳時，有過這份歸宿感？我不記得了，只覺得這份感受令我別無所求。

我墜入夢鄉，幾分鐘後驚醒。我聽見查理在隔壁房間泡澡。他並沒有開口，而我也知道他無話可說，但水聲急促，嘩嘩潑著，嘰嘰喳喳，聽來近似人聲，隨後又靜音，只聞偶爾的水滴響，宛如謙恭冥思中。我自覺能從這些聲響判斷出聲者的悲歡；我傾耳聆聽，判定我哥與我，至少在此時此刻，我倆被隔絕在俗世的危險與恐懼之外。

而我只能說，這份結論多麼令我心曠神怡。

感謝名單

Leslie Napoles

Gustavo deWitt

Gary deWitt

Nick deWitt

Mike deWitt

Michael Dagg

Lee Boudreaux

Abigail Holstein

Daniel Halpern

Sara Holloway

Sarah MacLachlan

Melanie Little

Peter McGuigan

Stephanie Abou

Daniel McGillivray

Hannah Brown Gordon

Jerry Kalajian

Philippe Aronson

Emma Aronson

Marie-Catherine Vacher

Azazel Jacobs

Monte Mattson

Maria Semple

George Meyer

Jonathan Evison

Dave Erikson

Dan Stiles

Danny Palmerlee

Alison Dickey

John C. Reilly

Carson Mell

Andy Hunter

Otis the dog

派崔克·德威特簽書會側寫

宋瑛堂

機運是《淘金殺手》故事的主軸，兩兄弟在南下過程中，誤打誤撞，好運連連來，作者派崔克·德威特的經歷何嘗不是如此？德威特創作本書的機緣始於一本舊書。家住波特蘭東北區的他，有一天散步路過一場住家舊物出清的拍賣會，無意間翻到一本名爲《*The Forty-Niners*》的舊書，內容不是美式足球的舊金山四九人隊，而是一八四九年蜂擁而至西岸的淘金客，以圖文詳述當年的人事地物，兩毛五美金便宜賣，替他爲本書的故事搭起場景，只等他捏出幾個玩偶進駐。

曼布克文學獎已有四十三年的歷史，二〇一一年的入圍書單首度出現以美西拓荒爲背景的小說。由於曼布克獎僅限大英國協公民參加，以黑色幽默來書寫十九世紀美西槍俠的佳作更難能可貴。加拿大的三大文學獎當中，本書更囊括總督獎和羅傑斯獎，譯者於二〇一一年十二月造訪溫哥華時，隨處可見本書以黑紅色爲主調的封面，大小書店無不以最醒目的位置爲本書加持。由於本書的主要場景設在奧勒岡州，因此在作者第二家鄉的各大年度好書榜上也是常客。

令人意外的是，德威特的成名並非純屬運氣。小時候的他稱不上作文課的奇葩。德威特是加拿大公民，一九七五年出生於溫哥華島上的席德尼，幼年隨父母遷居南加州，中學老師讀了他的文章頻搖頭，還勸他打消專職創作的志願。他在其他科目的表現同樣遜色，篤定被留級時，他毅然輟學。他半開玩笑說：「幸好我後來從事的工作對學歷要求不高，我可以騙老闆說我中學畢業，對方也不會叫我拿文憑出來。」

在南加州期間，德威特曾在好萊塢的夜店工作長達六年，從徒手洗杯盤做起，後來升任酒保助理，期間看遍酒吧的人生百態。辭職之後，他根據這段經歷，以第二人稱的角度發表首部小說《洗禮》（*Ablutions*），佳評如潮但銷路平平。但在處女作問世之前，他屢次投稿《紐約客》雜誌卻吃足了閉門羹，灰心卻從不喪志，堅持走自己的路，最後終於開闢出屬於自己的園地。

這些往事，德威特在簽書會上娓娓道來，態度大方自然，與他酷酷的外表不太相符。簽書會於二〇一二年二月十九日在波特蘭名勝的鮑爾（Powell）書店舉行，預定七點半開始，但七點不到就座無虛席，承辦人凱文和馬克只好再推著折疊椅出來加座位，連講席兩側的小三角形空地也不放過。在書店的這一隅，或坐或站的書迷人數破百，圍觀的人群也是愈來愈厚密，等候他出場。甫譯完《淘金殺手》的我也慕名而來。在他進場前，馬克把我介紹給德威特，問我們要不要來一張合照，德威特二話不說就把我拉過去。

他瘦長的身材接近一百九十公分，戴著厚厚的黑框眼鏡，身穿褐灰相間的格子衫，向觀眾介紹個人生平之後開始朗讀本書中的墨里斯日記，隨後向在座觀眾說明，他的父親是愛書人，有時晚餐開飯了，他仍在一旁捧書猛啃，不肯上桌。書讀完了，父親會把書扔給兒子，所以少年德威特接觸到的全是針對成人寫作的書，這些大人書催熟了他的文學心，更加堅定他日後的志向。成年後，他開始勤跑圖書館，捧一大疊好書回家，但大部分的書只看前幾段就合起來放著，準備退還給圖書館。

開放觀眾發問時，現場冷了一陣，凱文和馬克有點著急，德威特連問了兩次才有人怯生生地舉手。這位讀者稱讚他，雖然他用英文寫作，主題是美國西部，字裡行間卻有俄國文豪的風格。德威特說，他從圖書館裡借出來的書當中，最後送還的總是托爾斯泰、杜斯妥也夫斯基的作品。

接下來的發問是一發不可收拾，有人想知道他的寫作習慣（陪兒子走路上學後才回家動筆），有人問他是否先擬好劇情架構才開始動筆（是的），更有一位熟年女士對於他的求學辛酸產生共鳴。《淘金殺手》出版時，他已經著手撰寫第三本小說，但礙於本書的熱潮洶湧，打亂了他的寫作紀律，目前只完成一百頁左右，寫寫停停。可以透露內容嗎？新書的靈感同樣始於因緣際會。有天他在曼哈頓街頭，走著走著，撞見記者圍剿馬多夫（Madoff，在金融風暴前騙財無數。）的場面。當時馬多夫事件剛爆發，他不認得這人的臉，只在心頭嘀咕，這老頭犯了什麼滔天大罪，怎會遭人踐踏到這種程度？他開始構思一個本性不壞、個性討喜、卻作惡多端的人。

最後，承辦人凱文在觀眾席後對他猛招手，意猶未盡的他才歇口走向簽名桌。

住過卑詩省、加州、華盛頓州，他最後在書香之城波特蘭落腳生根，婚後有一子，太太萊絲理以創作劇本為業，他也應邀寫過一部獨立製片的劇本，片名是《Terri》，敘述一個心思細膩的小胖弟求學的辛苦，由電影《芝加哥》的男配角約翰．萊里（John C. Reilly）擔綱，而他也已買下《淘金殺手》的製片權，開拍日期未定。

德威特在家中排行老二，當年決定輟學時，他認為反正一家三兄弟的成績一樣不佳，哥哥比他更早失學，弟弟最後也只勉強拿到中學畢業證書，他不覺得丟臉。他說希斯特兄弟的互動靈感源於自己家的三兄弟。哥哥弟弟是什麼樣的人？該不會是在夜店門口耍槍的保鏢吧？其實三兄弟都是愛樂青年，偏愛黑膠唱片。老大麥克自創一間專門出版限量發行黑膠唱片的公司，老三尼克是他旗下的樂手，演奏的曲風揉合民俗搖滾和衝浪音樂。幼年時期，飽受哥哥欺壓的他常對弟弟出氣，因此寫作本書時援引手足情誼是信手拈來，以親身經歷寫盡了查理的霸道暴虐和伊萊的陰柔豪情，家有兄弟的讀者在神遊淘金潮時代的西岸時，或許也能對兄弟倆勾心鬥角卻不忘互相照應的情節會心一笑。

二〇一二年二月

藍小說 161
淘金殺手

作者—派崔克・德威特
譯者—宋瑛堂
主編—嘉世強
編輯—黃嬿羽
美術編輯—陳文德
責任企劃—呂小弁
校對—蕭淑芳、黃沛潔

董事長—趙政岷
總經理—莫昭平
總編輯—林馨琴
出版者—時報文化出版企業股份有限公司
108019台北市和平西路三段二四〇號三樓
發行專線—（〇二）二三〇六—六八四二
讀者服務專線—〇八〇〇—二三一—七〇五
（〇二）二三〇四—七一〇三
讀者服務傳真—（〇二）二三〇四—六八五八
郵撥—一九三四四七二四時報文化出版公司
信箱—10899臺北華江橋郵局第九九信箱

時報悅讀網—http://www.readingtimes.com.tw
電子郵件信箱—liter@readingtimes.com.tw
法律顧問—理律法律事務所　陳長文律師、李念祖律師
印刷—勁達印刷有限公司
初版一刷—二〇一二年四月二十七日
初版二刷—二〇二一年五月二十八日
定價—新台幣二八〇元

時報文化出版公司成立於一九七五年，
並於一九九九年股票上櫃公開發行，於二〇〇八年脫離中時集團非屬旺中，
以「尊重智慧與創意的文化事業」為信念。

淘金殺手 / 派崔克・德威特（Patrick deWitt）著；宋瑛堂譯. -- 初版.
-- 臺北市：時報文化, 2012.04
面；　公分. --（藍小說；161）
譯自：The sisters brothers
ISBN 978-957-13-5553-5（平裝）

885.357　　　　　　101005719

ISBN 978-957-13-5553-5
Printed in Taiwan